U0720840

官僚
たちの夏

城山三郎

Shiroyama Saburō

官僚之夏

〔日〕城山三郎 著　　　许金玉 译

上海人民出版社

共　感
Sympathy

———

关注值得注意的人物、事件、观念与思想

目录

第一章　人事名牌　　　　　　　　　　001

第二章　大臣秘书官　　　　　　　　　056

第三章　对立　　　　　　　　　　　　108

第四章　名牌显示灯　　　　　　　　　160

第五章　权限争议　　　　　　　　　　223

第六章　春天，尔后秋天　　　　　　　310

第七章　冬天，又是冬天　　　　　　　376

关于那个时代的这些人、这些事　　　　384

第一章　人事名牌

　　风越信吾一派悠哉地走出了大臣室。

　　他挺起原本就有棱有角的宽阔肩膀，前后晃动着微微摊开的双臂，脚下则是踏着外八字的步伐；那副威风凛凛的模样，俨然就像是这间大臣室的主人一样。然而，风越既不是大臣，也不是次官，甚至不是局长。风越的职位，乃是大臣官房的秘书课课长。尽管他是整个省内地位最高的课长，不过说到底，也只是一介课长罢了。

　　风越既没穿外套也没系领带，敞开着衬衫领口的纽扣，两手的衣袖向上卷起。虽说这栋砖瓦砌成的老旧建筑物一向通风不良，然而，现在的季节还只是初夏而已，盛夏之际倒还说得过去，但在初夏时节就敢毫不在乎地作出这种打扮的人，在省内，恐怕也就只有风越一个了。

大臣室里没有冷气，不过通商产业大臣竹桥在穿着打扮上，理所当然还是一副衣衫笔挺的样子，就连领带也系得一丝不苟。相对之下，风越以这副没打领带又卷起衬衫袖口的模样前来与对方交谈，看起来简直就像是在对堂堂的大臣嗤之以鼻一般。关于大臣就人事方面所提出的几项问题，他在回答时给人的感觉，已经超出了单纯应答的范畴，简直就是滔滔不绝的雄辩。

过去，竹桥大臣曾经是位名扬一时的自由主义经济雄辩家；不过，或许是因为已届高龄的关系，又或者是基于判断，认定自己只有依附在官僚机构上才能得利的缘故，他只是装出一副被风越的气势所压倒、仿佛泥塑木雕般的神情，聆听着风越激昂的陈词。

当风越大致把话说完的时候，大臣忽然像是想起什么似的说道：

"对了，关于你自己，你是怎么想的？"

风越毫不犹豫，立即大声回答道：

"请让我再续任一期！"

"没问题吗？掌管人事可是很耗费心力的。一般而言，光是当个一期，大概就会让人变得精神衰弱了吧！"

"不，对我来说正好相反；我最感兴趣的，就是'人'了。因此，我想更加尽力地，将人事这方面的工作做到最好。我希望能够将那种圆滑不得罪人、因循苟且的人事制度，彻底排除出通产省。"说话的同时，风越的嗓音也越来越大："在我的部门当中，并没有花不完的预算，就连法令方面的许可权，到现在也没剩下多少。我唯一非做不可的，就只是透过行政指导的方式，拉着业界不断前进而已；但即便光是如此，担负起此一重责大任的官员，其能力与个性仍然是相当关键的问题所在。和那种只是按照入省年资安排官员位置的政府机关不同，若没办法发掘出具有独特魅力的人才加以培育，并将分配至适当的部门的话，总有一天，我们的工作终将变得停滞不前。为此……"

"我明白了。"

大臣扬起手，打断了风越的滔滔不绝，有些调侃似的说：

"看样子，你真的相当热爱人事工作呢！"

风越也毫不畏怯地回应：

"是的，我很喜欢。"

"根据传闻，你从担任某单位副课长的时候起，就一直像个预言家似的，不断分析着省内的人事问题是吧？"

"那是因为不管怎么说，我对人事异动方面都极有兴趣，于是就不知不觉地依自己的想法做了些预测；结果大家都觉得很有趣，就纷纷跑来问我了……不过，我倒是完全没预料到，自己居然会被称做'预言家'就是了。"

"喔，为什么？"

"因为，在我的预测中，只是排出了通产省应有的理想人事罢了……因此，与其说我是个预言家，倒不如说是'理想家'要来得贴切些吧！"

"说起来，这世界上有很多事情是无法照着理想去做的吧！"

"是的。但这也是因为上位者没有识人的眼光，才会导致如此情况吧？"

大臣别过脸去，不再说话。他在被风越那自信的气势给压过的同时，脸上也浮现起仿佛写着"这男人真是执拗啊"一般，有点扫兴的表情。不过，话说回来，竹桥倒也没有自己是在向风越举手投降的感觉；毕竟，最终的人事权掌握在大臣手中，他随时都可将眼前这个男人给放逐边疆。只是，竹桥心中虽有不快，但在不快之余，也会同时忆起风越这人经常对省内年轻官员鼓吹的这句话：

"我们受雇于国家，不是受雇于大臣。"

真是个难缠的对手。

通产省包括下辖直属机关在内，共有两百个以上的课长级职位；不过，在这当中被人视为最有希望成为未来的次官，地位最高的职位，就是官房三课长，也就是大臣官房秘书课长、总务课长以及会计课长这三个位子。

三名课长的职位名称虽和一般民营公司里的头衔相同，但其工作内容却是大相径庭。官房总务课长主要负责统管方面的中枢业务，诸如"所管行政之相关总合调整""所管行政相关企划"之类；官房会计课长则是身负通产省全体预算编列的重责大任。至于官房秘书课长的管辖领域则是：

一、机密事项。

二、职员的位阶、任免、考核、惩戒、服务、薪俸及其他与人事相关之教育、训练事项。

三、保管大臣及事务次官之官印、省印。

四、荣典、表彰及其他仪式典礼。

换言之，比起秘书方面的业务，官房秘书课长的工作重心更加倾向于人事方面，而风越也把自己的人生意义都放在这上面。

当风越回到自己的座位上后，他从抽屉里拿出一叠卡片，开始在桌子上排了起来。那些约莫名片一半大小的卡片上头，每张都写有一位优秀官员的名字。

每当凝视着卡片上的人名时，风越脑海中就会自动浮现起那些男性们的样貌、个性与特长。接着，他在桌上画出组织结构，并开始试着将卡片分配到适当的职位上。

下一秒，某张卡片大声地喊了起来：

"这对我来说根本是大材小用嘛！"

而另一张卡片则发出哀泣说：

"这对我而言负担太沉重了！"

于是，风越便又开始重新分配卡片。

在旁人的眼中看来，风越的模样，简直就像是一个人自得其乐地拿着扑克牌在占卜。

风越从好几年前开始，就一直像这样子分配着卡片；因此，记有局长级人名的老旧卡片，早已经被他的手指触摸得脏兮兮而变了颜色。然而，以往的卡片分配，正如同大臣所说的，只是一种预言罢了；排列出理想的人事，对当时的风越来说，终究不过是一场桌上游戏而已。

不过，在成为握有人事大权的课长，并且即将迎接第二任期的现今，风越对于卡片的分配，也显得愈发热情激昂了起来。

每放一张卡片，现实中的人物地位也会确实跟着移动；有些人会起死回生，有些人则会活生生地遭到埋葬……

每当风越开始配置卡片，秘书课中便会鸦雀无声，弥漫着一股肃杀之气——或许也可以说，蔓延着一种肉眼所无法看见的战栗感吧！

初夏正是人事异动的季节，因此众人更是格外在意风越的卡片占卜。所有人都屏着气息，咳也不敢咳一声，缓慢流动的空气，似乎也变得凝滞不动起来。

一旦安静下来，隔壁会议室的议论声就透过墙壁传了过来。会议室中法令审查委员会正在召开一周一次的例会，进行政策方面的论争。

风越竖起耳朵，聆听激烈的辩论。

（开始了、开始了。哪个人会最先咆哮呢？）

风越将手上的一叠卡片放下，解开一颗衬衫的纽扣，让风灌进衣服里。

闷热又热情如火的夏天也即将到来。取代了聒噪的蝉鸣声响，激动的辩论声也可以算是通产省的夏天特景。夏季，一方面是从国会设下的层层枷锁中解脱的季节，另一方面，也是为了作为新政策编成期的秋季而进行准备的季节；因此，官员们在这个季节里，莫不为了新政策的制定，而熊熊燃烧着自己亢奋的热情。

就像窗外可见的梧桐树争相冒出绿色新芽一般，省内的新进官员们也不遑多让地一个个吐出新芽，让老旧的建筑物中，充满了稍嫌青涩的言论。尽管大家同时也都在关注人事异动，但比起这点，整座夏季的通产省，可说是彻底弥漫在一片朝气蓬勃的活力当中；而位在这一片热情、充满活力的漩涡正中央的，正是法令审查委员会。

一般而言，制定新政策的流程，首先是由各课的新进官员，向各局的局内会议提出自己精心拟定的提案。

在会议当中，所有人都铆足全力想让自己的提案通过，并不断地展开激烈的论战。这场论战，同时也是一场过滤提案者能力的战争。最后，只有拥有经得起批判与检讨的内容、且能够通过确切实证的提案得以留下，并做为局本身的提案上交至法令审查委员会。

委员会的成员都是从优秀的年轻才子中二次选拔出来

的精英，平常则是各局总务课的首席事务官①。

他们各自代表自己所属的局处，竭力地想通过提案，不论是谁都铆足了全力，抵死不肯退让。这场辩论，原本应该是在谈论国家大事，但辩论的输赢与否，却也同时决定了这些年轻官员的将来。因此，为了通过筛选，男人们莫不严阵以待，反复展开激烈的唇枪舌剑——

风越脸上的笑意愈发浓厚。他的目光望向老旧的墙壁，仿佛能够穿透壁间，身历其境地感受到委员会中的气氛一般。

主导整场辩论的是一道有些嘶哑，极具特色的嗓音。那是庭野。

在此起彼落的议论声中，那道嗓音像是不断渗透开来的地下水般，持续不断地泉涌而出。他的声调和别人比较起来并不算高亢，甚至还可以说是平淡无奇；但是，在那声音中，却隐隐蕴含着某种坚韧不屈的毅力。

随着会议的进行，其他声音开始静默下来，只有那嘶哑的嗓音，仍然像是细细叮咛般地绵延不绝，小心翼翼地不停往前进攻。

---

① 事务官系指通过国家公务员考试，在政府机关中负责一般行政事务的公务员。——此类注释为译者注，下同，不另标出。

虽然听不清楚辩论的内容，不过风越仍然点了好几次头。

（做得很好，真不愧是我看上的男人！）

风越从老早以前开始，就已经注意到了庭野这个人。之所以这样，不只是因为他们两人高中刚好都是毕业于第二高等学校，同时也是因为这名男子有着相当令人激赏的优点。

庭野在担任石油课事务官的时候，曾经为了油罐车的管辖问题，跟运输省之间发生过激烈的争论。

运输省认为，既然是运输业务，那么管辖权理所当然应该归他们所有；因此，对于通产省方面提出的要求，他们只觉得莫名其妙，丝毫不予理会。与之相对地，通产省则是坚决主张，石油的生产流通与运输乃是密不可分；因此，若是仅有油罐车不在管辖范围内的话，那么通产省将无法施行一贯性的石油行政作业。这正是典型的权限争议，在争夺实际权限的同时，也想巩固自己的势力范围。

当时，庭野每天早上都会到运输省进行交涉。不论能不能跟对方谈到话，他总是紧紧地黏在对方的课长席旁，没有一天缺席。为此，大家讽刺他就像是一张定期的通勤电车票，还给他取了个"定期通产电车票"的诨号。

不过，庭野并不仅是紧紧黏在对方的身旁而已；与此同时，他也顾虑到了对方的颜面。他为油罐车设立了新的定义；根据他的论点，油罐车并不是在"运送"石油，而是负责"移动"石油。最后，他终于成功让油罐车的管辖权转移到通产省手中。

见一叶而知秋，庭野做事一直都是这样，既有想法，又有行动力；在风越眼中，庭野就是那种应当走上次官之路的男人。

风越自己是那种不顾一切横冲直撞的人，对于耐着性子四处斡旋这回事并不擅长，因此光是这一点，就让他非常器重庭野。当庭野结婚的时候，他还帮忙当了主婚人。

沙哑的声音仍然持续不断地透过墙壁传来。

"庭野这家伙……"

风越喃喃说着，那口气简直像是："这个可爱的小伙子！"一样。他的音量大得连课员们都能够清楚听见。

风越只要心里一有什么事，就会毫不保留地全部说出来；即使在总是蒙上一片神秘面纱的人事方面也是如此，每当他心里想到什么，就会全部脱口而出。他的一贯做法是先说出来后，再等待周遭人们展现出的反应与意见；若是能借此获得新的评价与资讯的话，不仅能够更加有效地

对人事的公平分配产生助益，同时也能扩充身为人事通的
风越心中的情报资料库。

　　隔壁房中传来了反驳庭野意见的话声。

　　议论声互相重叠，势不可挡地奔驰而出；在风越听起
来，那就像是巨大列车碾过地面时产生的轰隆声响一样。
这同时也是引领名为"日本经济"，沉重而节数众多的货
物列车往前迈进的声音。其中，既有威吓般的声音，也有
高亢的喊叫声；然而，尽管如此，庭野的嘶哑话声却仍然
毫无间断。

　　就在聆听这高声争执的过程中，风越忽然想起了引领
前一届法令审查委员会的牧顺三。牧顺三出生于土佐，一
高毕业后进了东大，在高等文官考试中取得了出类拔萃的
成绩。他是个才能卓越的人，同时也是一名犀利的理论
家，在辩论当中从不逊于他人。他总是用略显女性化的高
亢嗓音，向对手发动进攻；和庭野截然不同，牧顺三属于
先发制人的类型，如果认定对方是个不值得争论的对手，
便不会再多加理睬。

　　当初见到牧担任官房总务课的首席事务官时，风越还
以为他会坐上直升机快速升迁；然而，牧却因为罹患了心

脏疾病，再加上他本人的意愿，现在正在通产省直属的特许厅担任商标课长此一闲职。这是一个以从事审查和审判的技术官僚为中心所组成的机构，并不是事务官这种以出人头地为目标的公务员应当前去的地方。甚至也可以说，那里根本是一处姥舍山①，只要一踏进去，转眼间就会从政界主流中销声匿迹。

关于这一点最有力的证明就是，当风越再次看向桌上配置的人事卡片时，本省内的主要职位上几乎都已经配置好了卡片，然而其中却没有牧的名字。风越翻开剩余的一叠卡片，最后才在下面找到"牧顺三"的名牌，并将它抽了出来。

"有人知道最近特许厅的牧怎么样了吗？"

风越大声询问后，有一位较为资深的事务官答道：

"如果没记错的话，我曾经听那边的总务部长说过，他希望能够调职到外地去。他好像想去巴黎，不管是去大使馆还是 JETRO（日本贸易振兴机构）都可以。"

"他的身体已经恢复健康了吗？"

"似乎还没完全根治的样子。"

---

① 在日本民间流传的弃老传说，据说年轻子女会将年迈的父母丢在深山中，任其死去。

"这样一来，不就等于是要去送死吗？况且，我们这里又不是外务省，一旦派遣到海外，就会永远被人遗忘啊！"

牧是和其他许多优秀的人才一样，对人生突然感觉到莫名的绝望吗？抑或是，他已经堕落到了彻底迷失自我的地步？

"笨蛋！真是笨蛋中的笨蛋，世界第一的笨蛋！"

风越真想对他吼道："快回想起以往在墙壁另一边时的辩论情形吧！"他一边想着，手指几乎快要将那张写着"牧顺三"的卡片给撕裂开来。

"叫牧过来！"风越大喊，然后又立刻改口，"不，我直接去找他！我一定要好好问清楚，他脑袋里到底在想什么！"

说罢，风越一脚踢开椅子，站起身来。

人事卡片就这样被他丢在桌上。

风越信吾是个性格高傲且不轻易采取行动的男人；真要说起来，他应该算是那种使唤人的类型。然而现在，他却主动站起身，一个原因是他认为应当要直接去察看对方在工作岗位上的真正模样，而另一个最大的原因，则是特许厅不过就在一百米外的地方。

昭和三十年的时候，通产省的办公厅是向会计检查院租借的一栋老旧建筑物。那是栋天花板相当低矮，让人不禁有种窒息感的楼房；在它的大门前方，稀疏地种植着两排雪松。一走出玄关后，便是一条呈现"〈"字形，和缓地往下延伸的坡道；特许厅就位在这条下坡道的尽头。

风越悠然自得地迈着大步前进；那走路的样子，就像是这条道路只属于他一个人似的。他挺直着背脊，晃动手臂昂首阔步，方形框架的眼镜反射着阳光的光线。

"您的脸型较偏方形，再戴上这副眼镜的话，可能会显得更加严肃喔！"眼镜店的店员曾经客气地向风越如此劝告过。不过，风越对此并不以为意："方形就方形，又没什么不好！"到最后，他还是选了这副看起来跟脸型不太搭调的眼镜。

风越的大鞋踩在石板路上，镗镗作响。由于是往下坡走去，他的背脊显得更加挺直，那副姿态看上去，简直就像是某尊仁王雕像要下凡走入人间一样。

风越是个骨架粗大、个头魁梧的男人；他很喜欢相扑，年轻时候担任事务官时，总是和工友们比赛相扑。

像风越这种东大出身，然后又成为高文组 ① 的一员，

---

① 所谓"高文"即"高等文官试验"的简称，为日本在第二次世界大战前所举办的高级公务员考试，通过此一测试者俗称"高文组"。

换言之也就是世人眼中所谓"精英公务员"的男人，一般来说，大多会一头栽进仅有精英分子环绕的世界当中，并热衷于工作方面上的竞争。然而，风越却老是在和工友们比赛相扑，为此，他还曾经被人视为扶不起的阿斗。

除此之外，风越还喜欢上了一个曾经当过女子敢死队员的商家女儿；战争才刚一结束，他就马上冲到女方家里去求婚，然后又用几乎像是强抢般的方式，将女方一起带到了他的新职务所在地——大阪；虽然这分明就是抢婚，不过风越对此倒是老爱喋喋不休地嘟囔着：

"毕竟，在战败的那个当下，一时之间也不会有什么像样的工作，所以，当然就只剩下结婚这件事可做了嘛！"

到了大阪之后，风越有段时间也还是一直在玩相扑。虽然当时的他，看起来好像一副对出人头地毫不关心的模样，不过，十年后的现在，他已经一跃达到了同期官员当中最顶尖的位置。

当风越在"〈"字形的坡道上走到一半时，恰好有位警卫迎面而来；风越扬起单手，用咆哮般的声音，对着那位警卫大声吼道：

"喂！最近还好吗？"

警卫像是被吓到似的，整个人几乎要跳了起来：

"是的，很、很好！"

"你儿子怎样啦？工作还顺利吗？"

警卫当场行了个最敬礼——先前帮他儿子在某家纤维公司找到职缺的，正是风越。

"托您的福，当时真的是承蒙您多方照顾了。小犬也说过，真的非常感激风越先生……"

风越并没有多加回应，只是高高扬起下巴后，便径自迈步离去了。

路过的行人，用一种"这男人说话怎么如此傲慢无礼"的视线望向风越。风越对于那样的视线，其实都心知肚明；事实上，他并不认为傲慢无礼是件好事，也并非喜欢老是傲慢自大，只是这样的说话方式，比较符合他的性子罢了。他真想补上一句，告诉对方说："毕竟我是个粗人啊！"

一贯热爱相扑的风越，是个不管跟什么人都能相处得来的豪放男子，同时也是个想说什么就会大声说出来的直率男人；正因如此，他的人缘可说相当的好，当战后通产省要组织工会时，他便获选为第一任委员长。在工会里面，风越也同样玩起相扑，不过这次是名为"群体讨论"的相扑；他非常喜欢那种集合众人，一同相互争辩的热闹气氛。不只如此，除了工会议题方面的论辩之外，他还组织了政策研讨会，将议论国家大事的风气带进省内；风越在心中早就盘算好，要通过这样的方式，为那些非精英分子的官员们参与政策讨论，奠定良好的基础。

就这样，风越率领的全工商工会，在所有政府机关的工会当中，成了最具有战斗力的团体。在"二一"总罢工①的时候，当周遭的团体陆续退出之际，只有全工商工会直到最后都贯彻了自身的理念，并且保持住参加行动的体制而没有崩溃；在此同时，对于精简行政机构一事，他们也表达了坚决的反对之意。

只是，由国家社稷的角度来看，若是多留下一些无能又怠惰的官员，只会造成税金浪费，并损害国家人民的整体利益；因此，后来工会决定，不适任者将由工会自己自发地挑出，并促使其退职。为了达到此一目的，首先必须经由选举选出众人认为公平公正的委员，组成自我淘汰委员会，明确订定"不适任"——说得更直白一点，也就是"无能"——的基准之后，再进行审查。最后，还要设法

---

① 指在 1947 年（昭和二十二年）2 月 1 日计划实施的罢工行动，实施前一刻因联合国军最高司令官道格拉斯·麦克阿瑟的指令而中止，深深影响了日本战后劳工运动的方向。

帮助所有不适任者找到各自的新工作。也就是说，他们依照工会的理论，对官方进行的精简行政方案提出了反对，但实质上却又同时进行自我整顿，回应了国家社稷整体的期盼。

然而，风越会送走那些男人，并不仅仅单纯是与国家社稷之间进行"交易"而已。事实上，反过来看，当风越在进行实质整顿的同时，他也成功地将某些非工会的上级官员列入了"不适任者"的名单，并借由官方的名义对他们做出了相对应的处置。

自这时候起，风越又多了一句得意的口头禅：

"我对人类很有兴趣，人类真是有趣得不得了哪！"

对于人类，尤其是在人事方面，不论是谁都会感到兴趣，但相对地，所有人也都不会将这样的兴趣挂在嘴边；说起来，这可以算是一种禁句吧！不过，风越对于禁句是最无法忍受的。

"我是个粗人，就让我放声说出来吧！"

这样的风越对于高级官僚们而言，可说是极为刺眼的存在，但由于他在工会里拥有极高的声望，所以他们也对他无可奈何；甚至于有些高级官员见到风越时，态度还会变得十分客气。

最后，上级决定邀请风越担任新设立的劳动课课长。究竟是要留在工会，还是放弃理念投奔官方？真是个难以抉择的二择选项。在众人看来，风越一定会为此而叫苦连天，要不然就是会因此而露出马脚，尽显本性吧！

然而，风越却保持着平静超然的态度，向工会的执行委员全盘说出心里的话；他向委员们问道：

"喂，我到底该怎么做才好呢？大家替我做个决定吧！"

这并不是逃避；只是，把自己的才智动用在这样的面相上，实在是太麻烦也太累人了。再加上，风越对于自己的事情，一向有着这样一套自我约束的戒律：

"对于他人的人事，我比他人加倍感到兴趣；然而，正因如此，对于自己的人事，我就非得完全放空、不去思考才行——"

就像是吆喝一声把球给丢出去般，风越对于自己的前途，完全是听任其自然发展。与其说是在等待天命，倒不如说他更加像是将自己视为某种原料，并将之抛进人事的狂风暴雨之中。"像我这样的粗野男人，凭着原原本本的样子，究竟能走到哪种地步呢？"在他的内心里，对于自己的未来，总是抱持着这种仿佛事不关己般的想法。

况且，正因为不去计较自己的利益，他才能平心静气地预测人事，才能将人事卡片随意抛在桌上，就这样跑出办公室。

风越的粗框眼镜底下，意外地闪烁着温柔的目光。

他试着想象了一下秘书课里的光景。某个刚好来到办公室的长官或是某位报社记者，现在或许正盯着那些人事卡片猛瞧，嘴里还兀自喃喃念个不停吧！他们的喃喃自语，最终将会传入风越的耳中；而当风越搜集到这些资讯后，他脑中的人才资料库又会增加不少数据，同时也能排出更加完美的人事配置……

当坡道来到了"〈"字形正中的转弯处时，有一处网球场隐藏在青葱翠绿的树荫后方；击打网球的清脆声响，不断传入风越的耳中。在接近星期六正午时分的此刻，不知是早退、还是偷懒休息的几个人正在打着网球；像那种早早被列入"无能"基准的男人，全都是和风越无缘的人。那些得以进入风越的人事卡片当中的男人们，绝对不会有什么半天的假日；他们全部都是些工作到傍晚甚或是直到夜色深沉，仍然不停持续激烈的辩论、学习与工作的人——

走着走着，特许厅灰褐色的五层楼建筑物已经近在眼前。在所有的窗户边，都可以看见堆得满满的文书；所有的架子上，全都塞满了几乎快要溢出来的文件。还有一些办公室里，文件甚至都已经堆成了一座小山，比窗框的高度还要高。这整栋建筑物看起来，就像是遭到了从好几十年前起，便一路累积到现在的专利申请文件的淹没一样。

风越从侧门走了进去，步上低矮的阶梯，将头探进昏暗的走廊里。四周充斥着一股霉味，感觉就像是走进了一间大型仓库或是地窖般。尽管只不过隔了一百米，但这里的气氛却与通产省本部有着天壤之别。

不过即使在这里，大家也都还是认得风越；立刻有人上前来为他引路，带他进入牧顺三位于二楼角落的办公室。

当风越进来的时候，牧并没有立刻注意到他；之所以会这样，是因为牧并没有坐在课长席上，而是横躺在后方的长椅上，浏览着文件。看样子，牧的身体状况似乎还是欠佳。梧桐树上青青绿叶的色泽，自窗外流泄进室内；牧那青白的脸色，几乎快要跟那绿叶的颜色不相上下，就只有眉毛显得又粗又浓。

牧维持着横躺的姿势，朝向来者投以责备的眼光，不过当他一看见是风越后，便立即慌慌忙忙地站起身，直挺挺地行了个军人风格的四十五度敬礼。

"您怎么会到这里来？有任何吩咐的话，由我亲自过去就……"

风越打断了对方的话：

"现在，庭野他们也在法令审查委员会当中进行热烈的议论喔！跟之前一样，争论时的气氛真是慷慨激昂啊！"

"啊？"

牧摆出了一副不快的神情。庭野虽是比牧晚两年进来的后进，不过果然还是被牧归进了敌人之列，当成是个必须多加注意的对手。

"怎样，想不想回到通产省本部？"

"其实，我……"

"我知道，你是想去巴黎等死对吧！"

"不，是去读书。"

"像你这样抱病在身的人，若是在气候不佳的巴黎生活，你自己也晓得会演变成什么样的情况吧？"

"是的。"

"除此之外，我也希望你考虑一下离开通产省本部后的利弊得失。"

"……是的。"

风越哼了一声。通产省和外务省完全不同；看看以往前辈们的例子，那些走在成为次官道路上的男人们，几乎没有任何人曾经有过在海外执勤的经验。他们自从升上课长阶级的职位之后，就一直奔走在大臣官房、企业局及重工业局等本部中枢机构之间；就算连通产省下辖机构都未曾待过，也是司空见惯的事。

在风越同期的同僚之间，也是同样的情况。在省内和风越角逐顶峰地位的，是一位出身山梨县，名叫玉木，个性相当坚强而勤勉的男子；最近，玉木因为人事异动，被调派至华盛顿大使馆，而省内也开始流传许多不负责任的风言风语，内容无不是说："这样一来风越就稳居顶峰了吧！"因此，主动请求调派至海外任职这种事，对于精英官员而言，可说无异于自杀行为。或许，牧心里想的是，自己原本就是为了静养才来到特许厅，但身体却不见起色，另一方面，也有可能是因为他觉得本部马上就遗忘了自己，所以才会如此自暴自弃吧？

"你可别自暴自弃啊！"

风越忍不住出声训斥，不过牧听了之后，却是相当愤怒地响应道：

"您说这是什么话，我并不是自暴自弃啊！"

风越回望着牧那又粗又浓的眉毛，开口问道：

"你的妻子也同意这件事吗？"

牧在学生时代就结了婚，夫人是一位曾在女子大学学园祭上被选为皇后的丰腴美女，全身散发着高贵优雅的气质，也相当和蔼可亲。牧夫人的笑脸，总是能够充分弥补牧那让人感到不太好相处的第一印象。

"是的。"当牧这样回答之后，风越语带揶揄地说：

"毕竟是花都巴黎，也没什么不好嘛！"

"我并不是抱着那种肤浅的心态！"

牧用几乎要压倒风越般的声音怒吼了起来。或许是真的相当生气吧，当他咆哮完之后，那单薄的脸颊还不住地抽搐抖动着。

"既然你即使拼了命也想去的话，那就告诉我你的理由吧！"

风越坐在桌子上，双臂交叠在胸前说道。

牧一边咳嗽，一边开始解释了起来：

"法国基本上是个由精英官员主政的国家；在那些官员的指导下，国家采取了官民协调的混合经济型 ① 体系。

---

① 混合经济是指混合了传统经济、计划经济以及市场经济的经济体系，用以解决三个基本的经济问题——生产什么、怎样生产、为谁生产。

相较于英国屈服在庞大的外资之下，法国则是借由官民协调所筑起的防波堤，抵抗了外资的侵略并且奋战到底。对于投身自由化风暴的日本来说，我认为此一体系，乃是今后最能使日本受益良多的经济体系……"

谈话途中，牧的脸上浮现了结核患者特有的脸红症状。或许是有些发烧的缘故，他的眼皮看来十分沉重。

不过比起发烧，牧从灵魂当中迸射而出的热力，更让风越为之慑服。牧的论点虽然称不上是新奇，但可以看出对方相当期待更进一步的学习，也希望能够从中得到许多收获。

现在，不管是日本经济，或是通产省本身，都像是来到了"く"字形坡道的转角处一般；而眼前的男人，则是对转角的另一头寄予热切的目光，并将自己身体与未来，全都毅然决然地赌在了它的身上。风越实在是非常欣赏牧这样的姿态。

"好，你就去吧……不，你就竭尽所能地去做吧！"

"真是非常谢谢您。"

看着低头致谢的牧，风越又补上了这样一句话：

"若是想回国了，尽管随时通知我一声；哪怕是好几年后也无所谓。"

"好几年后？"牧的脸上掠过一阵不安的神色，"我想应该不会那么久才对……况且，风越先生您也不可能一直担任秘书课长吧！"

"至少上层已经决定让我再续任一期了。只不过，政府机构的人事毕竟还是要按照年资来走，因此总有一天，我又会被推向别的地方去吧！"

牧点点头，脸上露出有点畏怯的神情。看样子，尽管他已经下定决心要出国，不过果然还是会担心之后的事吧！

风越鼓励地对他说：

"别担心了！就算之后不当秘书课长，我还是会继续关切人事问题。若不是具有长远眼光的人，就无法正确分配适材适所的人事；我会让自己一直成为这样的人的。"

牧不发一语，轻轻地点了点头。风越伸出手来，对他说道：

"人生感意气①！来，握个手吧！"

相较于风越用力握紧对方的手，牧却是半困窘半义务性地回握着。不知是否因为容易出汗，牧的手给人潮湿又冰凉的感觉，回应的方式也近乎于冷淡。

---

① 此为唐朝魏征的诗句，原句为"人生感意气，功名谁复论"，意指人生当中最重要的是然诺，而非功名利禄。

风越在心中暗暗称奇。都已经对他说了那些话，又要求与他握手，若是一般的男人，应该会感激涕零才对。可是，这个男人——

　　如果是因为在意其他课员们的眼光才如此的话，那这个男人还真是出乎意料地无趣；然而，倘若他真是个不懂感激的男人，那么，那只冰冷的手，竟会让人联想起刺客的手……风越不禁感到有些困惑。

　　风越信吾走出了特许厅。他大幅度地摆动着手臂，走上了"〈"字形坡道。在他脑海中的一隅，掠过了"牧顺三"这张人事卡片。

　　这张卡片，要放在哪里才对？尽管他已经明白了牧的决心，但果然，他还是只能将对方视为"其他众多官员"当中的一人，并且将他先放进备用人才的那叠卡片里了。然后，在岁月逐渐流逝当中……

　　"身在巴黎，死于巴黎吗？"

　　风越一边在坡道上走着，一边低声地喃喃自语。拥有一双粗眉、泛着红潮的脸颊，以及潮湿冰冷双手的三十九岁男人；风越的眼中，仿佛可以看见那张记着这个男人名字的卡片，在堆积如山的卡片中逐渐褪色、抑郁而终。

在坡道的左手边，传来了网球的声音。

击中网球的尖锐声、网球弹在场上发出的高亢声，以及与这片政府建筑群极不相称的爽朗吆喝声。那里是各政府机构互助工会名下的网球场。星期六的晌午前，明明应该还是办公时间，但各个球场上却有着身穿白色球衣的男男女女来回穿梭。那些是和升迁竞争毫无关系的年轻非精英公务员吗？看来他们似乎打得很开心，脸上的表情就像是在诉说着："这些互相交错飞舞的白球，才是人生的重心——"

就在风越位在粗框眼镜后的视线不经意地瞥向网球场时，他忽然不自觉地停下了脚步。在靠近道路边的一座球场上，有个男人正水平地挥动着球拍；风越觉得，那张侧脸看起来似乎很面善。

"喂、你是……？"

风越大声地叫道。

男人满脸不耐地回过头来，不过瞬间又换上了一副笑脸说道：

"我是通商局的片山泰介。"

"我知道。不过，现在这个时候，你在这里做什么啊？"

"如您所见，正在打网球。"

对方顶着一张娃娃脸，笑容可掬地这样说着。他的模样非常和蔼亲切，简直就像是和服店的掌柜一样。

"可是，今天还……"

明白到风越接下来打算开口责难，片山立刻一言不语地，低下头表示歉意；然而，在他的表情中，却看不见任何诚惶诚恐的样子。风越忽然觉得，自己要是继续诘难对方的话就太蠢了，于是有点放弃似的问道：

"你今天不忙吗？"

片山并没有直接回答这个问题，而是开口说道：

"我认为，人哪，如果不好好锻炼身子是不行的呢！歌词里不也是这样说的吗？'年轻人啊，锻炼好身体吧！'"

像是为了掩饰自己的难为情似的，片山还半开玩笑地补上了一句歌词。

"什么年轻人啊！"

风越也跟着苦笑了起来，再次望向片山。

片山的脸庞晒得黝黑，呈现巧克力色的健康光泽，手臂的肌肉也相当结实。若是"官员"和"年轻人"可以二分的话，风越着实想将片山归进"年轻人"那一边。热衷于法令审查委员会议论的庭野与片山同期，但两人相比之下，或许是因为庭野的发量较为稀疏的关系，片山看来比庭野还年轻了五六岁。话说回来，两人虽是同期，不过片山却比庭野小了两岁。

在东京土生土长的片山，小学五年级时跳级升至中学，中学四年级①时又跳级考进第一高等学校，尔后又顺利考取了东大法学部；在这条迈向得意人生的最快捷径上，他整整比别人少花了两年时间，可说是精英中的精英。像他这样的人，进入通产省内部的时候一定广受大家瞩目，不过往后的发展，可就未必还是如此亮眼了——事实上，即使在风越的人事卡片当中，片山的卡片也是一直沉睡在那叠"备用人才"名单的最底下。

风越语气不善地对片山说道：

"你这么喜欢打网球啊？"

片山应该有察觉到风越在问话语气中隐含的不悦，不过他却只是缩了缩脖子，一派若无其事地答道：

"不只是网球，像足球、高尔夫、快艇等，我也都很喜欢。"

---

① 当时日本的旧制中学校修业年限为五年。

面对片山的回答，就连一向语气毒辣的风越也不禁为之语塞，只是无言地望着片山那汗水淋漓的脸庞。片山大刺刺地笑着说：

"不过，再怎么说也只是喜欢而已，根本没时间去做呢！"

风越终于重新恢复了过来，调整好态势再次问道：

"那么，要不要尝试去海外看看？我想，这样你就能够尽情地打高尔夫和网球了吧！"

这回，风越可说是给了对方狠狠的一击；他睁大了眼睛，等待着片山的反应。片山搔搔头，不过脸上的笑意却丝毫未减；他用另一只手，揉了揉握着球拍的手腕说：

"基本上，我并不会特别希望如此，但也不会特别反对。一切都谨遵课长您的指示。"

这种回答，真像是好人家的少爷听见父亲邀自己去看自己不大喜欢的时代剧时会出现的答案。

风越又一次语塞；过了一阵子之后，他用下巴朝着球场比了比，对片山说道："好了，你继续去打吧！"

片山恭敬有礼地鞠了个躬之后，便再次走回球场上。

风越像是要甩开刚才那股氛围般，用力晃动手臂，迈开步伐向前走去。（真是个毫无破绽的家伙……）在风越的脑海里，当下闪现了这样的念头。那家伙不只总是笑容满面，就连摆出的身段也很低。

只是，仔细一想，对于风越的质问，片山全都很巧妙地回避了过去；他所回答的，尽是一些把人当傻瓜看的答案。这时，风越内心对片山的想法突然改变了：他心想，对方究竟是勇敢而不懂畏惧呢，还是在某种程度上，对自己的前途已经看得很开了？

对照之下，风越又想起了牧那张总是挂着苦恼的脸庞，以及庭野那沙哑的议论声。

牧在昭和十五年入省，而庭野与片山则是在昭和十七年入省。入省年度相当接近的这三人，往后也会不断地展开激烈的竞争吧！随着时间流逝，这样的竞争也一定会变得愈发白热化。

我得因应这三人各自不同的生存方式，再来调整人事卡片才行——

万里无云的晴空之下，宣告正午来临的铃声响彻了整片办公区域。

男男女女络绎不绝地走下"く"字形坡道；到处都是男性职员爽朗洪亮的笑声，以及女性职员愉悦的嬉闹交谈声。又因为今天正逢星期六的缘故，所以整片坡道上就像在办庙会似的，热闹非凡。

不过转眼之间，人潮就变得汹涌了起来；独自一人走上坡道的风越，不断和迎面走来的男男女女擦身而过。他们所有人都是公务员；不仅是通产省，就连文部省和大藏省也不断地涌出人潮。有些人一到下班时间，便迫不及待地离开办公地点，也有些人直到稍晚才陆续离开；这些只将政府机构视为一个安定谋生场所，占了公务员当中绝大多数的人们，正从风越的眼前一个接一个地离去，然而，他们却永远也不会出现在风越的人事卡片之中——

风越抬起头仰望天空，漫步在坡道上。和这些人比起来，那三个人可说各自拥有着极端不同且独特的生活方式。

当他回到秘书课后，从隔壁的房间里，法令审查委员会的议论声依然不停传来；庭野像是丝毫不觉疲倦似的，仍然用他那沙哑的嗓音滔滔不绝地在说着。

就在收拾人事卡片的同时，风越忽然有种冲动，想试探看看课员们会做出何种反应；于是，他将自己在网球场上与片山之间的问答内容，大声地向办公室里的其他人说了一遍。

男性课员们听了之后，全都沉默以对，而五位在场的女性则是面面相觑了好一阵子之后，打开话匣子说道：

"好厉害喔，真是有勇气呢！"

"那家伙该不会是个货真价实的花花公子吧？"

"一定是工作起来相当游刃有余吧！不然的话，摆出那种态度可是会完蛋的啊！"

"总有一天，那种人的时代一定会到来吧！"

对于女课员的议论，风越本想当做耳边风听过就算了，但最后却还是按捺不住地开了口。他故意用力咳了一声后，开口说道：

"你们听好了，在我看来呢，只有一件事是毋庸置疑的事实，也可以说是我最在意的一点。"

"课长，是什么呢？"

"刚才有人说了'游刃有余'这几个字对吧？这句话正和我要说的事情之间，有着密切的关系。就算游刃有余又如何？我才不欣赏那种保留实力的生存方式！身为男人，就应该要无论何时都在工作上竭尽心力才对！"

风越讲到最后，已经变成了怒吼咆哮。女课员们全都闭上了嘴，一句话都不敢吭。

有两位学生前来拜访风越。他们两位预计在明年度毕业，并且希望毕业之后，能够成为通产省的一分子。

风越希望自己能够挑出不输给大藏省的优秀人才，而光靠正式的国家考试，是不足以达成这样的要求的。因此，他打算在一边吃饭喝酒的同时，一边和这些学生进行讨论，然后通过这样的方式，小心谨慎地鉴别对方的人品与才干。此刻，风越还在批改文件，于是两名学生便坐在邻近门口的长椅上等待；那副模样，看起来像极了两只小麻雀。

就在这时，隔壁会议室里忽然响起了哄然的笑声；风越察觉到，会议室里的人们似乎正陆续起身离席，来到走廊上。

接着，秘书课的门打开了，庭野走了进来。他明明才三十七岁，额头却已秃了一片，一张大脸圆圆润润，眼睛里带着点稚气，整个人看起来，就像是只温柔的绿蠵龟。

"哎呀，来了吗！"庭野看见两名学生后，轻快地向他们打了声招呼，接着又说道，"风越先生，下午又要再跟您借用一下隔壁的房间了。"他的说话语气中带着亲昵，没有加上职称。风越也露出难得一见的温和笑容，回应庭野：

"你啊，一点都没变，还是那种木炭汽车的个性哪！"

"事情还没有结束，等下还得继续讨论呢！"

"真不愧是木炭汽车！"

庭野有个外号叫做"木炭汽车"。以木炭为燃料的汽车，虽然很慢才能点着火，但一旦引擎发动之后，就很难使其停下来，就算关掉了开关，还是会继续行动——庭野，就是这样一个木炭汽车般的男人。

风越透过镜片的边缘，瞥了瞥两名学生说：

"总之，这次学生们也要拜托你了。"

"我明白。星期一晚上，我应该能够排得出行程跟他们两人会面。"

为了达到从不同角度详细观察的效果，除了自己之外，风越也将和学生面谈的任务，各自分配给了庭野等人。

风越转头看向学生们，睁大镜片底下的眼睛说：

"那么，今天中午就由我先享用这两位吧！希望是道风味绝佳的好菜！"

正当风越带着两名学生来到通产省的大门时，正前方突然响起了一阵如雷的咆哮声：

"该死的通产省，一群该死的混账！"

一个身材短小的中年男人正紧握双拳，身子不住地颤抖；他那满布血丝的双眼流露出凶狠的目光，嘴里还不停地大吼大叫着——然而，却没有任何人对他多作理睬。下班的人潮已经减少了许多，几个零星经过的人露出冷笑，斜眼瞄了瞄男人后，便直接从他身边穿了过去。

　　"通产省这些混账！"

　　男人又继续谩骂。这时，一名警卫从建筑物里面跑了出来；男人缓缓转过身子，整个人像是突然感到一阵恶寒般缩起了肩膀，接着便快步离开了。

　　面对这仅仅发生在一瞬间的状况，两名学生相当错愕，不由得呆立在原地。

　　"怎么啦，不走了吗？"

　　在风越的催促之下，其中一位姓御影的学生瞪着风越问道：

　　"您为什么不追上去询问他理由呢？"

　　那位学生有着小麦色的肌肤，体格看上去像是名辛勤的农夫，肩膀笔直挺立。面对他的质问，风越用有点别扭的语气回答道：

　　"像刚刚那种情况，其实不算什么罕见的事情。"

　　"您说什么？"

御影一听，脸色变得更沉了。风越抬头望向天空说：

"你们听好了；在通产省的上空，名为'不信与怀疑'的暴风雨，不管何时总是缠绕不去的。"

"您没有感觉到，自己需要对此尽一份责任吗？"

"这既是因为当中有所误会，也是因为省本身有需要进行重大改革之处，所以才会产生如此现象；但是，这些问题，并不是追上一两个那种男人，和他们谈个清楚，就能够解决的。"

"那种男人……"

风越像是要搭住御影的肩膀般，想拉着对方一起前进，但御影却拨开了风越的手，保持一些距离后才迈开步伐。风越咧嘴一笑。（这小子，看来是个血气方刚的男人啊！）他在心里这样想着。

风越摆动着手臂，边走边大声闲谈道：

"先别说不信与怀疑，就算怨恨本身也分成很多种。其中一种，就是觉得自己遭到了政府机关的摒弃，譬如说那些在通产省的行政指导下，自认为受到过于严苛对待的家伙。然而，那都是为了国家社稷，才会舍弃某些人、才会表现得严苛；经历不断地颠簸前进之后，这些措施终将会对整个业界产生效益，然而他们却看不清这一点。再来，就是很多人都想攀权附势，然而他们既没办法太过讨好官员，也没办法跟官员变得太过亲昵，于是怨恨就产生了。所以我总是跟下属说，政府官员呢，还是摆出一副高高在上、难以亲近的样子会比较好；只要自己被当成那种难以亲近的人，就不会有一大堆想要借机利用你的人来和你套交情了。"

"摆出一副高高在上的样子，应该很简单吧！"

另外一位脸蛋生得白皙圆润，名叫小糸的学生，一派悠哉地应道。风越没有回答，而是继续说：

"此外，也有一些人心怀怨恨，是因为自己无法如愿获得特权与利益。对于他们那些人而言，这种孽缘是理所当然的存在。"

"那为什么不把那种孽缘……"

御影又想出声反驳。

"你少安勿躁。若是论及为什么会有这种孽缘产生，那是人开始腐败的缘故。那么，为什么人会开始腐败呢？这其中最大的原因就在于人事。人事若是没有确实安排好，人便会一步步迈向腐败。"

风越的语调强硬坚定，两名学生震慑于他的气势，默不作声。风越又继续说道：

"每个人在各自获得了自己的位子之后，若是勤奋努力地工作，就等同于让自己置身于急流之中，绝对不会生锈腐败。现在，通产省虽然可以称得是个活力充沛的机构，但我想再让它变得更加朝气蓬勃，甚至达到一种堪称史无前例的地步。我也在此向你们宣誓：我会靠着我的力量，彻底改革通产省的人事。不仅是再次适当分配现在的官员，我还要将现行的机关与系统，从根本整个彻底修正过来。举例来说的话，像是那种依照入省年度往上升迁，凭年资安排职位的人事方针，我会将它彻底粉碎。我要拟定升级考试，让非精英分子的官员也能逐渐崭露头角。还有，在你们这一届的精英分子当中，我也打算任命女性官员。"

两名学生露出了复杂的神色，不过风越对此似乎浑然未觉。

三人一路走过的道路两旁，到处都停满了车子。每辆车里都有随时待命的司机；也有些男人站在车子一旁，注视着通产省的入口。现在是星期六刚过正午的时候，人们已经开始进行起办公室之外的接触；那些男人是来带领官员们前往午餐场所的呢，还是前来迎接他们到远处去钓鱼或打高尔夫球的呢？

风越继续朗声滔滔不绝，无视于大门前的景象向前迈步；他的身影在隐隐之间，仿佛有点现代堂·吉诃德的味道在……

坐进虎之门附近寿司店里的小包厢后，风越又开始高声畅谈起他的人事改革论。

通产省的人事，平均每一年半就会进行一轮大调动。但是如此一来，便会导致官员才刚熟悉工作内容，就又得转换职务，以至于根本无法专心致志在某项工作上。若是以一般企业做比喻的话，通产大臣就等于董事长，而次官则等于社长；然而，社长（次官）每一年半就换人做的情况，在企业里是根本不可能发生的。

再者，人事异动的原则，与其说是遵照入省年资，倒不如说是更加服膺组织层级的顺序。光是在通产省本部里面，就有百来个课长职位；除了地位最高的官房三课长之外，其余的课长职也都各自有着等级高低之分。因此，当在这些课长职之中出现一个缺额的时候，并不是从副课长当中挑出一人来填补这个空缺——说得夸张一点，所谓人事上的"升迁"，只不过是让底下的课长们一个一个往等级较高的职位里补进，等到最后空出了等级最低的课长席次后，再分配新的课长就任罢了。

另外，早一年入省之人不一定比晚一年入省之人优秀，即便是属于精英阶级的特权官僚们，也不一定全都适合担任课长以上的职位。为此，风越认为，应该要不拘于入省年资与毕业学校这些因素，对于有能力的人才加以拔擢；同时，他也强烈认为，应该要让那些原本只能当到本省副课长的非精英分子们，也有机会升迁到课长的地位上。

总而言之，风越希望从通产省率先开始，对现行那种拘泥于学历及年资顺序的政府机构人事模式，展开彻底而全面的改革。

以两位学生为听众，风越一边不时用手背抹去嘴角溢出的啤酒泡沫，一边高谈阔论着。

两名学生不发一语地聆听着风越的言论。拥有小麦色肌肤、身材高大的御影，就读于京都大学法学系，曾经因为参加学生运动而遭到停学处分。当风越深入调查之后，他发现御影还是个极有骨气的家伙；当时，他居然连他人的过错也一肩承担了下来，风越对此感到大为激赏。

另一方面，有张圆脸的小糸，则是就读于东京大学法学部；他的学业成绩全为优等，也是常年第一名。一般而言，像这样的男人理应会进入大藏省才对，不过在风越的热情劝说下，他终于在最近点头答应，决定加入通产省。虽然小糸是名屈指可数的精英，但他的举止却不骄傲狂妄，反倒给人一种沉稳大方的感觉，风越视之为一种个性的表现。

当风越的话告一段落后，小糸便张开了如同金鱼般的嘴唇说道：

"那些得以荣升的人固然好，但接下来，就会换成那些遭到贬逐的人开始腐败了吧！"

听了小糸这话，风越口中的寿司霎时梗在喉咙里。他在内心暗暗想着："这小子，怎么会说出这种像是路边老头子常挂在嘴边的话呢？"

"若是抱持着这种想法，就无法进行改革了！要是遭到贬逐就开始腐败，那么，那些人从一开始就是些没用的家伙，早点淘汰也好！当然，我也会尽量为他们安排好淘汰后的去处的。"

"淘汰"，也是风越最喜欢的词汇之一。他太常把这句话挂在嘴边，因此有些人在私底下议论道："那家伙啊，他不该叫做'风越信吾'，该改名叫'风越淘汰'啦！"

除了"风越淘汰"之外，风越还有其他绰号，譬如

"无心脏"。这个外号一方面是隐喻风越不知畏惧,脸皮很厚,另一方面也是暗指风越并不是心脏太大颗,而是打从初出娘胎起,就忘了把心脏一起带到这个世界上来的意思。

当然,风越本人对每个绰号都不是很满意。他曾经如此开口反驳道:

"我并不是为了淘汰而淘汰,我是为了让人获得重生、拯救他人,才进行淘汰的。因此,我反而应该被称为'风越救济'才对吧!"

"每次看到有人堕落腐败,我的内心就比别人加倍疼痛,不管有几颗心脏都觉得不够用。所以,我怎么会是'无心脏'呢?叫我'多心脏'还比较合理吧!"

虽然风越半认真地辩驳着,但他能够如此直言不讳地回应,不正是"无心脏"的缘故吗?所以,对于他的辩驳,大家并没有把它认真当做一回事……

风越试着向御影征询意见:

"怎样,你也觉得我的计划很荒谬吗?"

"是的。"

御影断然答道。风越怔了半晌。

"喔,为什么?"

"因为我认为，一个人的才能或是能力，并不是那么简单就能辨别出来的。若是想要公平识人，前提便是那位拥有人事权的长官，需要具有等同于神明的眼睛与力量才行。"

语毕之后，御影凝视着风越在镜片下的眼睛；那表情仿佛是在向风越质问说："你有那样的自信吗？"（这家伙……）风越一边暗想，一边立即回应：

"要我举例来说的话，一个人是否有倾注全力努力生活，他周遭的大部分人应该都看得出来才对吧！那些选择保留余力生活方式的人，到最后根本就是毫无用处！"

风越的眼眸深处，一瞬间闪过了片山穿着白色球衣奔驰在网球场上的身影。坦白说，风越对于那幅画面深感困惑；他感觉，自己就像是一个原本都在处理国产车问题的人，突然被要求去鉴定国外进口跑车一样。

那种为了奔跑竭尽全力的国产车，才是风越熟悉的世界。国产车也许容易故障，但同时，它也是一种即使知道可能会发生重大故障，却仍然不停绕着远路、向前奔驰的车种，就好比特许厅的牧顺三课长一样。接着，风越的脑中，又浮现起庭野那前额光秃的身影。庭野正如同"木炭汽车"这个绰号所描述的一般，虽然火很慢才会点燃，却会毫不间断地往前进；即使关掉了开关，引擎仍会持续运转。通产省，果然是由那些如同国产车般，即使满身泥泞却仍然不停往前奔驰的男人为中心所构成的世界啊！

察觉到学生们注视着自己的视线，风越从冥想中回过神来；他慌慌张张地将寿司大口吞进肚里，灌了口啤酒，然后像是自言自语似的脱口说出：

"但是，我并不觉得这是荒谬的想法啊……"

这时，从对面传来了御影的声音：

"不过，我认为就算荒唐无稽，其实也不错吧！"

"嗯？"

风越又重新端详起御影的样子。御影这句话听在风越耳里，与其说是在鼓励他，倒不如说更让他有种敷衍和空洞的感觉。正当风越侧着头沉思时，御影忽然露出了笑容；接着，仿佛是看穿了风越的想法般，他又补充说道：

"男人的话，多少带有一些荒唐无稽的想法也不错吧！"

（哎呀！）风越一脸惊讶。这时，御影又像安抚似的继续说道：

"通产省跟大藏省及外务省不同，是个可以多少怀抱有荒唐梦想的政府机构；对于这点，我可是相当期待唷！"

"没错，你说得对极了，我是为了国家社稷，才会做着如此荒唐的梦想啊！"

风越用力地点点头，又灌下了好几口啤酒。他的脸上露出了满足的表情，同时在心里暗暗想着："看嘛，我会这么在意入省前学生说的话，哪里是什么'无心脏'嘛！"

就在即将步出寿司店之前，小糸忽然像是想起了什么似的，向风越问了个问题：

"请问牧顺三这位先生，在省里是就任于哪个职位？"

"他是特许厅的课长。"

"也就是闲职吗？看样子，他果然是非精英分子吧！"

"不对，他是精英分子的一员喔！只是……"风越咽下了自己刚要说出口的话；他一边在心中回想着牧顺三的苍白表情，一边向小糸问道："你认识牧吗？"

"就个人而言，我和他并不熟识，只是那位牧先生，跟我在同一间夜间补习班里上课。"

"夜间补习班？"

听见这句完全出乎意料的话，风越不禁大声地反问了回去。

小糸点点头。那是间位在御茶水，由法国人所经营的外语学校；牧每周固定会去那边上三次中级法语课，已经持续了一年以上的时间。在全部都是年轻男女所构成的学生当中，只有他是四十出头的中年男子，再加上他又是通产省的官员，于是他便自然而然地成了班上的名人。不过，因为他总是沉默寡言，表情又严肃，几乎没有和别人说过话，所以班上的人都互相揣测谣传着："他一定是无法在政府机构里出人头地，所以打算弄个法语教师的职位当做副业吧！"

（才不是那么一回事！）风越压下几欲脱口而出的这句话，与学生们道别后，走上了返回办公室的道路。

此刻，整片政府厅舍所在的区域，已经几乎化成了一座死城。不过两个小时之前，还有大批的下班人潮如同水库溃堤般不断涌出，但现在看来，那仿佛就像是一场幻影而已。

文部省的建筑物散发着大型古代罗马废墟般的气息，一切万籁俱寂；大藏省以及前方的外务省附近，也是不见半点人影。然而，当风越跨过一个转角，走近通产省的建筑物时，他仍然可以清楚地感受到人的动静。在那里，既有从别的地方回到办公室的人，也有前来造访的业者。就在大门前方不远处，停靠着一辆风越不曾见过的高级轿车；一位局长正好要坐进车里，看样子，他应该是受到了某家大公司的邀请，要去出席宴会吧！对方与风越的视线四目相对，不过并没有表现出任何窘迫不安的感觉；风越也扬起手，像是表示送别似的向对方致意。

接着，风越回到了秘书课的办公室。除了大臣之外，上下班的名牌显示灯①只熄了三盏而已，这代表几乎所有的干部，直到此刻都还留在省里办公。这里是个连半天休假都不存在的世界，尤其对于精英分子们来说更是如此。纵使负责行政事务，有同手足般的基层官员都回去了，那些宛如整座通产省心脏的核心精英，也仍然在持续不懈地努力着。

不论处在怎样的时代，通产省都从未有过"毫无任何问题"的时期；不管景气好或是不好，不管是全体产业或是一部分的产业，问题总是会不断冒出来。而为了解决这些问题，不仅仅是直接负责相关问题的部门，就连其他许多与此问题相关的部门，也都非得跟着动起来不可。

这个时期，日本经济受到了近一两年来世界景气停滞的影响，在国际收支上出现了大幅的赤字；尔后，借由实施紧缩金融的通缩政策，并致力于出口机制的合理化，最

---

① 指办公大楼大厅柜台后方墙壁上挂着的人名名牌，若是仍在执勤，灯就会亮着。

近才终于逐渐转亏为盈。如今，世界经济又再次处于欣欣向荣的状态，而日本也正在迎向出口大幅上升的数量景气①时期。

然而，即使如此也不能太过乐观。在汽车产业方面，欧洲车等外国车辆的不断大量输入，对基础尚未稳固的国内汽车制造业造成了巨大的威胁。通产省认为，必须一方面借由对银行持有外汇比例的削减，来抑制外国成品车的进口，同时尽快强化汽车制造业的竞争力。石油化学工业现在也还是处于刚起步阶段；在这方面，不仅必须培育出能够承受先进国家竞争压力的体质，同时也必须避免与既有化学工业之间产生的摩擦。除此之外，以石化工业制品为中心的新产品，也将会变得愈来愈复杂且多样化；因此，也必须拟定出保护消费者的相关规定。

话虽如此，但这些也不过是原则性的大方针而已。事实上，当经济情况普遍好转之后，通产省本身便陷入了一种尴尬的立场之中。在经济界里，通产省无用论虽然还不到大行其道的地步，但歌颂自由经济，主张政府放手的呼声极高。

有鉴于此，通产省已经放弃了许多管制和许可的权限，同时也将自身的政策手段，转变为以对产业的行政指

---

① 指价格并未上升，但产品销量却大增的景气状态。

导为中心。然而，若省的权力仅止于此，必然会让许多人感到无所凭依，心中忐忑不安。他们既不能获得法律上的支持，也无法开创出整体性的展望。就算想申请经费做点事，但通产省的预算在政府各省当中，却处于几近垫底的程度；譬如说，和农林省相比，通产省的预算竟然只有它的十分之一。此刻的通产省，已经处于一种既没有胡萝卜，也没有大棒可拿的无力窘境之中；整个省内全都弥漫着一股危机感，认为若是长此以往再这样下去，全省都将面临灭顶的命运。

正因如此，身为秘书课长的风越，才会认为有必要进行彻底的人事改革。在这种困难的时候，能够依靠并加以信赖的，就只有人才的力量——

在隔壁的房间里，法令审查委员会的争辩声仍然持续不休，而庭野那沙哑的嗓音，也同样不停地传入风越的耳中。人称"木炭汽车"的人才，丝毫不显倦意地持续向前奔跑；那沙哑的声音，让风越不由得感到一阵安心。

当委员会结束，庭野走出房间的时候，风越向他喊道："要不要一起回去啊？"

他说话的语气就像只是要邀请对方去喝杯酒般，没有再多做任何的解释。然而，尽管如此，但事实上，此刻风越的心里却正暗暗在盘算着某件事情。

当他叫了辆计程车，向司机告知目的地之后，庭野不禁侧过头，有点不解地问道：

"为什么要去那里呢？"

"哎呀，你就安安静静跟我来吧！我让你看个好东西！"

穿越皇城护城河周围之后，计程车在御茶水车站附近的派出所前转了个弯，停在一栋设有白色大门的南欧风格校舍前。时间正好是刚过晚上六点不久，迟到的学生们一个接一个，慌慌张张地跑了进去。教室里面已经开始上课了，朗诵英语及法语的年轻声音，在墙壁之间回荡着。

小糸所说的教室，应该是横越过中庭后，一楼最左边的那一间。风越迈开大步，走近那间教室；庭野侧着头，也跟在他的身后走了过去。

现在这个时候，虽然天空还有点微亮，不过教室已经全都点亮了灯火，因此从中庭这边，可以清楚看见教室里浮现的景象。一位金发的法国女老师，正在黑板上飞快地写着板书；狭窄的教室里，挤满了四十名左右的男女。所有人几乎都是清一色的学生，因此用不着特意寻找，便能发现其中有个看起来格外突兀，侧脸显得苍白又疲惫的中年男子。

"那、那是牧课长……"

庭野睁大了眼睛，说不出话来。从他的表情看来，纵使亲眼看见了，他似乎还是不敢相信眼前的景象。

"你觉得，这是怎么一回事？"

"什么'这是怎么一回事'……？"

庭野满脸困惑。风越像是在向自己确认般地说道：

"牧之所以会去特许厅，就是为了这个缘故。他根本不是为了休养身体。那家伙竟然不惜做到这种地步，也想要去法国。他是真的认为，死在法国也无所谓吧！"

"为什么……"

"你仔细想想看吧！"

是自暴自弃呢，还是在下赌注？庭野一时间既无法做出推论，也无法找出解释，整个人陷入了混乱之中。

学生们转头望向站在窗边的两名男人。牧也慢了一拍转过头来；当他认出是风越时，看起来像是吃了一惊，不过马上又板起了脸回望着风越。他的视线就像是两道粗大的冰柱般，笔直射进风越的眼中。随后，牧又看向庭野，庭野也迎向他的目光。愤怒与质问，两人的眼中迸出了熊熊的火焰，好像电线漏电一样，蹿起了肉眼看不见的火花，又接连碰撞出耳朵听不见的爆炸声响，互相僵持不下。

（战斗吧！互相拼命搏斗，然后让自己变得愈来愈强大吧！）

风越的眼中浮现了浅浅的笑意。然后，他在心中将"牧顺三"的卡片，确实地移往"派驻巴黎"的位置上。

第二章　大臣秘书官

秘书课长风越信吾，按照牧本人的意愿，为他安排了一个驻巴黎大使馆的商务秘书职位。另外，他也安排晚两届入省的片山，同样以商务秘书的职位外派至加拿大。关于后者，风越并没有确认过片山本人的意愿，恐怕，这样的任命不会符合对方心里的期待吧！不过，若是他心有不满的话，当时在网球场上，就应该明明白白表达出来才对；而对于这种回答问题时态度模棱两可的人，风越也只能报以自己一贯的处理方式了。

于是，风越将片山唤来，告诉他这项人事安排之后，顺便用自己擅长的挖苦语气向对方说道：

"你就尽量在那边提升自己的网球技巧后再回来吧！"

对于身为精英分子的官员来说，这句话可说十分苛刻，而且充满了侮辱的意味，一般人听到了，一定都会勃然大怒板起一张脸来。不过，片山却只是笑笑地低下头说：

"是的，真是非常谢谢您。的确，跟这边比起来的话，在那边应该会有更充分的时间可以打网球吧！"

"……"

风越不禁感到一阵没趣，在心里暗忖道："这家伙把耍人当游戏哪！"但是，片山的表情与遣词用字，却又像孩童一般直率，看起来也没有任何闹别扭或嘴硬的样子。尽管如此，风越实在不觉得，像片山这种一连三级跳，一路走在精英道路上的男人，会在三十几岁时便放弃飞黄腾达的机会，进而认真埋首于网球之中。（真是个难以看穿内心真正想法的男人哪……）风越真想在片山的人事卡片上，写上一个大大的问号。

就风越本身而言，他并不是很喜欢像片山这一类型的人。在他看来，想说什么，就应该率直而又充满男子气概地说出来，若是说的时候能够把嗓门放大的话，那就更好了。身为官僚，无论面对任何人都不该卑躬屈膝；与业者见面时，也应该从那种在密室里窃窃私语的沟通方式里跳脱出来。

话虽如此，不过风越还是无法无视于片山的优秀才干；身为"人事风越"，倘若对此视若无睹，将会有失公平。

因此，他会将片山外派至加拿大，自然也是有其用意在。与牧即将前往的法国不同，加拿大与日本在国情、自然环境与经济情势上，几乎没有任何共通点，而身为日本的通产官员，在那边也没有特别需要学习的政策。在那片不毛地带里，身为精英中之精英的片山将会如何生存下去？在那个异乡的国度里，没有人会把他当成精英，并因此而对他吹捧褒扬。不只如此，加拿大又是个没有任何可供学习之处的国家；在那里，只有华丽的外交官生活等着自己而已。在这种情况下，生性堕落的人一定会堕落。到时候，这名精英是否会就此陨落，变成一个只有肉体健壮可取、货真价实的花花公子回来呢？这项人事任命，等于是在片山的面前丢下了一个淘汰的可能性。

当然，程度虽然有所不同，但相同的情况也会出现在牧的前途当中。不过，牧是自愿选择了这样的可能性，并且甘愿冒着在精神方面堕落之前，就因病而死在他乡的危险性前往法国。

风越从组织结构中拣出这两张人名卡片，用他那关节粗厚的手指夹住卡片，细细把玩了好一阵子。若是一个不小心，不出两三年，这两张卡片都有可能面临破损的命运。不过，这对于通产省全体来说，算不上是太大的损失。省内的人才太多，职位却太少；因此，淘汰的机会自然是尽可能愈多愈好……

以行政指导为中心的时代到来之后，如今的通产省，需要更加重视个人的能力及魅力。省内所需的人才不仅要年轻，同时也要抱持着良好的判断力，另一方面，也要能够博得他人的信任；除此之外，最好还是个性格开朗活泼的人。

风越精力充沛地反复不断和学生们进行面谈。他花了许多时间，和总计超过两百名的学生促膝长谈，谈论的话题从有关国家社稷的议论，到平时爱看的书籍与恋爱问题，可说包罗万象。最后，从这些学生当中，他决定录取以御影及小糸为首的十九人；在这些准官员当中，不仅只有男性，也任用了两名东大出身的女性。对经济方面的政府机关，或是对精英官员来说，这都是破天荒的头一遭。

翌年春天入省的同时，两名女性马上被省内的同僚冠上了绰号。其中一位经济学部出身的女性，五官端正清秀，身材娇小到几乎像是小了一号的小矮人般，因此得到了"小娃娃"的绰号。另外一位则是法学部出身，真要说起来的话，她的体型比较偏男性化，长相也比较帅气，因此在省内得到了个"贝蒂小姐"的外号。这两个绰号都相当不错。虽然不知是不是基于对精英官员的敬意，所以才连绰号也取得相当好听，不过她们两位，确实都不是那种传统的仕女或是女议员类型。她们一方面是不输给男性的才女与悍女，另一方面又拥有与绰号相符的女性特质——风越在这当中，看见了她们的魅力。若是拥有如此韧性的女性，一定能够成为足以承担行政指导重任的优秀人才。

另一方面，风越也逼迫次官及大臣，要求他们实施非精英分子官员的选拔任用考试。若是听到对方用"必须兼顾他省情事"的理由来回绝，风越便会断然主张："他省才是错误的！"，并开始长篇大论地谈起人事院规则①及其运用的精神。接下来，他总是会套用自己的口头禅，正色说道："任用有能力的人，有什么不对吗？"他的讲话虽

---

① 日本关于公务员人事行政方面的命令。

然往往过于芜杂，但论点却相当正确；也由于论点正确，所以他最后总是能够去芜存菁，将问题拉回至原来的正轨上。

面对风越的攻势，大臣与次官全都大感吃不消；每当风越摆动着双手，踩着外八的步伐朝自己逼近，他们就禁不住在心里嘀咕："又要开始搬出那一套杂乱无章的真理了吗？"，然后有种想捂住自己耳朵的冲动。最后，拗不过风越，他们终于认可了这项提案。

就这样，风越以非精英分子的官员为对象，举办了任用考试。成绩出来后，他决定擢升一位在企业局工业用水课任职，名为辻的年长事务官。辻只有旧制专门学校毕业的学历，是个就算洗澡时也在看书的认真男人。他的年龄已近五十，十分沉稳老练，也相当有见地。跟那些年纪四十出头便在省内各局处担任课长的特权官僚们相比，他可说是个毫不逊色的人才。

辻的新职位是纤维杂货局的杂货第二课长。杂货第二课所负责的对象，是以生产玩具、鞋类、皮革制品，以及玻璃制品为主的中小企业。由于服务对象是小规模而数量众多的业者，随之产生的问题也是五花八门。在课长职之中，这是一个最需要耐性的职位，不过风越认为，对于长久以来无法升迁，一直任劳任怨辛勤工作的辻而言，这正是再适合不过的职位了。

另外，与辻地位相当的杂货第一课长，风越则安排了自己最看好的人才之一——鲇川前去担任。鲇川与辻刚好形成明显的对比，他的年纪方过四十，即使在同为特权官僚的精英分子群当中，也是名列前茅。鲇川是深川木材批发商的次男，个性好强不服输，联考的时候，他从环境极其不利的商业学校中脱颖而出，一举考取了第一高等学校，之后又顺利从东大法学部毕业。他是个地道的豪气江户人，同时也有着热心助人的一面。当他先前担任中小企业厅振兴课课长的时候，还曾经把课长桌推到窗口，与前来商谈资金周转一事的中小企业者亲自沟通详谈。

鲇川的口头禅是"政府机关的工作就是当润滑油"，因此他在省内便得到了"润滑油"这个称号；除此之外，他之所以被人这样称呼，或许也是因为他那对于卑下工作毫不嫌弃的态度吧！

在担任振兴课课长之前，鲇川也曾经当过一段短时间的大臣秘书官。当时的大臣是位官僚出身，神经质出了名的男人，但在他就任之后，却从来没有真正大发雷霆过；风越认为，这就是鲇川身为"润滑油"最好的证明。他在上级眼中的评价极好,在下属间的声望也相当高。因此,每当风越在把玩人事卡片的时候,在众多率先取出的卡片当中,总是少不了鲇川的份。

鲇川小了风越四届,号称"木炭汽车"的庭野又小了鲇川三届。风越在排列人事卡片的时候,脑海中经常会描绘出未来的人事图,而在这张图中位列核心的,便是"风越—鲇川—庭野"的连线。他认为,这样的人事图是最理想的路线之一;若是遵循这条路线发展,通产省往后一定能够安泰顺遂,不会出现太大的失误。

总之,他将自己如此器重的鲇川与辻比肩并列;这样一来,辻应该会觉得受到鼓舞,并好好地善尽自己的重责大任吧!

时值盛夏,星期日过午时分。

风越选择了泡澡,而非冲澡。然后他直接光着身子,坐在面向庭院的走廊藤椅上,泡过澡后一丝不挂的赤裸感觉实在十分畅快。生为男儿身真是太好了,如此的畅快感,仿佛让自己回到了初生婴儿那个时候,就连心灵都受到了洗涤。一想到心情如此舒服畅快且难能可贵,他就完全提不起劲去穿内裤;况且,在自己家中也没有什么好顾虑的，就算风越与就读国二的长男在家中全裸，也没有人会提出抗议。

风越家中的成员还有妻子道子与就读高二的长女，另外还有一名年轻女佣；不过，那名女佣无论吃饭还是睡觉，全都跟家人在一块，而风越也早就把她当作自己的第二个女儿看待，因此对她也丝毫没有顾虑。

由于体格强壮的关系，风越相当怕热，因此，出任广岛通产局总务部长的那两年，对他来说特别难熬。当时在广岛，只要一到了热气聚积不散的傍晚，整个房间就会变得闷不通风；有时候风越实在热得受不了，干脆就裸着上半身处理业务。

地方小报的八卦栏中，对于此事是这样描写的："由于品行不好，自中央被贬逐至此的特权官僚，一发现可能已经无法回去，便变得更加自暴自弃又傲慢自大。"

风越叫来了那个报社记者。望向低垂着头，抬眼观望着自己表情的记者，他大声说道：

"你要怎么写是你的自由，不过在那之前，你想办法解决一下这热死人的天气吧！"

风越之前曾经担任过通产省的纸业课长。那是个纸源仍然相当不足，各式各样的纸张都要进行分配的时代。有一次，筱原内阁在国会运作上栽了跟斗，引起了要求总辞的挞伐声浪，最后，他们打算解散内阁以回应众人。当风越听闻这个风声之后，便大步踏进官邸对首相直言道：

"就算要举行总选举，我也不会分配任何一张所需的纸张给内阁！"

无论首相如何劝说，风越就是不肯点头；背对着老首相无力的叫骂声，他摆动着双手，就这样大步走出了官邸。总选举将会用到极为大量的纸张，为了筹措这些纸张，就必须大量削减学校及报纸所需纸张的分配额度。为了让一个内阁继续延续下去，却得强迫国民们作出这样的牺牲，这太不符合常理了！风越心中所抱持的，正是这样的信念。

结果筱原内阁还是总辞了，随后换成了依田内阁的时代。当时，在省内有一名深受依田宠爱，个性独断专行的官员，总是仗着大臣官房长的身份在通产省里耀武扬威。那位官房长一方面打压工会，一方面又利用公用车，接送自己的小孩去有名的幼儿园上下学。

风越咽不下这口气，于是在工会会员们面前，直指着官房长脱口说出："不能再让这种家伙嚣张跋扈下去……"结果就被贬到了广岛。

风越当时已经作好了半永久居留在广岛的觉悟，因此偕同妻子在此定居，并不会让他感到特别抑郁不快。风越原本就是个乐天的人，面对这种情况，他不住心想："这也是一种缘分，就悠闲地享受广岛的生活吧！"幸运的是，那里的酒与鱼类都很美味。他偶尔也钓钓鱼，玩玩麻将，或者去打打高尔夫球，还曾经打到距离单差点 ① 只有一步之遥的成绩。

　　只是，因为他在知名高尔夫球场里裸着上半身挥舞高尔夫球杆，引起了众人非议，结果往后好一阵子，都没有任何人敢再邀请他去那里……

　　风越家的庭院前方，耸立着一棵双手合抱粗细的榉树，整座庭院看起来，就像是一片带有绿意的碧色池塘。榉树的树梢摇动，绿色的风抚过刚泡过澡的肌肤，这正是存在于现世的天国之风。风越摊开赤裸的双脚，让风也吹过胯下。

　　这时，从玄关前端传来了说话的声音。一阵小跑着的脚步声，逐渐向风越接近；"那个……"来人正要开口说话，不过一看到风越的模样，就又马上停下了脚步说：

---

① 当日杆数与标准杆的差距在个位数之内。

"唉呀，真是的！"

女佣站在走廊的尽头，用手捂住脸庞对风越这样说着。

"这没什么好惊讶的吧，每个男人都有这玩意不是吗？"

"可是……"

"有谁来拜访了吗？"

"是的，是鲇川先生，和另一位自称是辻的先生。"

"喔，是辻吗？"

真是出乎意料的访客。风越偏过粗壮的脖子说道：

"带他们过来吧！"

女佣从指缝间，像是要确认似的望着风越说：

"老爷，您打算就这样子见他们吗？"

"不，会穿个兜裆布吧！"

"……只有兜裆布吗？"

"好啦好啦，你也真是的！"

风越的妻子道子一边笑着说道，一边拿着兜裆布与浴衣走了出来。

风越随意地将两件衣物给穿上之后，又一屁股往藤椅坐了回去。他将浴衣的衣襟往两旁敞开，露出大片胸膛，再把两边袖子卷至接近肩膀的高度；下摆也往上撩起，从中可以隐约瞥见白色的兜裆布。他已经尽力让通风的面积增加到最大，但不管怎样，感觉还是没有全身一丝不挂来得透气舒适。

"我们还以为您在午睡呢！"

鲇川与整个人几乎躲在他身后的辻，出现在风越的面前。

"不不，我和你们不一样，星期天根本不需要补眠；毕竟，我每天可都是睡足了八小时的！"

"……"

"要是不这样的话，就会想睡到无法工作。我的脑袋本来就很不灵光了，再火上浇油的话，可就真的动弹不得了哪！"

风越像是要缓和气氛似的，用爽朗的声音说着。同时，他也从高度数的镜片底下，观察着两人的神情：

和看上去就是一副少爷模样的鲇川相比，辻则给人一种饱经风霜的憔悴感；他不只脸色看起来没精打采，就连视线也不敢跟风越正面对上。（他绝不是来这里谈笑风生的……）风越暗忖：（应该是发生了什么状况，所以才要来找我商量；至于鲇川，则是身负"润滑油"的重任，一起到这里来的吧！）风越的眼中亮起光芒。

辻坐进对面的藤椅上后，松了口气似的将视线投向庭院远方说道：

"真是棵壮观的榉树呢！"

"那可不是我家的树喔！这块地是租来的，树也是地主的。"

辻一下子沉默了下来。对于自己打断了对方的话，风越信吾感到有些过意不去，于是又接着说道：

"不过，我也很喜欢高大的树木，所以才一直住在这里，不想搬走呢！"

风一吹，让榉树的叶面翻了个边。辻那意志消沉的脸庞，看起来显得更加苍白了。鲇川穿着POLO衫，辻却是穿着短袖的衬袖配上领带，手臂上还挂着件羊羹色的外套。为了安抚辻的心情，风越继续说道：

"在我出生的水户老家，房子周围曾经种了一整圈的杉树；但是后来，那些巨大的杉树却一棵棵地被砍倒，变成了我的学费。那每一棵树，都是我从孩提时代开始就一直仰望着，陪着我一起长大的；当它们被砍掉的时候，我真的觉得就像自己的身体被切割一样。我想，杉木本身也是有灵魂存在的吧！"

"……"

"所以，我在学校里的时候，就一直发愤图强、努力读书，那真的可说是拼死命地在读哪！因为我认为，当成排的杉树都不见的时候，我也非得取而代之，让成绩单上出现成排的优才行。我在读书时，还彻底计算过了教授们的出题倾向与偏好！多亏如此，除了一科之外，我其他科目全都得到了优。现在想起来，那时候的我还真像个傻瓜！"

鲇川扇着圆扇送风给辻的同时，接话说道：

"这么说来，我也觉得杉木板老是散发着一种难以言喻的悲伤气息。现在想起来，那可能就是树的眼泪所散发出的味道吧！"

"对喔，你是木材批发商家的小开，应该多少能够感受到树木的心情吧！"

"庭野也感受得到吧，毕竟，他也是鹤冈木工业者的儿子啊！"

辻终于重新振作起精神说道：

"大家都跟树木很有缘分呢！"

"只是巧合罢了。不过，搞不好真是树精呼唤我们聚合在一起的，也说不定喔！庭野就曾经开玩笑说过：'以风越老大为中心，所有人都是天真直率的人。'"

"原来如此，就跟树一样纯真直率是吗？那个人偶尔会说出一些有趣的话。"

在说话的同时，辻仍是带着一副郁闷的表情。眼见辻心头上一直挂着如铅锤般沉甸甸的烦恼，风越就有种冲动，想让他快点把心里的话吐露出来。

这时候，风越忽然想到了个好主意；他望向鲇川说道：

"喂，你去泡个澡吧？现在热水的温度刚刚好喔！"

"是吗，那应该会很舒服吧！"

鲇川点了点头，再次看向风越刚泡过澡后的模样。那眼神像是在说，他已经明白了风越的弦外之音。

"那么，我就恭敬不如从命啰！"

鲇川将团扇递给辻之后，站起身来。这时，风越又对鲇川说道：

"泡完澡之后，就直接裸着身体来这里吧！也用不着穿什么兜裆布了啦！"

"我当然不会穿啊！"

"是吗？你还真是个不得了的家伙呢！"

"只不过，我会穿内裤就是了。"

"你这家伙！"

在风越和鲇川的对话引领下，辻第一次跟着放声大笑了起来。背对着两人的笑脸，鲇川慢慢移动庞大的身躯，走进屋里叫喊着："夫人——可以借我泡个澡吗？"

风越眯起了眼睛。

一如往常，鲇川依然是个让人感到舒适自在的地道江户人，为人既乐天开朗，又不会让人感到太过拘谨，而且反应又快。有了他这样的"润滑油"在，风越便再也不需要其他的润滑油了吧！鲇川一直是个胸怀开阔坦荡的人；如果他将来有一天能够坐上次官之位，那么省里的气氛，应该也会变成宛若绿风吹抚过刚泡完澡后的肌肤般，那种舒适的感觉吧！之后，再由朴实的"木炭汽车"庭野来负责拉紧大家太过放松的心情——

风越在高度数镜片底下的目光，一瞬间飘向了遥远的地方。那也是理想的人事图之一，但就现在而言，真的只能算是梦想。若要实现这个梦想，前提便是风越自身要能够成为次官。尽管他的原则一向是"不对自己的人事采取任何动作"，但如此一来，事情是否能够顺利进展，便成了未知数。"清风自来"是风越喜欢的成语之一，但风越也十分清楚，现实生活未必会那么顺遂……

在风越的催促之下，辻顶着阴郁的神情开始倾诉。这些话在风越听起来，也是心情十分沉重。擢升为课长职之后的三个月，辻每天都是苦不堪言。虽然并不能说那些身为精英的特权官僚对他刻意刁难，但不管怎么说，他在课内都没有同伴。反过来说，被擢升上来之后，他也无法再融入以往的同伴之中。在课长级会议当中，就算他想出言讨论，也不知道该怎样做好论述的前提及引申的发展。而目前的情况，也不是"只要努力就能迎头赶上"那么简单；即便他想努力学习，但课长一职的日常业务就已经让他忙得晕头转向，根本腾不出半点时间。除此之外，意识到周遭同仁对自己的期待，也让他渐渐地变得更不敢再任意发言。为此，他开始觉得自己无法负荷工作的重担，心情也完全平静不下来。

"人类真是种可悲的生物，若是没有与自己站在同一阵线的伙伴，不管是工作也好，还是生存也好，统统都办不到。"辻反复地说着这些话，"希望您能够尽早革去我课长的头衔，将我调回原本副课长的岗位。"说罢，他从外套内的口袋中掏出一封"课长辞职书"，递给了风越。即使风越安慰他说："再忍耐一阵子就会习惯了"，辻也只是像要把脖子摇断一般，频频摇着头应道："您太看得起我了……"

光是听辻的这番片面之词，不仅信息不足以下判断，就连证据也不是很充分。虽然风越觉得辻实在也是有点欠缺抗压性，但看见对方那副苦苦恳求的可怜模样，他又忍不住心想："如果再这样下去的话，搞不好真的会导致他神经衰弱，甚至有可能会自杀……"

结果，风越还是暂时收下了辞呈。辻不等鲇川泡完澡出来，便早早回家去了。

风越将辻的辞呈丢到了榻榻米上。虽然他有慰留之意，但既然本人都已经受到了如此重大的打击，那么风越也没有自信能够改变他的心意。况且，要啰哩叭嗦地说服他人也是件麻烦事，而恋恋不舍地挽留对方，也不符合风越的个性。正所谓来者不拒，去者不留嘛！

这个问题乍看之下，是风越在人事改革方面的一大挫败，但这并不代表录用制度本身是错误的。若是有错的话，应该就是出在人选本身以及录用考试内容的问题上。从下次开始，除了知识与见解之外，或许也该将人选本身的胆识这项条件，列入选拔的基准才对。

当然，辻的辞职一定会对非精英分子的官员带来冲击吧。因此，要如何缓和那股冲击，让往后想参加任用考试的人能够继续奋起，并且再次检讨选拔的方法，那就是下一任秘书课长应当实践的工作了吧！这样一来，风越目前面临的课题，就是该怎么填补空出了一个缺的课长职位。不过，风越对这个问题不仅不感到苦恼，还涌起了强烈的兴致。

风越开始一一抽出肉眼看不见的人事卡片。

风忽然变大，吹落了榉树上的枯黄叶子。风越将胸前敞开的浴衣拉拢，双臂交叠，一动也不动地凝视着榉树粗大的树干。

几天前，风越收到了片山从加拿大寄来的暑期问候明信片。上面的景色是落基国家公园的森林地带，干净美丽的青葱树木，有如成群的美少年般，整齐地并排在一起；然而，那景象实在太过端正优雅了，反而让人有种无法亲近的冷漠感。

明信片的内容十分简洁，在最后写道："托您的福，打网球的技术增强了不少。"表面上看起来像是在表达谢意，但仔细想想，又觉得其实是在挖苦人。"什么'托您的福'啊！"风越将那张明信片扔进了废纸篓里，但又马上捡起来收进抽屉。从随意写下的明信片中，也能感受到一个人的人品，这也算是一项资料。只要是和"人"有关的事物，风越全都会搜集起来。只有经过不断调查与累积之后，才能建立起不输给任何人的情报资料库。他必须让自己成为调查人事的专家。唯有这样，他才有办法写出满怀自信，足以说服上司及大臣的人事原案——

风越再次望向榉树。这个庭院里只有这一棵巨大的树木；这种树木巍然独立的形象，刚好跟风越的性格不谋而合。（大树只要一棵就够了……）

风越想到了庭野。他有种冲动，想要一举拔擢与片山同期的庭野来接任辻的位子。

只是，在入省年次相差不多的官员当中，年资长了两年的牧虽是基于自身的意愿，但也只是担任下辖机关的课长职而已；这时候若让庭野担任通产省本部的课长，不仅是三级跳，更是多跳了好几级的大升迁，将会造成人事上的严重失衡。这样一想的话，还是不要变动庭野的位阶，让他待在本部的中枢里，再多辛苦一阵子会比较好吧！

（那么，该让谁接下辻的职位呢……？）风越迫不及待地，又在脑海的虚空之中，继续配置起人事卡片。

在那之后又过了两年。风越信吾由秘书课长，转任重工业局次长。

通产省所属的局处机构之中，包括了负责通商产业政策的全面性企划与调整，在业务方面呈水平型的企业局与通商局，以及负责各产业，在业务方面呈垂直型的重工业局、化学工业局、纤维杂货局、矿山石炭局等原局①。在这些原局当中，最具有分量且地位最高的，正是重工业局。在这之前，风越从地方到官房，一路走来都是负责轻工业事务，因此从来没有接触过这块领域。从这层意义来说，风越之所以会被派任到重工业局，正是为了让他成为全方位性的高级官僚所做的最后一层磨炼。

经过内阁改组之后，通产大臣也换了人。

前国务相池内信人，被平调为新任的通产大臣。池内虽是官僚出身，不过担任大藏大臣等部长级职务已经超过十年，是位重量级的大人物。

在这之前，他已经有两次坐上通产大臣席次的经历，不过两次的任职时间都相当短。约莫在九年前，当时年纪尚轻的他已是大藏大臣，然后又兼任通产大臣；在那时，

----

① 日本政府机关有所谓的"笔头课"，专门负责各机关的人事、文书、会计等秘书事务机能。相对于笔头课，其他掌管实际行政业务的各局、各课，则被称为"原局"或"原课"。

他曾经公然宣称："中小企业倒闭后会有一两个人自杀，也是无可奈何的事。"因此失去了国会的信任。两年过后，他再次当上通产大臣，结果又在在野党的诱导之下，于答询时做出了这样的表示：

"那些在预估市场行情时，违反了普遍法则的商业经营者，就算其中有五到十人陷入破产境地，也是无可奈何的事。虽然我很同情他们，但我必须在此郑重表示，这是无法避免的事态。"

尽管他非常小心谨慎地如此回答，却还是再次遭到了国会的不信任抨击。不过，虽然他在通产大臣这个职位上曾经有过这些不好的经历，但他毕竟是实力派阁员，同时又是位经济专家，所以最后还是勇敢地三度接下了这个位子。

在省内，有关秘书官的人事问题一时之间成为话题。一提到人事，许多人便抱着半开玩笑的心态，前来请教风越的意见。

然而，以往不管是哪个职位，总是能立即提出两三个候补人选的风越，这次却难得一脸郁闷地回答道：

"大致上呢，我从来都不觉得有哪个政治家特别伟大。因此，对于究竟是哪个家伙要随侍在政治家左右这种问题，我一点兴趣也没有。"

风越看起来似乎就像他自己所说的，对此一点兴趣也没有，因此周遭的人们也都接受了他的说法；就连与风越相当亲近的庭野，也上了他的当。

一般而言，大臣秘书官会从年轻的副课长级官员之中，挑选出有实力又精通省内事务的人才。一旦成了秘书官，好处就是可以在政界里闯出名号，但工作本身非常劳心费力，付出远远多于回馈。官员们对于这个职位的心态可说相当矛盾：他们既想成为足以被选中的人才，但实际上接获任命时，却又会觉得是个烫手山芋而感到难以担当。更何况，这个职务所要保护及监督的对象，还是那个曾经有过两次失言记录，性情又暴躁的重量级大臣，所要付出的辛苦代价，自然更是加倍沉重。为此，被列进候补名单中的人们莫不愁眉苦脸，而周遭的人也都少不得借此对他们揶揄一番。担任副课长资历也不算短的庭野，也是那群动辄揶揄他人的家伙之一。

"要不要我教你一个得急性盲肠炎的秘密方法啊？"

"请您务必赐教。"

"很简单，只要请人在你的盲肠上方针灸一下就好。"

"那样就能引起盲肠炎了吗？"

"灸的艾绒燃烧时会生出火焰，换言之，也就是'灸性盲肠炎'①啊！"

就在庭野说着这种玩笑话的时候，来自官房秘书课长的传唤通知突然到来。然而，接到召唤的并不是那些谣传中的候补人选，而是庭野。

"真是奇怪哪，这种时候会有什么事呢？"

庭野侧着发线日益稀疏的脑袋，若有所思地走了出去。随后，秘书课长向他宣布了一道非正式的命令："就任通产大臣秘书官。"

"怎么可能！"

当庭野听到这道命令时，他想也不想地当场脱口说出了这句话。儿玉秘书课长点了点头之后，像是安抚似的对他说道：

"确实，就资历来说，你已经过了秘书官的适任年资；但是，这次的大臣跟以往不一样，他在执政党当中，可是率领着一两个派阀的厉害角色。在这种情况下，秘书官光是照料大臣一个人就很吃不消了，还得负责担任派阀所有人的保姆呢！这样一想，资历浅的年轻官员根本应付不

_____

① "急"与"灸"的日文发音相同。

来。因此，虽然对你很不好意思，但考虑到你是个值得信赖的资深官员，所以我们才会突然决定起用你，担任这位重量级大臣的秘书官。"

"可是，我实在是没有办法担当此一重责大任……"

"你就去吧！这项人事是我与你的上司及前辈仔细商量后得出的结果。"

庭野可以感觉到，对方所说的这句话当中，隐隐包含着风越的意志。

儿玉秘书课长深受风越信赖，同时本身也是个相当敬爱风越的人；关于人事问题，他不可能不找风越商量。（原来我被摆了一道啊……）庭野暗暗思忖着，整个人茫然伫立在原地。儿玉又继续吩咐道：

"现在是两点，刚好是大臣在宫中进行就职典礼的时间。之后，大臣结束简单的初次内阁会议后，就会正式上任。他应该会在四点或四点半第一次跟你会面，你快去准备吧！"

"怎么这么突然！"

庭野不禁哀嚎了起来。他看向手表，现在是下午两点刚过五分，已经没有时间可以让自己继续手足无措下去，当然，也没有时间可以抱怨了。他中计了，一切都是为了让他没有拒绝的余地。

这应该不是儿玉一个人想出来的计策，风越大概也是共犯吧！

如此想让庭野当上秘书官的风越，究竟希望看见什么结果？比别人加倍的辛劳、大臣等级的训练，除此之外还有什么吗？

庭野再次看向手表，时间已经是两点七分。尽管号称"木炭汽车"，但这时也不容许庭野再像往常一样，慢慢发动引擎了。大臣要来了，自己是秘书官……

接下来该做什么才好？庭野伸出手，摸摸自己因混乱而变得燥热不堪的脑袋。这时，他猛然一惊：（头发太长了！）本来周末打算去趟理发店的，但现在得马上把头发修剪整齐才行。（首先是理发店！）庭野在心里呵斥着自己，步上了走廊。

"愤怒"与"战栗"两种心情混杂在一起，就算走在走廊上，庭野眼中也看不见与自己擦肩而过的人们的脸庞。他只是一边走着，一边像念咒一般在内心反复说道："理发店、理发店……"

"唷，是秘书官啊！"

庭野的耳畔忽然传来了声音，年长三届的鲇川正笑吟吟地站在那里。

"咦，您已经知道了吗？"

"……因为我有听说过会是你啊。"

鲇川含糊其词地说着；不过，从鲇川早就知情这一点看来，风越果然有掺了一脚。庭野不发一语地沉下脸来。

"这一回，你可要暂时收敛起直来直往的个性喔！毕竟，对方也是个惯于直来直往的人，跟他正面起冲突，那就不好了。"

"我知道。"

庭野有些恼火地回答道。一切的忍耐从现在才要开始，跟大臣起争执根本不会有胜算。

"我那时候的大臣非常神经质，让我伤透了脑筋呢！就这点而言，这回的新任大臣倒是个人中豪杰，搞不好相处起来反而比较轻松喔！不过，人不可貌相，他在礼节这方面，听说还挺讲究的。"

这时庭野才终于回想起来：（对了，眼前的这位也当过大臣秘书官。）这么说来，在风越的人事构想当中，大臣秘书官是段必须历经的课程吗？况且，既然这位散发着少爷气息的男人都能够胜任，那自己更没有无法胜任的道理……

这样一想，庭野的心情才又稍稍好转起来。这时，鲇川又像安慰似的对他说：

"池内先生听说很会喝酒，刚好可以跟你较量一下吧！"

"哪能以酒较量呢？太乱来了！"

庭野又板起了脸。

"很快地，大臣又会再次进行交接。闭一闭眼，忍耐一阵子就好了。可以学到不少东西喔！"

鲇川拍了拍庭野的肩膀后，便迈步离开了。

这一整天下来，庭野有种莫名的感觉，觉得身体好像不是自己的一样。

理发完毕后，庭野带着紧张的心情迎接大臣，糊里糊涂地跟在对方身后走着。接着，他们为了节目录影一同前往电视台，然后又顺道绕去赤坂料亭，出席金融界团体所举办的筵席。

正当庭野有些拘谨地，打算往末席坐下时——

"你退下！"

但却遭到大臣猛地呵斥了一声。由于实在是太过出乎意料，庭野整个人不由得吓了一大跳。他走到附近的寿司店，胡乱喝着酒打发时间。"什么喝酒较劲啊！"庭野真想这样大吼一声。

尔后，他坐在料亭玄关一旁的接待室里，毫无兴致地一边看电视一边等待着，接着又去了另一间料亭后，才回到位于市谷的大臣私人宅邸。在那里，有五位号称是"池内组"的报社记者已经在现场等候；他们喝着淡酒，和大臣进行了短时间的杂谈，等到散会的时候，已经是晚上十点了。

（哎呀呀，这下总算能回去了……）庭野在心里暗自松了口气。不过，当他向大臣客气地表达告辞之意时，池内却顶着红通通的脸庞，睁大眼睛说道：

"回去？你想在我还醒着的时候就回去吗？"

"那么，我要待到何时……"

"哪来的'何时'这种东西！秘书官就是要无定量、无止境的工作！"

"无定量、无止境……"

庭野复述了一次池内的话，整个人一下子变得哑口无言。

池内泡完澡后，穿着浴衣走进起居室。他用锐利的眼神，打量着庭野说道：

"你好像蛮会喝酒的嘛！"

"承蒙您的赞誉，真不好意思。"

池内像是相当满意地点了点头。池内另外还有两位秘书官，不过他们似乎都不会喝酒，于是池内便对他们两人吩咐道："从今晚起由庭野陪我，你们可以回去了。"两人听了之后，便从起居室里退了下去。庭野在心里暗暗大叫不妙，但也只能硬着头皮，做好硬撑下去的觉悟。

"首先是啤酒。"

"……是。"

或许是刚泡完澡的缘故，池内的酒兴很好。他向庭野训斥着说：

"杯里的酒没喝完，不可以再添酒；要一口气喝干它！"

转眼间，啤酒瓶就变得空空如也；结果下一秒，池内夫人又马上抱着两个两合①容量的酒瓶出现在眼前。"你们辛苦了。"

夫人亲切和蔼的笑容，抚慰了庭野的内心。庭野再次大彻大悟地理解到：（说什么结束，现在才正要开始呢！）

烈酒的温度烫得恰如其分，盛酒时也不是用酒杯，而

----

① 大约 360 毫升。

是用酒碗一口吞下。在喝酒的同时，池内接二连三地丢出问题，例如"你的出生地在哪？""就读哪所学校？""专攻什么？"等等，不一而足。

看池内的态度，与其说他是因为客套的关系而随便问问，倒不如说，他是打算将有关庭野的一切，连同美酒一起灌进肚里。两瓶喝完之后，接着又是两瓶。池内的两眼开始发直，但他并没有倒下，而他所谈论的话题，也变得愈来愈严肃，最后变成了对国家大事的畅谈。

一边喝酒，一边说话，庭野的心怀也跟着逐渐敞开。之所以会这样，或许是因为池内的说话方式，以及书生气息浓厚的谈话内容，都跟风越多少有点相似的缘故吧！现在两人的立场，与其说是大臣与秘书官在谈话，倒不如说更像是兄弟、父子之间的促膝长谈，庭野为此亦大感惊讶。在庭野与鲇川等人之间，他们都昵称风越为"老大"或"老爹"，但是秘书及报社记者们，也都称呼池内为"老爹"……

池内将瓶子颠倒过来摇了摇，发出声响后又放回桌上。下一秒，夫人马上又带着笑脸出现了；这次她捧出来的盘子上，放有冰块、玻璃杯，以及一瓶威士忌。

庭野揉了揉眼，觉得自己像是来到了某个不可思议的魔法国度里喝酒。

"那个，喝酒也是无定量、无止境吗？"

"是有定量的。只是每次都是喝一定的量后，再喝一定的量。"

"这……"

夫人吟吟笑着，偏过脸庞说：

"庭野先生很会喝酒呢！"

"是，呃不……"

一听这话，池内立刻大声嚷道：

"到底是哪边，给我说清楚！你要是说'不'的话，就不用当秘书官了！"

若是在原先预想的情况下，庭野大概会想趁着酒醉的气势应道："乐意之至"吧！不过，现在他却又觉得事情似乎跟自己一开始想的不太一样，甚至还隐隐产生了这样的感觉："没想到这个大臣还算不错嘛……"

话虽如此，但开始喝起威士忌加冰块之后，池内的话题却愈来愈显得肃穆沉重了。对方问什么就答什么的庭野，谈起了最近正在研究中，根据一项名叫科尔姆方法①

---

① 美国经济、金融学家科尔姆（Gerhard Colm，1897—1968）所发明出的累积式的经济预测法，主要着重于经济的供给面。

的政策模型所推敲出的国民所得分析后，池内便探出身子说：

"有趣，你仔细讲给我听吧！"

由于喝了多种酒类的关系，庭野感觉到自己醉酒的速度正在急遽加快；若要在这时谈论艰涩的经济学话题，恐怕会当场头昏眼花、倒地不起吧！

"大臣，我有些不胜酒力了。等我写成报告后，再给您过目吧！"

"是吗，开始不胜酒力了啊……"即便是爱喝酒的池内，此刻也显得有些体力不支。"那么，快点交出报告来吧！明天没问题吧？"

庭野几乎想当场大喊："怎么可能——！"但是看见池内那散发着熊熊光芒，仿佛是在说着"秘书官就要无定量、无止境地工作！"般的眼神，庭野也只好举白旗投降。

"是的，我会努力的……"

庭野已经有点自暴自弃了。

明明就已经喝了三杯威士忌加冰块，结果庭野一转眼却又赫然发现，桌上不知道何时，竟然又多出了平底玻璃杯和白兰地。池内将平底玻璃杯递给庭野，倒入白兰地说：

"来，这是甜点的代替品唷！"

（这根本是从头到尾都在喝酒的全餐嘛……！）庭野忍不住在心里这样想着。灌下一大堆酒之后，庭野早已发不出声音来了。不只是在威仪方面，连气魄都低人一等；庭野在最初的酒量较劲上，可说遭到了彻底的惨败。

就算如此，有"无定量、无止境地工作"这个大前提挂在前头，大概以后还是得常常陪大臣享用这种美酒全餐吧！一想到这里，庭野就忍不住在心里哀叹道："自己就算多了几个身体，恐怕也不够用吧……"

翌日，庭野在早上六点半走出三鹰的自家门口，准备出席池内派在赤坂某饭店举行的早餐会。

前一晚，庭野直到凌晨一点才回到家中。接下来，他拼命忍住醉意与睡意，花了两小时为池内写出那篇关于科尔姆方法的报告，结果睡眠时间只有三个多小时。

池内派在保守党内是最大的派阀之一。八点半开始的早餐会当中，将会有超过五十名以上的国会议员出席。其他两位秘书各自分担了早上前往饭店负责处理会场事宜，以及前往市谷私人宅邸迎接池内的工作。相对地，由于庭野昨晚待到极晚，所以只要赶上早餐会开始的时间就可以了。

这种一边共进早餐一边相互切磋的议员聚会形式，可说是一年比一年更加盛行。先前局长受邀担任讲师时，庭野也曾经两度陪同局长出席。他心想，这次应该也与当时差不多，于是便坐在长度极长的长方形会议桌最末席，也就是靠近大门前方的位子上，等候池内的到来。

议员们胸前的议员徽章反射着光芒，陆陆续续走了进来。这里面有些面孔是庭野第一次见到，有些则是老面孔。

他们看到庭野后，纷纷露出了惊讶的表情，当中也有些人明显投来冰冷的视线。这很明显与之前的预料大相径庭，庭野不由得感到坐立难安。当天的早餐会并没有邀请外部的讲师，而是以擅长组织问题的议员们为中心，互相研讨池内派的地方组织中需要再次检讨之议题。为此，庭野心想，议员们之所以会投来冷漠的视线，大概是因为不晓得自己是秘书官，以为有个不相关的外人误闯进来了吧！

然而，庭野当时的想法还是太天真了。一个有张红脸的大块头议员，忽然用极冲的口气，劈头对庭野大声嚷嚷道：

"喂，我记得你是通产省的……"

"是的，这次我担任的职位是大臣的秘书官。"

庭野露出微笑答道，以为问题会就此结束，没想到议员更加提高音量大声说着：

"只不过是个秘书官，为什么坐在这里？"

"……那么，请问我该坐在哪里？"

"那种事我哪知道！"

庭野就像是被一只肉眼看不见的大手给重重挥了一拳般，立刻站起身来。在羞耻与屈辱交杂之下，他可以明显感觉到血液正一路涌上自己光秃的前额。

庭野紧握拳头，伫立在原地。因为池内已经吩咐过要他出席早餐会，所以他也不能回家。就在不知该如何是好的时候，另一名议员走了过来。那是位名叫矢泽的年轻议员，身材矮小，有着一张圆脸以及小巧温柔的眼眸；他是大藏省出身，以往池内在担任大藏大臣时，也曾经当过池内的秘书官。

矢泽以较为女性化的嗓音，轻声对庭野说道：

"你就坐在那附近就好了。"

矢泽所指的方向，是位于敞开大门一旁的阴暗处，靠在墙壁上像是备用的椅子。庭野点头致意后，便走向那个位子。（总算暂时得救了……）他在心里这么想着。

矢泽指点完庭野之后，便回到了会议桌比较靠近中央的席位上。坐在矢泽身旁的，是个交叉着手臂的魁梧议员，一对小眼睛看起来似睡非睡。这个男人叫作堂原，和矢泽一样是大藏省出身，也曾经担任过池内的秘书官。

尽管两个人在现场众人当中，年纪都算是相当轻，但他们身上却都散发着威风凛凛的气势，几乎连其他议员也要让他们几分。虽然基于大藏省的前后辈关系，池内相当中意他们两人，但事情并不仅仅是如此而已；在庭野看来，他们两人身上，似乎还有着一般议员所不具备的某些特质。

庭野的内心五味杂陈。一个不被当作人看待的秘书官，以及与之相反，一派悠然坐在席位上，出身秘书官的两位国会议员——这样的对比，究竟是怎么一回事？

秘书官，既有随时要担忧自己是否会被击垮的一面，同时也是迈向飞黄腾达之路的踏板。除此之外，它还是官僚生涯当中的一大实验场。风越就是料想到了这一点，所以才会让庭野当上秘书官吗……？

不久之后，早餐会正式开始，不过庭野却彻底遭到了无视。别说是发表议论了，就连早餐也没得吃，更有甚者，他连一杯水也拿不到。这么说来，池内的确说过"要去早餐会！"但并不是"出席"，也不是"参加"，就只是到这里来，成为一个站在墙边的存在而已。

朝阳的日光斜斜地洒落进来，照暖了庭野的身子。他感到一阵睡意袭来，于是叫来服务生，要了一杯咖啡。这不仅是为了驱逐睡意，也是因为庭野对自己的处境感到愤愤不平之故。

然而，看来在惯例中也不允许秘书官要咖啡喝，只见服务生一脸诧异，接着有好几个议员又瞪向庭野。庭野没有退缩，低声训斥了服务生后，又要求对方端来咖啡。坐在遥远上座处的池内通产大臣眼中似乎亮起了一道光芒，不过庭野仍然像是挑衅似的，再次要了一杯咖啡。除了驱赶睡意之外，他的肚子实在也已经饿到不行了。他心想，至少得先喝上两杯咖啡，填填空腹才行……

牧顺三怀着苦涩的心情喝下咖啡，左手握着刚从东京寄来的一封信件。

牧在位于地球另一端的巴黎，靠近市区尽头的公寓里租了一个房间。公寓是栋有着近百年历史的老旧灰暗建筑物，尽管三年前入住的时候，牧就已经将壁纸全部换新，天花板也重新粉刷过，但是建筑物的老旧气息，仍然不断从整修过的表面底下渗透出来；现在，墙壁与天花板，又再次充满了黯淡的色泽，就连身为房间主人的牧本人，也是一副黯淡无光的样子。看见东京寄来的信件中所写的消息后，两相比较之下，牧觉得自己的情况已经不能说是"黯淡无光"了——说得更明白一点，自己的存在根本就是等同于无了吧！

喝完咖啡后，牧拿着信件横躺在躺椅上，他感觉自己似乎有点发烧，全身酸软无力。这时，一阵充满活力的脚步声响起，牧的妻子百合子走了进来。

"哎呀，怎么了吗？"百合子问道。

"不，没什么。"

百合子看向牧手中的信件。

"难道是什么不好的消息吗……"

"不是啦。"

牧无精打采地摇了摇头，将视线投向窗外。

那封来自东京的信件中写的，是有关最近通产省人事的最新内部消息。

在牧眼中看来，风越虽然已经不再是秘书课长，但通产省在人事方面，走的仍然是风越路线。有幸承蒙风越赏识的男人们，一个个都在确实地往上升迁；官房三课长及企业局、重工业局等省内中枢职位，清一色都是这些被拔擢出来的年轻人——风越的时代就要到来，这是完全可以预料的发展。

风越最中意的鲇川成了官房审议官，即将准备成为下一任秘书课长；"木炭汽车"庭野则当上了大臣秘书官。池内通产大臣是位据说将会成为下任首相的重量级政治人物，因此，秘书官的勤务工作对于庭野，乃至于身为顶头上司的风越来说，应该都是一步迈向康庄大道的好棋吧……

"这封信里果然不是什么好消息吧！"

百合子再次睁着大大的杏眼，看着牧的掌心说道。

"真的没什么啦！"

牧用力地左右摇了摇头。

（自己什么也不会改变，只会就这样一直被搁在原位……）牧压抑着内心情绪，等待着事情演变成预料中的结果。不过话说回来，在人事异动中没有变更职位的话，相对而言，也就是没有遭到降职吧！

就算"风越路线"这种说法是牧自己想多了，但待在通产省本部里的那一群人，在这三年来，几乎都一步步地慢慢往上爬去，这也是不争的事实。政府机构的人事异动，本来就是这样一回事；就连和牧几乎同时间被外派到加拿大的片山，这次回国之后，也成了贸易振兴局资本协力课的副课长。

然而，相较之下，都已经过了三年，牧却没有接到半点来自省内，就人事问题向他征询的只言片语。毕竟自己是自愿来到巴黎的，也许他们是认为说："既然如此，那你就待到心满意足为止吧！"但是，他们也未免将自己忘得太过干净了吧！

虽然风越曾经说过"若是想要回国就与他联络"，但是向身为重工业局次长的风越寄出那样的信件，感觉也稍嫌不妥，就道理上也说不通。不过，风越当时也曾断然说过"自己会一直关注着人事问题"。他的那双大手，现在大概也仍在继续把玩着人事卡片吧！牧总觉得，自己的那张卡片，现在应该已经从那叠人事卡片中被移除了才对；甚至有可能，它连"备用人才"那叠卡片都沾不上边，搞不好已经被撕破了也说不定……

就在他这么想的时候，香奈儿五号的香水味朝自己飘了过来。

"你身体不舒服吗？"

百合子戴上双圈的珍珠项链，一副盛装打扮的模样，

"还是说你干脆请假，别出席宴会了？"

今天，大使馆将举办欢迎宴会，迎接以前经济安定本部长官为首的议员群所组成的视察团。

每次以巴黎大使馆的职员身份陪伴或招待政治家时，牧都会厌烦到几乎想要大吼出声，但到最后还是闷不吭声地忍了下来，赔着笑脸接待他们；这就是所谓的外交官吧！而现在这个时候，上至大使下至司机的所有同事们，应该也都正绽放着灿烂的笑容，迎接那些官员吧……

和笑容可掬的同僚们相比，牧不仅给人的第一印象不好，全身散发的感觉也显得很灰暗阴沉。牧本身是那种不适合参加宴会的类型，不过相貌美丽又亲切可人的百合子，正好弥补了这方面的缺陷。不愧是前任的学园祭皇后，百合子的社交能力极强，对于初次见面的对象也能轻松上前攀谈。另外和牧不同的是，只要是看过的人名与长相，她马上就能记得起来。对于招待客人，她一点也不觉得辛苦，甚至在出席宴会的时候，反而比平常看起来更加生气蓬勃。为此，由她来代替牧招呼深夜还不回家的客人或者是独自一人出席宴会，这样的情况并不算罕见。

"你觉得如何呢？"

香奈儿五号的气味再次逼近自己。百合子侧着涂有鲜艳口红及浓妆的脸庞，注视着牧的表情。

牧没有回答，而是缓缓坐起身来。既然那些来宾与经济有所关联，搞不好会有机会谈论到他一直在研究的官民协调经济体制。尽管截至目前的经历，让牧觉得自己似乎不能抱着太大的期待，但他还是怀着一丝希望，决定先出席宴会再说。

牧开始整装打扮。

窗外可以看见铅灰色的天空，与颜色黯淡的屋顶所形成的，不断向外延伸的海洋。在这些景色前方，可以稍稍瞥见布洛涅森林的绿意。住了三年之后，巴黎也成了一个让人提不起丝毫兴致的城市。牧既没有什么特别沉迷的兴趣，也不会交朋友，对他来说，巴黎就像风越曾经说过的那样，只是个"气候不佳的大都会"罢了。今年冬天寒害特别严重，除了水管之外，连暖气机的管子也冻破了，夫妇两人还曾经为此慌慌张张地逃进旅馆里避难。

关于迄今为止一直作为研究课题的官民协调体制，他已经做完了十足的功课。除了书面资料的研读之外，他也会用法文尽可能地向法国的经济官员提问，能问多少就问多少。现在，此一课题所剩下的最后步骤，就是如何实际应用于日本经济上。为此，他迫切希望能够尽早离开巴黎。

但是，就算回国了，他也不晓得自己是否会被分配到可以充分发挥这份学识的职位。搞不好，他会被派回特许厅之类的下辖机构，或是负责某个原局里的基层业务；到时候，别说是发挥自己所学了，连能不能得到一个像样的工作都很难说。牧一想到这点，就觉得担忧不已。他原本打算以调职至特许厅为契机，狠下心来孤注一掷，但结果下了赌注之后，反而失去了愈来愈多的东西。果然，自己还是应该像鲇川与庭野一样，紧紧攀附住省内的中枢职位才对啊——

牧夫妇两人一同步出房间，自昏暗的楼梯间走下阶梯。历经了百年的岁月后，阶梯的板面处处可见凹陷，也有些倾颓。他们寸步不放地紧握着扶手，走下了楼梯。

"老公，你似乎不太想去呢！"

百合子仰头望向牧的脸庞。

"嗯……"

牧原本以为百合子又会说："那我一个人去吧！"没想到，她却出人意表地说道：

"其实，我也不太想去。"

牧在阶梯上停下了脚步。

"为什么？"

"因为我在那里也待得很不自在呀！有些话，我不晓得该不该告诉你……"

"哪些话？"

"大使馆的那些夫人们，都会讥讽地对我说：'作为外交官没有外交官的样子，你先生还真是让人头疼哪！居然敢若无其事地在大使馆里头午睡，就算是刚当外交官一年的新手，也不会出现这种情况哪！'"

"我才不是在午睡呢！我只是因为累了，所比才躺下来休养身体。"

"这我知道，可是……"

"我自己也听闻过类似的话。不过，其实也算不上是听过啦；我是看到了一篇蓄意恶作剧的传阅文件，上面写道：'身为日本的代表，在上班时间中却有人极度缺乏教养及礼仪。'"

"老公，那你有什么反应呢？"

"因为阅读完毕之后，一定要在上头盖章才行，所以我就故意横向地盖了个印章。"

"做得好呀！"

两人笑了起来，空洞的笑声在充满了霉味的楼梯间里飘散开来。

牧又想起了日本。在通产省里，只要自己确实在工作，无论是站着还是躺着都不成问题。即使是服装方面，也有像风越这种夏天时几近半裸着工作的男人存在。真是怀念通产省啊！

牧像是要安抚百合子似的说道：

"从很久以前开始，通产省与外务省就是距离最远的两个机构。"

"距离最远的意思是……"

"若是从同样坐落在霞关这一点来看，两者当然可说是近在咫尺。然而，即使是想走到隔壁的邻人家，若是往反方向走去的话，那就非得绕地球一圈才能到得了。换句话说，就是暗喻双方之间几乎不相往来的关系。"

明明是句玩笑话，但百合子却一脸严肃地点了点头。虽然在宴会当中表现得开朗活泼、闪闪动人，但百合子在内心里，想必也还是感触良多的吧！

外务省与通产省，这两个省无论在传统或是风气上，都是南辕北辙；尤其是在对外的态度上，甚至可说是彻底相反。

外务省在本质上，倾向于对外协调与开放；讲白一点的话，就是追随外国的脚步。相对之下，通产省则是倡导自立自强，可说是具有民族主义的性质。真正进入大使馆之后，牧才切身感受到两边立场之间的差异。由于牧在辩论上总是毫不认输，结果反而格外突显出自己，并在私底下引起了不少人的反感。

在这种情况下，牧发觉到自己的思维变得愈发"通产省化"，或者说具有民族主义倾向；同时，他对于这些年来自己心中的构想——也就是依循官僚的指导，建立混合经济体制迎击外资一事，也变得更加斗志旺盛。然而，即使牧想与同伴谈论这项构想，但整个欧洲，却只有三名通产省派遣出来的人员；就算是距离最近的那一位，也得千里迢迢前往西德的波恩才行⋯⋯

出席宴会过后，牧果然又只是带着满身比失望还要更加深沉的绝望返回家中。每次都是如此。

每当牧一谈起官民协调的经济体制时，议员们就会露出不耐烦的神色。牧非常清楚自己几乎都是在讲大道理，因此他试图尽可能地放低姿态与对方谈话；然而，对方却只会心不在焉地随声附和，既不打算理解，也没有能力理解。

当场看穿这项事实后，牧顿时觉得自己十分愚蠢，于是便若无其事地中止了对话。他的耐心并没有顽强到甚至不惜惹对方不快的地步；况且，若是给议员们留下了坏印象，对自己也没有好处，毕竟，将来制定官民协调经济法案的时候，还得四处奔波，向这些议员低头请托呢！因此他心想，现阶段只要说个大概，别让他人感到厌烦，同时又能记住自己就好了。

但是，那一天真的会到来吗？再这样下去，先不论肉体，精神方面就会先葬送在巴黎这座城市里了。牧看着巴黎紫蓝色的夜空，忽然有种想大声向风越呐喊的冲动。

回到通产省本部这边，大臣秘书官庭野正陷在"无定量、无止境"的工作中。好不容易，池内这回去关西出差是由其他秘书陪同，庭野才第一次得到了属于自己的两天时间。

然而，话虽如此，他还是无法在家中静养歇息，应该整理的工作还堆积如山，因此在这两天里，他依旧每天向办公室报到。

第二天，将近七点之际，当庭野漫步在走廊上，正打算下班时，他听见了一阵熟悉的歌声：

"男人哪、男人哪，是男人的话就放手一搏吧……"

歌声是从重工业局次长室中传来的。看样子，年轻事务官们正趁着工作结束后的片刻时间，聚在一起喝酒谈论国家大事，而风越次长则坐在位子上，低声哼着自己拿手的歌曲。

庭野停下了脚步，一种怀念的感觉蓦然涌上心头。次长室的门窗全都敞开着，像是在诉说着"欢迎每个人进来！"一样，庭野不禁有些心动。

"……男人哪、男人哪，是男人的话就放手一搏吧。"

这并不是一首好歌，而且也有人批评，这首歌只是一直在重复相同的句子罢了。风越在这一点上，也和池内通产大臣十分相似。每晚享受美酒全餐时，每到酒酣耳热之际，池内一定会开始唱起："跨越繁花与风雨……"庭野正好就身处在这两个单纯明快的男人中间；如今，他好不容易终于有了多余的时间，可以略微弥补先前的忙碌。

"男人哪、男人哪……"

庭野也哼起了歌，在走廊上迈开脚步。

在地铁虎之门站附近，庭野和同期的片山泰介不期而遇了。片山晒得黝黑的脸庞，像是涂了亮光漆似的充满了光泽；那眉飞色舞的神色仿佛在说："我可是一个人，独占了照耀在整片加拿大大地上的阳光唷！"

片山笑容满面地点头致意，同时说道：

"今天真难得，这么晚下班哪！"

"这么晚？"

在通产省中，所谓的"晚"，指的是凌晨一两点的时候，七点反而算是很早了。（明知道这一点，却还说"晚"，真是讨人厌的家伙……）庭野在心里暗暗想着，不发一语地回望着片山。

"听说，大臣老是随意指派很多工作给下头的人呢！您还真是辛苦呢！"

不只是因为虽是同期、年纪却比庭野要小上两岁的关系，眼前的男子在面对任何人时，都是那副客气又彬彬有礼的样子；要是认真跟他谈下去的话，便会在不知不觉中被他牵着鼻子走。

庭野只应了声"还好啦……"敷衍过去，接着又像恍然想起什么似的戏谑说道：

"这样吧，不如你也来试着做做秘书官如何？"

庭野心想，就凭片山那副一派悠哉的工作模样，绝对不可能胜任得了。片山应该隐约知道庭野现在每天都得"无定量、无止境"地工作，不过他却只是笑嘻嘻地答道：

"那也不错啊！"

他说的到底是不是真心话，根本看不出来。庭野自觉无趣，改变话题说道：

"待在加拿大的那段日子还好吗？"

"我得到了很多收获呢；但就我个人而言，最大的收获就是确认了人性化生活的重要性。"

"怎么说？"

"简单地说，就是我们工作的时间太长了。不管是全日本各地，还是通产省，工作时间都太长了，到处都是工作中毒的患者。在加拿大那里，所有人都是在四点或五点下班，之后回到家中稍事歇息，再与妻子一同去观赏歌剧或参加舞会，每天过着悠然自得的生活。身为一个人类，我认为我们都不应该错过那种西欧式的生活方式。"

"曾经派至海外的人，好像回来之后大部分都会抱持着这种想法吧！但是，这样的想法也不会永远持续下去吧？"

"我一定会让它永远存在的。"

片山挺起背脊，浅浅一笑，接着扬起手，拦下一辆出租车。

"那么，我先失陪了。"

丢下这一句话之后，他便一个人坐进车里，呼啸而去。

庭野哑口无言，呆立在原地目送出租车远去。直到好一阵子后，他才重新提振起精神，走进地铁的昏暗入口。

第三章　对立

在地铁站里头，庭野发现有个脸颊圆润丰满的年轻男子，正在向自己轻轻点头致意。他想起以前风越担任秘书课长时，曾经这样拜托过自己："光凭我的眼光一定不准，所以麻烦你也去见见他们吧！"眼前的年轻男子，正是当时风越拜托他面试的其中一人，不过，他一时间却想不起对方的名字。

"我记得你是……"

庭野的话才说到一半，就接不下去了。男子露出苦笑应道：

"我是小糸，现在任职于贸易振兴局的输出保险课。"

"那么，你是片山泰介的……"

庭野下意识地，说出了才刚道别的片山的名字。

"尽管我们所属的课不同，不过我当然认识片山先生——不，与其这样讲，倒不如说，片山先生对我们这一期的所有人都相当熟稔。"

"……这话怎么说？"

"他几乎是马上就记住了十九个人的长相和名字，大伙忽然被他叫住的时候，都吓了好大一跳呢！"

"……"庭野一时之间答不上话来。这对于明明曾经面试过学生，却无法立即想起对方名字的庭野来说，可说是一种强烈的讽刺；就算是经常被人称作"木炭汽车"，滔滔不绝的庭野，这下也完全无法自辩。

他有种输给了片山的错觉。当然，庭野并没有想过要在这方面特别做些什么努力，但他完全没想到，片山所谓的"人性化生活"当中，竟然也包含了这种事项。对此，他既感到意外，又觉得自己似乎遭到了背叛。在外表上装出对一切都满不在乎的模样，但实际上却并非如此。看来，该做的事，对方一样也没少做；果然是个大意不得的竞争对手呢！

"是吗……原来那家伙是这种男人啊？"

面对几乎是一字一句，用力咬着牙把话说出口的庭野，小糸又开口说：

"他在工作方面也都处理得相当干净利落，在享受人生方面似乎也很有一套。在通产省当中，他可以算是独一无二的特例吧！"

从这一席话听来，可知小糸对片山颇有好感。庭野默然不语。

由于地铁电车不断传来轰隆的鸣响声，两人的对话暂时中断，倒也没有什么奇怪之处。当电车即将进站，速度减慢下来的时候，庭野用目光盯着吊环说：

"片山是个在生活当中，总是不忘保留余力的男人。"他引用了风越常说的台词后，又向小糸问道："怎样，你也觉得那种生活方式比较好吗？"

在说话的同时，他锐利的视线，投向了小糸圆润的脸庞上。

"您突然这么问，我也……"

小糸露出了不快的神色。看见对方的表情后，庭野心知肚明：比起自己，小糸的内心更加倾向于片山。虽然暗暗觉得自己是不是太过多话，但是"木炭汽车"一旦发动，就再也停不下来。

"像我啊，现在身为大臣秘书官，每天都不得不'无定量、无止境'地工作；你一定觉得这种事情非常荒谬吧！"

小糸不再回答。接着，电车停止动作，打开了车门。小糸像是猛然惊觉似的，急急忙忙地下了车。

当庭野即将抵达自己家中的时候，片山与小糸早已自他的脑海中消失无踪了。

庭野在街灯下对了对手表，现在的时间是八点半。先不论一般的上班族，就庭野来说，这就像是新年假期突然意外降临了一般，非常难得能在这么早的时间踏上返家的路途。平常庭野回家的时候，路上总是一片夜深人静，只有漆黑的屋顶与房子，不断地向前延伸；不过现在，从这些人家当中，电视及收音机的声音，还有谈话声与清洗碗盘的声响，却不断地传入庭野的耳朵里。此刻，每个人都还醒着，都还过着正常人应有的生活，而他正在回家的路上……

庭野在内心松了口气，但却又觉得仿佛少了些什么。重工业局办公室中传出的谈话声，还有风越的歌声，在庭野的耳中始终萦绕不去："男人哪、男人哪，是男人的话就放手一搏吧……"

现在这个时候，他们正在议论些什么样的事情呢?

重工业局在管辖业务呈现垂直形态的众原局当中，是地位最重要的一个局。他们所管辖的产业以钢铁为首，包含了从飞机、汽车，到相机、收音机等各式各样的机械机器，其规模之大，就连脚踏车的生产行政事务，乃至脚踏车竞赛事业，也都在管辖范围之内。现在全重工业局正在埋头处理的事务，就是稳定钢铁价格的问题。

现今的钢铁业界因为过度竞争，急于脱售及价格低落的情况持续不退，按照种类不同，有些钢铁甚至跌到了只有迄今最高点四分之一的价格。铁可以说是产业界的米粮，若其价格不稳定，将会造成产业界全面性的混乱，因此，必须想办法尽快让市场情况稳定下来才行。然而，倘若不景气卡特尔表现的色彩太过浓厚，又会抵触到《独占禁止法》[1]。对此，以风越为中心的重工业局所提出的对策，是采取所谓的"不景气公开贩卖制度"，意即所有的钢铁买卖都需要申报价格，并在公开的场合中进行。虽然部分产业界、在野党人士以及公平交易委员会持反对声

---

① 卡特尔（Cartel）为垄断组织的一种表现形式，由一系列生产类似产品的企业组成的联盟，通过某些协议或规定来控制该产品的产量和价格。而不景气卡特尔是在景气不佳的情况下成立的卡特尔，在1953年日本对《独占禁止法》的修正中获得认可，但又于1999年废止。

浪，但风越发挥了震撼钢铁业界的"无心脏"本领，与反对派之间展开激烈争辩，最后终于让此一制度成为定案。

当然，这只是暂时性的对策，而关于钢铁价格的长期稳定，这也不过是初步策略而已。至于未来方向究竟该如何订定、要采取何种策略手段，目标又该设定在哪里，诸如此类的政策争辩，将会不断地延伸发展，且演变得愈来愈白热化吧！无论如何仔细推敲，政策都不可能十全十美；况且，在这世上也并不存在着能让所有人都点头认可的政策，因此只能讨论再讨论，没有终止的一天。

重工业局当中那种不知夜已深沉的热闹讨论气氛，在庭野感觉起来，仿佛就像近在眼前一般的清晰。一思及此，身处在政策论争之外的自己，总是觉得像是少了些什么般，心头有些落寞。比起担任大臣秘书官，他更想当个普通的事务官，就像慢吞吞发动的木炭汽车一样，在那样的热烈讨论当中不断奔驰……

庭野的家是栋标准集合住宅风格的公务员宅邸。在没有电梯的四层楼建筑当中，他的家位在三楼。当他一打开家门，他的妻子洋子便兴奋地朝他说道：

"老公，不得了啦！大臣夫人她……"

庭野一听，当场僵在原地动弹不得：

"发生什么事了吗？"

"没有啦，是夫人她来造访了唷！"

"造访？来这里吗？"

"是啊，大概是在三点左右吧！说是因为来这附近办点事，所以就顺道过来了。当时，我吓了一大跳，整个人呆在原地，一动也不动……"

庭野也是大感出乎意料：

"这到底是怎么回事？可以再说清楚一点吗？"

"简单说，她说自己想过来打声招呼。"

"打招呼？来我们家？"

"是啊。她说池内并没有恶意，只是说话没遮拦，对人也凶了一点。你可能会觉得这是场灾难，不过还请你多多体谅包涵。"

"……"

"她还说，池内膝下没有儿子，但是又喜欢一边喝酒，一边找人谈论严肃难懂的话题；因此，他这次正因为出现了一个非常不错的酒友，而感到相当高兴呢！他还曾经对夫人说过，'最近的酒喝起来特别好喝'呢！"

"哼……"

庭野哼了一声。他本身可是从没在池内口中听过这类的话；相反地，被他斥责"太不伶俐了！"或是"真是笨拙！"的情况，倒是少不了的例行公事。

"夫人又说，'虽然池内喝得很高兴，但庭野先生可能喝起酒来也不觉得好喝吧？所以，请在自家中再次好好品尝吧！'然后就……"

庭野放眼望去，一瓶进口的高级白兰地，以及两颗哈密瓜，都还搁在玄关一旁。

"池内夫人说完这些话后，就马上跑下楼梯回去了。"洋子最后这样告诉庭野。

"这下可伤脑筋了哪！"

庭野抬起双手抱住头。洋子也附和着说："我也是很伤脑筋呢！"

真是太过出乎意料了。虽说自己绝不是被酒与哈密瓜收买了，只是，对于夫人代表大臣那方，特意前来秘书官家中问候的心意，庭野也只能认输投降。看来，果然也只能暂时像现在这样，"无定量、无止境"地工作下去了……

池内通产大臣拿起沾满了墨水的粗毛笔。他打算趁着通产省迁往防卫厅后方的八层楼高建筑物里的机会，重新写块匾额。在场的局长们，视线全都集中在那笔尖上。荣升为重工业局长的风越，以及和风越同期，担任纤维局长的玉木，也都厕身于人群之中。最为贴近大臣的庭野，也像是一名随从般，肃立在一旁。

每个人的眼神都十分锐利，燃烧着充满雄心的火花。整片厅堂里充满了紧张而静谧的气息，就连咳嗽声也听不见一声。就在全员屏息以待的那一瞬间——

池内气势万钧地，在崭新的桧木板上振笔疾挥，笔锋过处，"通商"两字，顿时自粗毛笔的尖端腾跃而出。池内这时再拿起毛笔沾了沾墨水，微微弓起身子，凝视着那两个字。

局长们依然是一片鸦雀无声——与其用"鸦雀无声"来形容，倒不如说，他们脸上的神色变得更加紧绷了。关于这些反应中所蕴含的特别意义，池内并没有多加留意；那并非是因为池内反应迟钝，而是大藏省中不会出现的问题，却出现在这里的关系。

池内弯下厚实的背部，再次一口气振笔疾书。"产业省"三个字随即跃入眼帘。局长群当中，冒出了"啊"的惊叹声，风越也是发出惊叹的其中一人。

池内皱起浓眉，询问身旁的庭野说：

"有什么不妥吗？"

"不……"

庭野支吾其词，这时，一名局长立刻开口称赞道：

"真是一手好字哪！"

其他局长们也重新提振精神，开始赞美起池内的字迹。

这时，只有一名局长不发一语，跨着大步走出了大臣室——那是风越信吾。

池内朝他的背影瞥了一眼。对于风越的个性率直，不会说恭维话这点，池内心里相当清楚；因此，在他感觉起来，风越就只是看完题字之后，觉得没事就回去了而已。

然而与风越擦身而过，走进来的某位报社记者，一看见匾额就大喊道：

"哎呀，大臣，'通商'两个字比较大呢！"

经对方这么一说，池内才又重新端详起刚写好的五个字。

"不过我写的时候，觉得大小一样啊！"

"'通商'两字，明显比'产业'大了许多吧！这反映出了大臣您的内心呢！"

直到这时池内才领悟到，为何当他停笔时，周遭会如此地安静出奇，以及风越为何会不说一句话就离开的原因。

通产省的前身是商工省——军需省，但在二战之后，也纳入了从外务省调入的人员，因此在某种程度上，也掺杂了贸易厅系统的血脉在其中。

就算先不论这层人际关系，通产省内部在究竟应当"优先考量国内产业的保护及培育"，或是"以通商贸易为中心"这两个观点上，也产生了微妙的差异。风越所属的重工业局等原局一派倾向于前者，也就是"产业派"与"民族派"；相对地，通商局、贸易振兴局这一系统，则被视为"通商派"及"国际派"。虽然两派在政策理论上的对立，可说是通产省活力的来源之一，但在此同时，他们的对立，也已经到了甚至连匾额上的文字大小都要斤斤计较的程度。

记者这话一出，局长们全都沉下了脸。见到大家这副表情，池内顿时兴起了恶作剧的念头。他本来想训斥道："别说这种无聊的玩笑话！"但当下改变了心意，反倒回道："是吗？既是如此，那就这样吧！"

又是一句失言。

池内的失言癖相当有名，但是在他的失言当中，却又总是透露出了真心话；因此，局长们的脸色，一听这话之后，变得更加五味杂陈了。

在这当中，纤维局长玉木的表情，却像是一道光从脸庞里透露出来般明亮快活，也显得格外醒目。玉木主要是倾向于通商路线，就算在省内的"国际派"当中，也是名声极为响亮的一号人物。

秘书官庭野，仍然继续着他那"无定量、无止境"的工作。

一天平均会有超过五十名的访客，以及一百五十通左右的电话。这部分由于得到了其他秘书的协助，处理得相当顺利。至于阁议、国会、党总务会及政策调查会，以及与金融界、业界之间的座谈会等重要聚会，他也一定得随行在侧；除此之外，在随行之前，他还必须准备好所需的文件与资料。既然自己是省派来的监督者，考虑到对方的失言癖，他偶尔也会在事前适当地加以劝阻。

除了正式聚会之外，大臣需要参与的宴会也相当多。每当需要上台演讲一段隆重的致词时，庭野也必须事先拟好草稿，让池内理解熟悉才行。不过池内每次讲到最后，总是会脱稿演出，害庭野吓得心惊肉跳。池内不太喜欢参加宴会，觉得这太过浪费时间；宴会愈是奢华，他的心情反而愈是不好。一旦让他遇到这种情况，表现出来的反弹方式，便是冷言冷语地恣意胡乱放话。

　　每天夜里，至少都有两场筵席必须参加。当庭野护送池内前往料亭之后，剩下的就只有"等待"两字而已。庭野会在玄关附近，或者是邻近的寿司店等候。遇上其他的大臣秘书官时，不知是谁先起头，总之一定会有人开始以小调①的旋律，吟唱起自编的《秘书官真命苦》：

　　　　新桥赤坂说来好听

　　　　熟悉的却只有上司的脸

　　　　跟电话号码加路线

　　　　秘书官实在真命苦

　　不过对庭野来说，稍可感到告慰的是，池内与池内派非常喜欢研究讨论，尤其在经济关系方面的讨论上相当活络。除了频繁地举办诸如早餐会之类的研讨以外，池内底下的主要智囊，也会每周一次聚集在池内事务所里，召开以经济政策为中心的研究会。堂原及矢泽等担任过大藏大

---

① 原文为"ズソドコ節"，是第二次世界大战期间日本海军流行的小调。

臣秘书官的议员，在会议中也会踊跃发言，堂而皇之地议论国家大事。他们的观点在考虑到国政层面的同时，也超越了单纯官僚的思维，这让庭野着实好好上了一课。

每到周末，池内也常常会窝在箱根的别墅里头。虽然他对外总宣称是去"静养身体"，但实际上是花费时间，努力在吸收知识。为此，庭野又不得不绞尽脑汁准备资料，以及做出得以呈现苦读成果的报告。在他感觉起来，自己就像是一辆被排拒在跑道之外的木炭汽车，正孤零零地不眠不休持续奔跑着。

池内原本就以自己身为经济通而感到自豪，再加上勤于学习，使得他在以通产大臣身份发言时，总是会有颇为独到的见解。当他主持裁决以及省内会议之际，并不只是单纯聆听官僚们的发言，同时也会相当清楚明白地说出自己的意见。正因如此，在池内与通产省官僚之间，也曾经发生过冲突……

夏季的通产省新办公室，显得十分闷热。

通产省所在的这栋大楼，是战后兴建的八层楼高建筑物，窗户相当多。

知道可以不用继续借住在那栋砖瓦建造的老旧大楼

里，大家原本心情都相当雀跃，心想终于可以迎接一个沁凉的夏天了，但结果却是大错特错。根据大藏省的既定方针，在目前这个时期当中，政府仍然不该挪出大笔经费投注在办公建筑上，因此这栋大楼在建造时，建筑经费也是能减则减，可说是标准的低成本建筑典型。不只如此，它的基础土木工程也相当简陋。所有人一致认定，一旦遇上大地震，在霞关一带的所有建筑物中，这栋大楼一定会最先倒塌。钢筋及水泥的使用量全都压到最低限度，窗户数量会如此众多，也只是为了减少墙壁的面积而已。地板的厚度也薄到不行，只要一有人在走廊上奔走，一整层楼都会跟着晃动；要是不小心打翻了抹布水桶，楼下就会马上开始漏水。当然，这栋楼里也没有冷气设备；不过就算装了，大概也会变成毫无作用的摆设吧！无论是寒气还是热气，这栋大楼全都抵挡不了。在里面工作，简直就像全身沐浴在周围墙壁反射的光线之中，跟夏天不撑伞，站在大太阳照射的马路上，完全没什么两样。

　　既是如此，大臣室自然也不例外，虽然这是唯一一间装有电风扇的房间，但说穿了，也只不过是来回搅动温热的空气罢了。

　　今天是省内会议的日子；大臣和局长们全都脱下外

套，松开领带面对面坐，唯一的例外，是穿着开襟衬衫的风越。除此之外，所有人也都忙碌地扇着扇子。

初夏来临了，又到了重新编制政策的季节。在这一天的省内会议当中，通产省面临一项重要课题，那就是要针对这几年来不断讨论的、关于"日本是否要下定决心迈向自由化"此一议题，做出最后的决定。

池内大臣原本就是位自由主义经济论者，他主张，日本应该要尽可能撤除以汇兑管理与进出口限制为首的各项统筹管制及保护措施，投入国际经济的风暴之中，从而使得有能力生存下来的企业得以继续获得发展。从他以往曾经说过的"一两家中小企业倒闭也没什么""会有人自杀也是无可奈何的事"等失言当中，就透露出了这样的讯息。池内认为，在竞争机制之中，弱者虽会遭到淘汰，但如此一来，经济体系本身的素质反而会变得更加健全完整。况且，以美国为首，海外诸国要求日本自由化的压力日渐增大，强烈主张与美方协调的执政党及外务省也不断对此提出要求，事态已经到了无法忽视的地步。

局长们也非常了解现在周遭的情势以及大臣的想法；然而，话虽如此，但赞成自由化的，却只有纤维局长玉木一人，至于以风越为首的其他局长，则全都反对自由化，并纷纷表达了反对的论点。

局长们反对的理由不一而足，但一言以蔽之，就是"时机未到"。风越等人也认为，日本的经济不能永远都待在温室里头；但是，假使在现阶段就迈向自由化，那么日本的经济界将会溃不成军，陷入一片混乱之中。由于社会投资起步较晚的关系，日本产业的基础仍然相当脆弱；不但民间的资本储蓄额尚显不足，就连大企业的自有资本也不算充实。不只如此，现在所有业界都处于过度竞争的状态下，别说是同心协力了，根本是在互相争夺利益，扯对方后腿。一旦在这种情势下骤然自由化，不仅是弱者，就连强者也会变成外国资本的饵食，而日本经济本身，也可能彻底遭到淘汰。

眼下通产省所应当做的，并非带头高唱自由化的颂歌，而是率先整顿主要产业领域的竞争机制，并尽快强化企业的体质。纵使或许会被他人嘲笑说："还真像是个望子成龙的老妈哩！"但眼前的当务之急，仍是借由行政指导，让企业拥有能够抵抗外界压力的竞争力。事实上，许多相关产业也都一致反对自由化。

目前，原棉原毛是自由化的热门商品，而其自由化问题也引起了多方瞩目。不过，纤维业界对此则是大表强烈反对，因为他们担心，在与外国企业直接进行竞争之前，自由化就会先让国内的过度竞争情势变得更加剧烈；因此，光是这点规模的自由化，就已经引发了猛烈的反对声浪。换句话说，在处理这方面的问题时，如何整顿好业界的过度竞争情况，仍然是其先决条件。

一听到原棉原毛自由化的风声后，反对此举的纤维业界陈情团，连日来不断地涌向通产省的门前。陈情团甚至还每天跑去纤维局长玉木的宅邸前抗议，一到晚上则是开始狂打电话。

在政策讨论的休息时间中，风越提起了这件事。他对玉木说道：

"你这阵子，明明一直在抱怨晚上都没办法好好睡觉，却还是无法理解业者他们的心情吗？"

"睡不着这件事是事实。但是局长个人睡不好觉，说起来也不算什么大不了的事吧！相较之下，业界那些家伙则是睡太久了，现在正是让他们醒来的时候，否则的话，其他国家将会愈来愈强盛。就算想睡也要叫醒他们，这是父母的一番苦心啊！"

玉木回瞪着风越的眼睛答道。风越立即反击：

"但是，如果强行叫醒病人或婴儿，反而会使病情加重吧！现在还是应该先让他们好好睡一觉，养足体力才对吧！"

"我可不这么认为。纤维产业的婴儿期早就过去了！"

"不对，他们目前绝对还无法独当一面！"

风越环视局长们，扯开嗓子大声说道。被风越强烈的气势所慑服，好几位局长纷纷颔首表示同意。

风越将开襟衬衫的两边袖子卷到肩膀高度，用揉成一团的手巾拭去汗水。在身处房间一隅的庭野眼里，风越那副模样就跟往常一样，依然是他所熟悉的"老爹"，也依然是个"无心脏"的男人。另外，这阵子风越又多了一个新的雅号，就是"通产省先生"，意即他是通产省的招牌人物，同时也是将一省的得失全都体现在身上的男人——要更精确一点的话，或许也可以说，他是一个认为"地球是以通产省为中心在转动着"的男人。

风越从很久以前，就一直对通产省的前途抱有危机意识。在他看来，自由化议题并不单单是日本经济的问题，同时也牵涉到了通产省的权威。

统筹管制的时代结束后，通产省失去了相当大一部分许可认证的权力，现下他们手边残存的许可权项目，几乎都是有关于进出口管理的部分。要是迈向自由化，就连这些仅剩的许可权项目，也会遭到大幅度的削减。若是无法争取到其他可以替代的权限，又一味放弃原有的权力，那么整个省的前途究竟在哪里？

风越信吾那有棱有角的脸庞、粗框眼镜以及结实笔挺的肩膀上，凝聚着相互重叠，对于国家社稷的危机感，以及有关通产省本身的危机意识。在他的全身上下，熊熊燃烧着"就算是大臣的决定，我也一步都不会退让"的斗志火焰。

风越这个人天不怕地不怕。

许多官僚们尽管在暗地里都瞧不起大臣及议员，但是在现实中，却又不得不做出一些让步来讨好对方。每当议员们需要某些资料时，只要一通电话，这边就得立刻备齐呈送上去。然而，只有在拥有编列预算大权的大藏省里，情况有着特殊的不同；在那里，许多议员要获取资料时，都会亲自前往大藏省。在这一点上，风越的态度并不输给大藏官僚。无论是在何种情况下，他绝对不会自己亲自送资料，也不会让部下们去送。

"现在是三权分立的时代。我们又不是议员的跑腿，想拿资料的话，就叫他们自己来拿吧！"

风越曾经用故意让电话那头的人也听得见的声音，大声地这样叱责下属。

这个男人不仅在心里丝毫不认为大臣和议员比官僚还了不起，而且还在态度上实际表现出来。就算大臣来到他的办公室里，他也是处之泰然地坐着迎接对方；偶尔在玄关或电梯间巧遇时，他也不会特地让对方先行。对方若是露出不悦的神情，他便会像是哄骗似的笑着说道："毕竟我是个粗人嘛！"

面对风越这副模样，通产省的上司们既无法将他贬逐，也无法狠狠责备他一顿。风越在工作上的表现优秀，又懂得拉拢有能的人才到自己麾下牢牢掌握。他在省内可说极受欢迎，就连在非精英分子官员当中的风评也相当好。除此之外，由于他十分精通人事，总是能循着人与人之间的关系链，精准地预见未来的人事发展，所以在这方面也有着十分响亮的名气。为此，上司有时反而还对风越敬佩三分。

对官僚而言，最令人头痛的就是如何应付国会，不过风越对此并不怎么担心。身为重工业局长，风越曾经推动过有关禁止尺贯法 ① 及英制单位，并统一使用公制为计量

———————————

① 日本固有的度量衡制度。

方式的修正法案，而当众议院商工委员会进行审查时，风越也曾亲自出席说明。由于这个问题相当偏技术层面，委员会要求他说："请你尽量说明得简单易懂。"于是，风越便拿着下属技官 ① 写好的草稿，气势磅礴地开始说明，仿佛自己是在教课一样。

"这回我们采用的基准并不是公尺原器，而是以光波长为基准所订定的公制单位。在这种情况下，所谓的'一米'指的是氪 -86 原子在 2P10 能阶和 5D5 能阶间跃迁时，所放出的辐射光在真空中之波长的一百六十五万零七百六十三点七三倍的长度。简单说来，就是借由刺激在一定轨道上绕行原子核周围的电子，让它迁移到其他轨道上。这时，电子会散发出能量，能量又会转换为光。再将在真空中测量到的光乘以一百六十五万倍，就是一米。就只是这样，大家明白了吗？"

其实风越也不太清楚自己到底在说些什么，但还是装得煞有介事，向大家询问确认。虽然这番话像是在戏弄大家，但议员们却输给了风越的气势，只能面面相觑，不断苦笑。就算想发问，他们也找不到提问的契机。风越

---

① 隶属于各省的研究官员。

一脸理所当然的表情，又大嗓门地问了一次："大家明白了吗？"

结果每当风越说出"大家明白了吗？"的时候，台下的议员们都不禁哄然大笑。最后，风越只进行了三十分钟左右的单方面说明，而委员们也无可奈何，只能就此结束审查。

商工委员会中的成员大多是熟面孔，也十分清楚风越的个性。尽管负责说明的本人其实也搞不太懂细节，不过那股无论如何都要让法案通过的斗志，大家都看得出来。于是，他们便决定让问题依旧是问题，不要再继续深究下去，这样也算是给对方一个面子吧！总之，委员们的脸上都写着："跟这男人铆上的话，根本赢不了……"最后，他们决定就这样结束审议，让法案通过。

在风越看来，他倒是觉得自己这次对那些老爱追根究底的议员们报了一箭之仇。"原来用这种程度的方式对付他们就够了……"风越在心里如此暗自打量着，对于那些议员的轻视感，又变得愈发强烈了。

每次坐在委员会的政府说明员席次上时，风越总是挺直着背脊双手交叉，从容不迫地将视线定在议员们的头顶上方。包含大臣在内的政府官员在备询时，都是低垂着头缩起身体，只有风越仿佛是来自别的世界，正担任着委员会的监护人一般。

对于官僚来说，众人避之唯恐不及的鬼门之一，即是大藏省主计局。

虽然在编列预算的时期中，官僚都得频频前往主计局，低声下气地向对方说明并请求批准，但风越本人绝对不会到主计局去，当然也不会向对方低头。

"预算是国家的资金，并不是主计局那帮家伙的钱。若是在这种时候低头恳求，只会让他们愈来愈得意自满。况且，他们跟我们同样都是国家公务员，同样是为了国家社稷而工作，照理说，彼此之间应该要平等相待才对吧！"

风越所说的虽然是堂堂正正的道理，但对官僚们而言，也是不能说出口的禁忌之一。不过，风越却像是若无其事般，用带着些许威吓的口气说出了这句话。

不管怎么说，预算都是一定要争取到的；为此，就应该堂堂正正地主张自己的论点才对。另外，风越由于精通人事，所以也认识不少大藏省的人脉。他非常了解如何掌握人脉，有时该施压的时候就会施压；假使仍然申请不到预算，他就会想办法从预算审核以外的地方挤出资金。

例如说，"专用海外巡航商品展览会船计划"。迄今为止，通产省每隔一年都会租下货船将它改造成商品展览船，使用完毕后又将它恢复成原状再加以归还。这项计划的目的，就是想停止这种不当的浪费，制造出一艘专门作为展览商品之用的船只，好用来负责海外的展览巡航任务。

一开始，风越决定先争取政府补助款。当听到这计划时，保守党副总裁大川万禄拥着身旁的艺妓，心情极佳地满口答应帮忙赞助说：

"说到船，就应该要是专用船才对嘛！"

然而，大藏省却对此不表同意。不过，风越无论如何都想实现这项计划，最后他提出了一个方案，便是将进口外国车投标所生的累积盈余用在建造费上，终于成功建造出了专用船"樱丸号"。

通产官僚对于民间经济人经常是采取高姿态，但是对象一换成金融界的龙头老大或是大企业的重量级人物时，态度便会马上产生一百八十度的转变；毕竟，考虑到与政界龙头之间的关系，以及自己将来的前途，大多数人都会把身段放得格外低，或是尽量说些恭维话。但在这方面，风越仍然是个不折不扣的粗人。

在钢铁方面，风越延续次长时代的公开贩卖制度，断然地提出大量减产计划。在他的想法中，要是太过顾虑公平交易委员会，只进行少量减产的话，反而会拖延到市场景气回复的速度，也会对经济界带来负面影响。听见此一计划后，各个钢铁公司的高层全都吃了一惊，面露犹豫之色。风越一看，不禁大声痛骂他们说："看看你们这副德行，竟然还有脸担任全国大型企业的干部！"

无论好坏，风越都是个勇猛的武士，在所有战场上高举起"通产省"的旗帜，一往无前地冲锋陷阵。尽管粗鲁野蛮，不过他被人称作"通产省先生"，确实是当之无愧。

以风越信吾为中心，局长们持续热烈讨论着"自由化为时尚早"的论点。

"我们明白大臣的意思，但是身为通产官僚——不，正确说来，我们代表的就是通产省——我们实在无法接受自由化。"所有人皆当面否决了这个提案，丝毫没有妥协的余地。

一开始还会插嘴反驳的池内通产大臣，最后也露出了失望的神情，交叠着手臂，而坐在对面的风越，也是同样双臂交叠着。在这当中，只有玉木纤维局长一人毫不退缩，继续主张自由化的推动，双方都是一步也不退让。

从下午一点开始的省内会议，就这样仿佛永无止境般地持续进行下去；都已经到了傍晚开灯的时刻，还是没有任何人起身离席，同时也没有任何人，打算针对这次的辩论做出个总结。

到了晚间七点刚过的时候，池内松开交叠的手臂，睥睨着众人说道：

"好，所有人到我家来吧！在我家继续讨论！"

所有的局长们，一下子全都露出了惊讶的神情。其实在这种时间，早就已经可以先行中止议论了；倘若是一般的大臣，更是大概老早就开溜了，然而池内却没有，反而还……这是性格直来直往的池内提出的挑战，而局长们对于这个挑战也感到相当高兴。可以在政策理论上与大臣尽情切磋争辩——这正是身为官僚的生存价值。（那么，我们就奉陪到底吧！）众人满意地接下挑战，站起身来。

秘书官庭野则是大惊失色。他已经取消了五点和六点的两个行程，接下来又不得不取消早已预定好的两场宴会。其中一场是会见金融界龙头老大的恳谈会；另一场则是后援会举办的宴会。两场池内都是主要来宾，池内自己应该也非常明白，若是主要来宾不在场，宴会将会演变成何种局面。尽管握有再大的权力，这样做也委实太过失礼。

然而，为了政策议论，池内却毅然决然决定爽约。在这当中，其实也可以发现池内充满书生气息的一面。一思及此，庭野也就心甘情愿地，肩负起这份吃力不讨好的工作。

局长们分别乘坐上大臣的车，转移到市谷的池内宅邸。

吃过池内夫人端出的简单晚餐后，众人又继续议论。大臣这方提出了一个最终意见：总之，先仅进行原棉原毛的自由化，至于之后的自由化品项及自由化比率，则等到重新召开省内会议时，再进行弹性修正并做出决定。不过，风越等人仍然认为要答应那个"总之"的时机还未到，因此无法认同。

就这样，在意见持续的对立中，夜色愈来愈深沉。逼近十二点时，池内终于做出了最后决定——"总之，原棉原毛的自由化一定要推动。"

池内的大眼中闪烁着光芒，最后说道：

"我非常明白诸位反对的理由。既然我要强行推动这项自由化，那么今后产生的所有问题与责任，全都由我个人一肩承担。"

男人对男人的战争就此结束。

庭野负责备车送局长们返家，一路护送众人至门外。虽然结果以失败收场，但局长们由于得以尽情说出反对论点，反而感到神清气爽，每个人的表情都出乎意料地开朗快活。风越也挺直了胸膛，在玄关对大臣夫妇问候致意后，大摇大摆地走了出来。那副神态，俨然就像是侠客首领在互道寒暄一般。

风越望向庭野，扬起结实的下颚指指玄关说：

"那个池内还真是活力旺盛哪！我想，他一定能当上首相吧！"

他的口吻与其说是在称赞敌人，更像是进行性格测验后得到的结论。

关于一省的政策与人事等重要事项，其裁决及责任理论上都是由大臣负责；至于官僚机构，则是担任辅佐并加以实施的机关。

但是话说回来，这其实也只是大原则而已；实际上，自政策、人事的立案乃至决定，全都是由次官以下的官僚机构在推动，大臣一般而言，只是在形式上处于官僚机构之上而已。

然而，在这次省内会议的整个过程中，大臣却毅然决然地使用了这种只在大原则上提及的权限，这种情况反而称得上是特例。然而，权限就是权限，既然已经下达决定，那么风越等人身为机构的一员，也只能遵从大臣的抉择。就这方面来说，风越倒觉得这次是池内欠了自己一笔人情。

风越的想法太天真了，政治家并没有那般肤浅。事实上，这并不是风越卖给池内一个人情，而是恰好相反，是风越欠了池内一个人情。若风越想施恩于对方，那就不该自始至终一直保持对立的态势，而是应该早早妥协让步，让事情告一段落才对。风越往后才亲身体会到，自己这时候的判断有多么天真。

风越并不觉得自己打了败仗，但这不仅仅是因为风越本身的性格使然，也不是基于官僚本来就有的乐观心态。不管风越或是其他局长，他们反对的并不是自由化本身；毕竟，这的确是无法避免的趋势，而他们也不打算否定这个事实。

换句话说，对立的争议点并不在于"本质"，而是在于"时机"这一点上。

现在，既然实施自由化的时期比起原先预想得要早，那么对于官僚机构来说，下一个问题就是该如何做好防范准备，以及因应对策。经济无时无刻在变化，是个除了眼前所见以外，其他完全让人一无所知的生命体。官僚就像是牧羊人，不该争辩孰胜孰败，而是该赶紧想办法，尽量降低经济变化时所带来的冲击。那么，能够应对此等形势的男人们，还有些什么人呢……？

　　想到这里，风越一张一张地抽出了人事卡片，在局长用的宽敞桌子上头，反复不断地来回排列着。

　　"您又在预测人事了啊！"

　　"这可真叫人期待呢！"

　　记者们纷纷朝着局长室探头说道。

　　"怎么会是在这种时期排呢，发生什么事了吗？"

　　面对记者的询问，风越则是回道：

　　"这种东西，哪有分什么时期对不对的啦！人事就好比是上等的羊羹，不管是什么时候，都得不断研磨再研磨才行呢！"

　　然而，当风越在配置卡片的时候，只有一张卡片独自放在桌子的右上角。风越并不是遗忘了那张卡片，而是故意放在那里的。卡片上的人名是"牧顺三"。

尽管染上胸病，却仍然抱着"死于巴黎"的决心出国去的男人。牧依然还活着；只要没死，他应该都会一直尽心竭力地钻研法国经济吧！风越忆起了那时在特许厅与牧握手的时候，对方手心那种潮湿黏滑的气味与触感；牧现在一定正将全身化作吸盘，紧紧地吸附在法国官民协调的经济体制上吧！

牧一向都会定期寄报告书回大臣官房。风越每次到官房长室去时，一定会仔细看过他的报告。

似乎没有任何人会前来翻阅那些未被归档的报告书，但是每次接着读下去时，两道坚持战斗的身影便会化作巨大的影像，在风越的脑海中浮现。其中一道身影，是面对着美国资本主义的强大攻势，却依然维持高度的统筹管制色彩，同时又勇敢奋斗到底的法国经济官僚；而另一道身影，则是现在人在异乡抱病孤军奋战，持续追踪着法国经济统筹政策轨迹的牧。

今日的法国，就是明日的日本。为此，一定要急速且断然地，强化重要产业暴露在国际竞争下时的体质才行。一旦经济开放，至今那种不景气—缩短作业时间—减产的权宜之计根本不堪用。若是不从基本结构方面整顿过度竞争的现象，并扩大强化企业规模，根本无法对抗美国的强大资本。为此，必须行使指导乃至于诱导等强力权限，并取得资金方面的保证，以及税制方面的优待才行。换言之，现下的问题并非像通产省迄今为止的做法那样，针对小问题进行多方面的行政指导就能够解决，而是必须订定一个具有法律支持的大型崭新官僚指导体系。若是依照这样的理论往前迈进，这将会成为通产省的新时代开端，同时也能开创出"官僚指导经济"此一崭新的梦想。

虽然决定走向自由化路线，但风越却并不怎么感到悲观；究其原因，正是因为他心中开始孕育出了这样的梦想。正因这项梦想并不具有迄今那种陈旧许可统筹制度的惰性，所以对于风越这种男人来说，才更能激发出他心中满腔的热血。而能够实现这项壮阔梦想的主要设计者，说起来不正是身在巴黎的牧吗？

就在这时，一位名叫观音寺的重工业局课长走了进来。他与鲇川同期，比牧大了一届，三人同样都是处在互相竞争的圈子当中。在同期的官员里面，他是继鲇川之后，受到风越第二器重的男人。观音寺人如其名，就像尊观音菩萨一样老是笑容满面，身体削瘦又柔软，偶尔也会让人联想到爬虫类。

观音寺看着风越桌上的卡片，说道：

"只有牧一个人特别被抽出来呢！"

听他的说法，似乎是看穿了风越的心思。这个男人的直觉也相当敏锐。风越用有些粗鲁的语气应道：

"他是张出 ① 唭！"

"虽说是张出，但也有很多种等级呢！"

"嗯，有可能是横纲，也有可能是小结哪！"风越语毕后，又咧嘴笑道，"不，也有所谓的张出十两 ② 吧！"

不理会风越丢出的烟幕弹，观音寺说道：

"话说回来，五年来都在张出的位置上，还真难得呢！"

"你觉得时机到了吗？"

观音寺的回答很有他自己的风格。

"我很看重牧的实力。"

当观音寺离去之后，风越一把扫开了桌上所有的人事卡片，被他摆在桌子正中央的，就只剩下那张写着"牧顺三"的卡片。

---

① 原文为"张り出し"，指日本相扑比赛中正榜以外公布出的力士等级名单。

② 相扑的关取依等级由低至高，分别为十两→幕内（平幕前头）→小结→关胁→大关→横纲。

望着那张卡片好一阵子后，风越又在上头放下了自己的卡片。

原本牧就是攻击型的理论家，独自一人在巴黎待了五年之后，搞不好性格会变得更加强悍，甚至到达狷介的程度也说不定。风越在怀抱伟大梦想的同时，从客观角度看来，也认定自己是最适合管理牧的人。

话说回来，目前最根本的问题就在于，如今身为一介重工业局长的自己，是否适合担任这个伟大梦想的推动者。尽管重工业局在原局中是地位最高，也是最庞大的局处，但既然是属于垂直性组织的原局之一，那么管辖的范围便不可避免地会受到局限。

强化国际竞争力，不仅是化学工业局及纤维杂货局等局处的共通课题，同时也是全体产业政策的问题。换言之，这既是在业务方面呈现垂直特性的原局的工作，也是管辖范围呈水平式的企业局职责所在。

为了实现风越的梦想与任务，最好的职位就是企业局长。同时，企业局长的席次，也是通往下任次官的预约席；历任次官几乎都是由企业局长升上去，这在战后几乎已经成了一种不成文的规定。成为企业局长，再成为次官后，风越就能亲自实践这个寄托在通产省身上的崭新梦想。同时，这也是条能够善用牧这类人才的道路。"安排人事时，完全不去针对自己的地位进行任何动作"是风越自身的原则，但是在考虑到种种因素后，现在他也不得不对此进行些微的调整。

不过，风越其实也不需要特地下太多工夫，毕竟他现在的位置，是距离企业局长最近的职位。考虑到风越至今的实际功绩、通过人事掌握到的力量，以及在省内拥有足以被人称作"通产省先生"的高度声望，十之八九，他一定会照着企业局长—次官的路线向前迈进。

风越又在"牧顺三"的卡片旁边，放上了庭野的卡片。他微微仰起身子，眯起粗框眼镜底下的眼睛，目不转睛地盯着这两张卡片大半晌。人称"西洋剃刀"的牧，与"木炭汽车"的庭野，将会成为车子两边的车轮拼命滚动，而在他们上方，则是由风越发号施令。

若要实现此一壮阔的梦想，眼前的配置将是最理想的人事组合。

接着，风越抽出"牧顺三"的卡片，一如往常地将"风越—鲇川—庭野"三张卡片，纵向排成一直线。人事的最根本组合，果然还是得排成这样才行；这将会成为巨大的躯干，再往外开枝散叶。就这方面而言，牧依然只能当个"张出"，而从加拿大归国的片山，也只是备用人才中的再备用人才罢了。若是有人征询风越对于片山的看法，他总是会轻蔑地说道：

"他只会打一手漂亮的网球和扑克牌而已，那家伙根本不是什么人才。"

如果这番话经过口耳相传后传入对方的耳中，对方会有什么反应？

风越并非真的对此毫无所觉。只是依他的个性，他就只会说出那种话，而那种"并非是人才的人"对此会怎么想，他也根本不想去理会。

风越的劲敌——玉木纤维局长，此刻仍然为了反对自由化的声浪在大伤脑筋。打到他家里的骚扰电话，也是一刻都不曾间断。

打来的电话当中，甚至也有"晚上一个人走路的时候给我小心点！"这种充满恐吓意味的内容。接连好几天的睡眠不足，让玉木的脸颊整整消瘦了一圈。

不过，船一旦出航，就无法改变方向。身为官僚机构的一员，除了遵照决定，驾驶船只之外，别无其他的选择。况且，玉木本人从很早以前开始，就是个开放经济论者。正是因为他的自由化观点并不只是临阵磨枪而已，所以他才会不断反驳风越等局长，并且孤身一人力倡赞成开放论。

早在十年之前，在那个"进口"还跟"分配"是等义词的时代里，玉木不过是通商局中的一介课长而已，但当时他就已经提出对部分商品实施"进口自动承认制"①，并加以推动实施。这是迈向自由化实质上的第一步。从这件事情可以看出，玉木是个彻头彻尾的开放经济论者；他完全不在意周遭的反对论调，只是一味地往前猛冲。

在池内领导的通产省底下，玉木的自由化路线得以更进一步地获得推动；然而，池内在顶着"国际互助合作"这个冠冕堂皇的标语之余，其实还别有用心。池内想借着自由化的手段，断绝迄今从原棉原毛保护中获取不少利益的两大敌对派阀资金来源。另一方面，柑橘自由化之后，能够切断政敌须藤惠作的资金源头，而柠檬自由化，则能让梶原英一郎的金援枯竭。

因此，纵使玉木是基于信念及义务，献身于自由化的推动之中，但反池内阵营的人们，仍然会免不了用有色的眼光看待他。拨打恐吓电话的人，也不光只有业界人士而已。

夏季正好过半的时候，保守党举行了党魁选举。池内

---

① 不需通产省核发许可，得以直接进口的商品。

信人在选举中脱颖而出，成为新任的首相。

　　池内所留下的通产大臣位子，则由爱好运动又个性温厚的岩井浩一郎接任。在此同时，大臣秘书官庭野也终于自"无定量、无止境"的工作中获得了解脱。

　　事实上，不只庭野有种仿佛厄年①结束般身轻如燕的感觉，对于整个通产省来说，实力派的大臣池内，其实也是个无形的沉重负担；因此，当大臣交接之后，整个通产省里里外外，全都洋溢着松了口气的氛围。

　　就在夏天接近尾声时，风越信吾难得请了三天的休假，来到了信州的伊那谷。

　　预算的初步推估结束后，国会也暂时休会了。目前不管省内或局内都没有会议，也没有迫在眉睫的大问题，这对风越来说，是个睽违数年的休假好时机。于是他便偕同妻子道子、进入女子大学就读的女儿、高二的儿子以及女佣人，一家五口出来旅行。因为风越喜欢热闹，所以这趟旅行也是热闹不已，一家人从上到下全都带来了。

　　风越本来就是个懒人，只要是凉爽的地方，去哪里都

————————————

① 日本民间信仰认为，男人在二十五、四十二以及六十一岁时是灾厄之年，特别是四十二岁最不吉利，俗称大厄之年。

成。这次是因为儿子说道："我想看看'风越'这个姓由来的风越山"，所以才会来到伊那谷的。

风越山，是一片宛如屏风般，由西到北耸立于饭田市周边的群山总称。一座又一座的险峻山脉重重叠叠，肩并着肩，俯瞰着脚边的伊那谷。

一到冬天，冷风就会越过群山的高耸山顶吹袭而来。跨越那些山岭前来的，除了狂风之外别无他物；山上没有像样的道路，只有修行者们专用的少许山路，像是兽类踏出的小径一般，在山腹上崎岖蜿蜒。

风越虽然是第一次见到这片山脉，但在他第一眼看见它之后，就爱上了这片山岭。他总觉得，自己的好兄弟们就像这风越山的形状一样，和他并肩站在一起。他挺直着身子立向天际，心里有种冲动想拍拍山的肩膀，对它大喊一声："喂，兄弟啊！"

风越家的祖籍其实不是伊那谷。风越家曾经是水户的下级武士，但传到风越的曾祖父那一代时，因为他是个血气方刚的男人，所以在幕末时便成了流浪武士，投身至天狗党 ① 的旗下。

---

① 由水户武士组成的武装倒幕集团，以尊王攘夷为号召，后被幕府讨平。

元治元年（1864 年）十一月，超过八百人的义军击溃了在和田峠迎战的诹访藩，一路挺进信州路。义军一行人沿着诹访湖南下，进入了伊那谷。

　　镇守当地的饭田藩搬出了大炮，一度采取迎击的态势，但见到敌军是一群不顾性命的流浪武士后，一方面判断若是硬拼势必会血流成河，另一方面也是由于保皇思想已经开始萌芽，于是便决定暗中派出使者，让他们和平通过领地。相对地，代价则是军资三千两。当然，饭田藩也会提供粮食，让他们顺着捷径通往中津川。

　　这时候，那位身为风越曾祖父的年轻流浪武士，因为在和田峠的激战中所受的脚伤恶化，以至于无法跟着大队行动，于是便一个人借住在风越山脚下的村长家中，疗养身体。接着过了三个多月后，他的伤势已经痊愈，于是等到春天造访后，他便回到了水户；不过，那时候他的身边还多了一个人——他把村长的女儿也一起带回去了。风越身上那种抢婚的血液，应该就是遗传自曾祖父吧！

　　战争与恋爱，这片土地上融合着这两种令人感慨良多的回忆。对于曾祖父而言，印象应该相当深刻吧！因此，回到水户分家之后，他便开始冠上"风越"这个姓氏。从这点说起来，风越这个姓当中，不只蕴含着山岭与风的声音，同时也充满了席卷那个时代的风暴，以及青春的脚步声。

见到了预料中的山容后，风越的心情奇佳无比。眺望天龙川形成的壮阔峡谷，景色也一样相当壮观。

天空高高地耸立着，这真是一个适合昂首阔步，用力摆动双手漫步其中的城镇。

饭田市的城镇中央，有一条相当著名、由成排的苹果树所形成的林荫大道，此刻正是树上开始结出青青果实的时候。走在那条路上时，风越对着山那边扯开嗓子唱道：

"男人哪，男人哪，是男人的话就……"

"爸爸，别唱啦！"

女儿抓住他的手臂，女佣人也将手指抵在嘴唇上。妻子和儿子则笑了起来。

"怎么了吗？"

"因为……那首歌，不适合在这种高原上的城镇里唱吧！"

"那，你说有哪里适合？"

"就是更加充满都市尘嚣的地方啊！譬如东京的话，倒是蛮适合的唷！"

"是吗？"

风越很爽快地放弃了继续唱歌的念头，他一点也不想跟女儿争辩。

只是，一想到大约百年之前，曾经有天狗党高举着旗帜，千里迢迢远从水户来到这座山谷之中，他就无法闷不吭声。于是他下定决心，又开始小声唱道：

"男人哪、男人哪……"

"爸爸！"

"就算小声唱也不行吗？"

女儿与佣人像对姐妹般相互对望了一眼，然后一起点了点头。

风越一家所居住的旅馆，位于一座可以俯瞰天龙川的断崖上。

自窗户往下看去，在街道的尽头前端，朝向东南方延伸的山谷，变得豁然开朗了起来；层层叠叠的梯田与森林，顺着山坡缓缓而上，一路绵延至远方的赤石山脉。波涛汹涌的天龙川，在谷中央拐了一个大弯；在不远处的前方，与河流同样弯弯曲曲的铁轨正盘绕着。眼前几乎看不见任何活动的事物，仓库的白色土墙点点散落在晚霞之中，看起来相当美丽。

不过，山区的落日时间相当早，当风越从房间附带的浴室里泡了个澡出来时，整座山谷已经开始沉入绛紫色的黑暗之中了。

当他出来后，儿子也跟着走进浴室。至于妻女三人，则是待在隔壁的房间。

如此一来，旅馆的房间对风越而言，就跟待在自己家里头一样，成了一处不用顾忌任何事情的大天地。风越于是光着身子，双脚大开站在窗边。风凉爽地吹在肌肤上，和东京不一样，这才是真正的所谓"天国之风"。

眺望着西方的天空，风越山仿佛化作了一片巨大的黑色屏风。风越顿时可以想象到，年轻的曾祖父来到异乡后，早晚仰望这座山时的心境。

天狗党朝向京都挥兵前进之后，对于独自一人留在这里的曾祖父而言，山既像是一道阻隔了希望的高墙，不过有时看起来，应该也像是一块描绘着心中激昂梦想的画布吧！

最后，他和村长的女儿之间萌生出了爱情，山顶覆满了皑皑白雪的群山，也仿佛一同染上了玫瑰色的色彩。但没过多久，就传来了天狗党惨败及遭到处刑的消息；即使他身处此地，追兵应该还是不会放过他吧！这时，山在曾祖父的眼中，或许又化成了不断漫天扑来的黑暗本身……

当风越的妻子道子走进房中的同时，她不禁拉高音量大喊道：

"哎呀呀，从下面全都看得一清二楚了哪！"

"怎么会呢？"

"什么'怎么会'，房间下面就是大马路了呀！"

经妻子这么一说，风越才将视线投向脚边。

先前风越一直挺着胸膛，专心地眺望着群山与远方的美景，却没发现脚下的确有条大马路，自下头远方的天龙川岸边笔直地延伸上来，然后正好在旅馆所在的断崖处转了个弯，转进山谷的方向。如果人们从那条路走上来，一抬起头，便会直接将风越的裸体尽收眼底。

"原来如此，这样确实有些有碍观瞻哪！"

"岂止是'有些'呀！"

风越苦笑了一下，同时穿上了兜裆布。

"先前拜托你的东西呢？"

"来，在这里。"

道子递出了一叠文件。这是人在巴黎的牧所寄来的报告书，直到刚才都还放在女儿的旅行箱里头。这份报告书虽然刚刚才寄至大臣官房，不过似乎没有什么人想看，所以风越就借了出来。

"都要去山里玩了，还带着那种东西啊！"官房长侧着头问道。

"因为，我只要换了房间就睡不着啊！这种无聊的东西，正好能拿来代替安眠药嘛！"

风越还是一如往常，用自己瞎掰的歪理回应着对方。

不过，风越其实还想继续沉浸在刚泡完澡的气氛当中一下，所以并不想马上浏览。他坐在榻榻米上，将报告书往旁边一丢，两手撑在身后，仰望天空。傍晚的金星，开始闪烁起明亮的光芒。

"早点穿上浴衣吧！"

让风越穿上兜裆布后，道子露出了安心不少的表情，接着便准备回到自己的房间。

眼下是笼罩在黄昏之中的峡谷旅馆，这时，风越忽然想和道子再多说点话。或许是因为在他的脑中，一直盘旋着年轻的曾祖父和他的恋人之故吧！将这份情感凝聚在思绪中，他开口说道：

"喂，你要去哪？"

“我要回另一间房泡澡。”

“怎么，你还没洗啊？”

“是啊，因为我让那两个孩子先洗了。”

她指的是女儿与女佣两人。

“……那么，她们两个现在在做什么？”

“两个人一起去镇上散步了。她们看起来非常开心呢！”

“是吗……？”

“毕竟相当难得嘛。其实，老公你也想一起去吧？”

“你说这什么傻话，怎么可能！”

嘴上虽然这么说，不过风越心里确实有些遗憾。的确，在黄昏的山谷里跟女儿一起散步，也是件不错的事吧！不过，女儿会拒绝跟他一起散步的几率倒也相当高就是了……

道子离开了房间，山中空气的凉意变得更深了。风越不禁想起了东京。同样是这个时刻，在那栋八层楼高的通产省大楼里，应该还是一片热气蒸腾的景象吧！而在大楼里，应该也还是有许多同伴们，正一边擦着满头大汗，一边继续辛勤工作吧！身为敌手的纤维局长玉木，此刻搞不好还在为了反对自由化的陈情活动，而累得心力交瘁也说不定。

风越最为中意的鲇川，现在正因为心脏疾病而入院疗养中，他原先担任的官房审议官职位，则是暂予保留。不过，每当风越临时起意去探访时，鲇川总是坐在床上，专心地阅读着有关于计量经济学的厚重原文书。这是运用了高等数学的一门最新经济学，可不是病人应该看的东西。

庭野卸下大臣秘书官的工作后，当上了重工业局制铁课长。为了熟悉新工作，最近他又开始像木炭汽车一样，来回奔波于跟各个钢铁制造厂商的代表的面谈之中。

至于巴黎的牧呢……

风越终于是重新想起来似的穿上浴衣，转向位于房间正中央的矮桌，打开报告书。这份名为《协调经济论》的报告书，与其说是报告，倒不如说更像是一份论文。这份论文中总结了迄今为止牧所做过的报告，并指出对日本而言，最终的抉择已经迫在眼前。

这篇论文在一开始，首先提出了日本企业可说是走向自我毁灭一途的过度竞争情势，接着再以对照的方式，提出欧洲方面所采行的适当规模分工体制，并针对两者加以比较分析。牧认为，为了让企业在国际竞争中存活下来，也为了开发及利用新技术，必须确保规模利益；若是依据此一原则将过度竞争转换为有效竞争，便不会触犯到《独占禁止法》的理念。然而，能够达成这个目标的方法不多，既不能运用企业那种以私利为中心的卡特尔规制，也不能指望使用那种在政府单方面的命令下进行统筹管制，近乎极权主义的手段。

于是，最后浮现至牧脑海中的，便是法国现正实施的协调经济方式。诚如"Concentrated Economy"在英译字面上的意思，政府、产业、金融、中立等各界代表齐集于"近代化委员会"这个共通的场所，就像是某种合奏会或演奏会一样，相互协调，订定产业行动今后的方向。各界代表彼此交换资讯、互相协商，在共通的课题上达成合意。之后，产业界便按照承诺，努力实现各方合意的目标，金融界及政府则配合产业界，提出投资及减免税赋措施等的特惠方案，给予援助。不同于卡特尔或是单方面的命令，这种基于合意及契约推动行政措施的协调行政方式，已经能够在日本各种审议会的作业中察觉到萌芽的迹象……

风越陶醉在牧的论文当中。

整篇论文呈现出牧在这几年间努力研习后所获致的圆满成果，也可以感觉到牧那追求完美的行事作风。

另外，他那热切倾诉着、希冀实现协调行政方式的心意，也打动了风越的心房。更何况，在这种热切的诉求之上，还覆盖着一层毫无破绽的坚实理论武装。

风越十分满足。自从许久以前就开始怀抱着的梦想，现在正张开了羽翼，准备展翅高飞。丧失了许可权之后，现在的通产省只能够就零星的细节展开行政指导工作。然而，只要积极地将这些行政指导工作系统化，再加上法律上的支持，通产行政的崭新黎明便会到来。牧在遥远的海外，为大家构筑出了整个通产省的新梦想，并且赋予了它坚不可摧的理论武装。他真想现在立即叫牧回来，尽可能早一刻在日本确立起协调行政的机制。

风越觉得自己浑身发热了起来。他迫不及待地期望着，自己能够马上抓着牧的手臂把他从巴黎拉回来，然后明天就开始着手进行系统化……

房里的电话铃声响了起来。不知何时已经洗好澡出来的儿子接起电话后，对风越说道："是通产省打来的。"说完之后，他将电话递给了父亲。

（发生什么事了吗？批阅与其他所有需要亲自处理的工作，他都已经处理完毕了，而且，现在还只是三天休假的开头而已……）对于通产省的人为何会打电话追到这种山谷里来，风越完全猜想不到。

风越接过话筒。长途电话的声音虽然听起来十分模糊，不过讲了两三句话后，风越马上辨识出，电话那一头的人是制铁课长庭野。

"川口的铸造工厂发生了意外，路人因此受到了严重的烧伤。对此，明天将会召开众议院商工委员会会议，在野党议员要求局长必须出席——"

说完主要重点之后，庭野又连忙补充说道：

"那些议员们是想要借机抨击局长吧，然而这次的意外事故以程度的严重性来说，还不到需要局长特地出面答复的程度。因此，虽然多少会在委员心里留下不好的印象，不过还是由我出面就好吧！"

风越哼了一声。或许是因为津贴的关系吧，在国会休会的期间当中，委员们还是会像是单纯消磨时间般，每个月召开一次委员会会议；而且，每次开会的时候，他们总是会随意使唤公务员去做一些无用之事。

风越正想说："别管他们！"，但他转念一想，又向庭野说道：

"好，我回去。"

"咦，为什么？"

听见庭野的反问，风越回应道：

"我突然想让那些议员们欠我一笔人情啊！"

现在饭田线已经过了末班电车的时间，接下来得搭乘夜间火车了吧！大老远跑来这里，结果变成只是为了泡一个澡。

不过，这也是无可奈何的事。为了推动协调经济法案，必须让国会那帮人留下好印象才行。为了自己宏伟的梦想，风越开始在暗地里布起了局。

第四章　名牌显示灯

　　翌年初，风越信吾确实应验了省内外的揣测，晋升成了企业局长，同时也等于坐上了内定下任次官的位子。至于先前和他在自由化省议上互相对立的同期——玉木纤维局长，则是横向调任成了通商局长。两名敌手之间的激烈赛跑，在进入最后弯道的时候，明显是由风越领先了一大步。

　　"哎呀呀，配置人事的工作也终于要画下句点了呢！"

　　一名风越熟识的报社记者揶揄地这样说着。

　　"没那回事。我就算不负责省里的工作，还是会继续关心人事啊！"

　　风越又要嘴皮子似的回答对方。不过，他在心里却是

160

喊着："你们就等着瞧吧！我将会制定出划时代的新法案，让你们刮目相看！"

暂时命名为《协调经济法》的此一法律，将会是让呈现日落西山态势的通产省起死回生的一大立法。如此壮阔的梦想，不仅仅是为了国家社稷以及通产省，对于风越本人而言，也会成为一项伟大的功绩吧！他将不再只是"人事风越"，也会得到"政策风越"这个决定性的评价。若是能够拥有横跨人事与政策两方面的耀眼佳绩，那么他就将会成为完美得不能再完美的下任次官候选人。到时候，就算自己不去刻意铺路，也会有许多人将他拱上次官的席位。

"风越先生这回一定又会做些壮举吧！"

听见记者这句话后，风越挺起胸膛答道：

"那是当然，我会轰轰烈烈大干一场！"

企业局原本在通产省当中，就是最为自由又前卫的一个局；由于不是原局，并没有什么管辖产业，就连日常性的行政业务也不多。它的工作就是不断积极摸索所有产业政策的理想状态，并且立案再立案。为此，与其说它是个监督企业的局处，它倒还比较常被认为是"事业企划局"。企业局总是站在时代的尖端，跑在通产省的最前线。

这时的企业局也是如此。该局制定了日本最初的公害立法——《煤烟排放规制法》，另外还制定了《家庭用品品质表示法》及《分期付款贩卖法》等法案，是通产省创省以来第一次挺进消费者行政的领域。考虑到企业局这种特性与气势，一旦人称"通产省先生"的勇猛武士当上局长，媒体记者们会抱持着如此热切的期待，自是理所当然之事。

在风越心里，也怀着足以回应如此期望的抱负；不过，就算记者们再怎样询问内容时，他也都没有做出详尽的说明。

"……我啊，是不可能会净做些芝麻绿豆小事的吧！这次我所要做的当然会是壮举唷，而且，还是一项会影响到所有产业的壮举！"

他虽然故意丢出烟雾弹，但拗不过记者的持续追问，还是透露了一小部分：

"举例来说，就像是要替通产省换上新衣裳吧！我们既不会自由放任，也会停止统筹经济，取而代之展开的，将会是不同于前面两者的第三种行政方针。嗯，可以说是所谓的官民协调行政体系吧！"

风越将牧的想法，翻译成自己的语言表达出来。

"官民协调、官民协调行政吗？"

记者重复地喊道，脸上的表情像是在说，"真不愧是风越会想出的主意"。风越点点头。对他来说，这个词汇并没有什么大不了的；事实上，因为正好跟"官僚管制"一词形成对比，所以这个词汇反而有种轻佻感。但风越却从未料到，"官民协调"这个词汇竟会对一部分民众，尤其是自由经济论者带来一种高高在上的压迫感，甚至引起反弹。

企业局底下共有十个课，这当中能够实现风越梦想的最大左右手，就是企业第一课与产业资金课。

产业资金课正如字面上的意思所述，主要是负责处理通产省下辖企业的金融业务。在新法当中，整顿金融体系以及活用财政投资暨融资，一跃而成为重要议题，因此该课在风越的梦想实践中，扮演的角色可说相当重要。

正因如此，风越上任之后，首先便选择了庭野担任产业资金课课长。虽然形式上，人事权是隶属于大臣的权限范围之内，不过实际上都是由大臣官房来加以调配。这时的官房长恰巧是风越的心腹密友之一；另外，鲇川也在心脏疾病康复之后，就任官房秘书课长一职，因此，现下的局面完全是照着风越的人事构想在走。

　　关于企业第一课长，风越则决定召回身处巴黎的牧来担任。企业第一课负责处理产业合理化之统合调整，以及产业团体的种种相关事务，但在其中，有一条管辖事项特别引起风越的注意，那就是："总括统合通商产业省下辖之事业发展、改善及调整之相关事务。"从这条项目来看，企业第一课可说是整个通产省，所有一切大大小小、正在向前推进的计划的主动力源。

　　通产省的最前线是企业局，而企业局当中的最前线则是企业第一课。企业第一课长是个可以大胆尝试创新举动的职位，若是能在此一工作岗位上留下辉煌的战果，等在前头的便是握有人事命脉的官房课长之位，而一旦当上官房课长，也就等于是手握一张通往次官跑道的优待券。从这一方面来看，对资历较浅的官员而言，企业第一课长无疑是一个最受到瞩目的课长席位。

　　正因如此，风越就任局长后，便火速遭到记者们的包围，询问他是否对于第一课长的候选人已经有了腹案。面对记者的追问，风越煞有介事地分配了人事卡片好一阵子，最后说道："这张应该就是最强大的王牌了吧！"说完之后，他将"牧顺三"的卡片抽出来，摆在了办公桌上。

跑通产省路线的记者当中，资历较浅的几位异口同声地纷纷发问道：

"有牧这个人吗？"

"他到底是个什么样的人？"

资深的记者群当中，则有人缓缓点了点头。

"原来如此。不论是庭野也好，或是牧也好，风越先生似乎将最强的新一代官僚，全都聚集在自己的麾下了呢！看样子，即将要展开一场轰轰烈烈的革命了。"

今年巴黎的冬天依旧十分寒冷。

牧顺三所住公寓的暖气性能并不怎么好，不知是否因为前年那场导管破裂意外，后来暖气外漏，或是无法抬高蒸气压的缘故，房间里的温度老是无法上升。

公寓中已关上了两扇窗户，窗帘也拉下了两层，但这么一来的结果，就变成这间拥有百年历史的老旧房间中，老是充斥着挥散不去的霉臭味，让人几乎难以呼吸。不只如此，再加上牧的肺又不好，因此，他总是会紧抓着房间里的某些东西，感觉自己像是随时都要窒息一样。

就像搭着火车进入漫长的隧道时一样，那种不管再怎样前进，隧道里的深沉黑暗也不会结束的感觉，让人不禁有种想要在列车里来回狂奔的冲动。牧也很怕面对黑暗。当肉眼看不见的黑暗矗立在面前时，他的眼中总是会浮现起一幅画面，仿佛自己就像是蜷缩着身子，被独自遗弃在黑暗中的死刑犯一般；然后，在那片黑暗的墙壁中，会有某只隐藏的黑手，突然伸出来掐住自己的脖子……这样的错觉，占据了牧的整个脑海。

牧的父亲长年担任高知一所名门中学的校长。他既是位讲求伦理的教师，也是个致力于振兴武道，以培育无双国士为职志的教育家。当他看见牧身体虚弱又害怕黑暗的样子时，虽然多少感到有些厌烦，但也只是说了声："这样啊……"而没有特地对牧进行斯巴达式的训练。这或许是因为父亲认清了儿子有儿子自己的个性，但同时也是因为他觉得牧虽是自己的亲生儿子，却又难以亲近的缘故吧！

另一方面，牧在害怕黑暗的同时，心中却也有一股想要亲近黑暗的矛盾情绪。他喜欢鬼怪故事，从很久以前开始，就对心灵现象及魔术感兴趣，也热衷于订阅有关这方面的国外杂志与书籍。这和那种感到害怕却又想看的心情不同；他害怕黑暗，但正因为害怕黑暗，所以他才感觉自己更应该铆足全力投身于其中。或许和这种恐惧也有所关连吧，牧还患有惧高症，为此，虽然他在巴黎待了五年，但却连一次也没有登上过埃菲尔铁塔。就算担任向导引领来自日本的重要贵宾时，他也一定只是目送对方到电梯入口，然后再等对方回来。即便遭到耻笑，或是遭人冷眼相待，他都不以为意，毕竟，不管接待怎样的来宾的时候，他都不想闹出闭着眼睛与对方同行的笑话。之后，有些访客会在瞭望台吃午餐，有时正逢夏天傍晚之际，还会倒点葡萄酒细细品尝，这时牧就会走进附近的咖啡厅，一边阅读欧洲的魔女传说，一边耐心等待。

这是牧旅居巴黎第五年的冬天。幸好入冬之后访客就会减少，但宾客人数愈少，也就表示天候愈糟。比起充满着刺骨寒意的公寓，窝在大使馆里头自然是好得多，但若是论及待得自不自在，大使馆当中却另有一种冰冷刺骨的寒意。尽管过了三年、过了五年，其他人却依然视自己为圈外人——不，更正确地说，时间过得愈久，官僚之间共通的嗅觉，愈能敏锐嗅出牧在通产省里的评价愈来愈低，于是望向自己的目光也变得更加冷漠无情。就这样，不管是在通产省本部里面，还是在大使馆的同事之间，牧逐渐变成了一个遭到遗忘、遭到摒弃的人。他的报告书不断寄出去，却迟迟没有收到特别明显的回应，只有岁月，仍在不停地流逝。

不久之后春天来临，牧又得开始接待前来法国出差兼观光的议员们。一进入 4 月后，马上又要举办关税暨贸易总协定（GATT）相关的国际会议，日本方面将会派遣两名阁员级的经济官员前来。由于大藏省方面的驻法人员仍然悬缺，牧必须一肩担起所有事前准备工作，直到会议结束之前，都得自己扛起代表团临时事务局长的职责。为此，他必须随时绷紧神经做事，但即使一切进行顺利，也没有任何好处会落到他身上，委实是个得不偿失的差事。然后，以此为开端，牧就在不断确保众多此类会议的顺利进行以及反复的送往迎来之间，又继续迎向空虚的另一年……

时间来到了 2 月初的某个夜晚。

那一晚，暖气依然没起什么作用，牧盖了三层毛毯，才终于坠入梦乡。

深夜一点半时，突如其来的电话铃声打断了美梦。两张单人床之间，摆着一张边缘磨损不堪的床头桌，上头的旧式黑色电话机，发出了凄厉的响声。

百合子比牧早了一步，伸出丰腴的手接起话筒。

"是从本部打来的唷！这种时间打来，会是什么事呢？"

依照牧目前身处的位置，平常极少会有什么重要或是紧急的联络电话。因此若是有事，本部一般都会在这边的早晨时分打电话过来。东京的傍晚五点，正好是巴黎早上九点，牧事先已经要求过尽量在这个时间进行联系，而本部的人也都表示明白，所以若是有什么事，他们一定会等到傍晚，也就是等到巴黎的早上才打来。

巴黎的深夜一点半，等于东京的早上九点半，也就是说，致电者完全没有去计算时差，一到上班时间后，就任凭自己方便突然打了电话过来。真不知道，这么没礼貌的家伙究竟是谁……？

牧握住百合子递来的话筒，继续仰面躺在床上，一脸不悦地等候对方开口说话。

转接似乎相当不顺利，中间还不时传来电话接线生的英文说话声；看样子，对方似乎听不太懂接线生的英文，结果耽搁了不少时间。（原来，这个家伙不只没礼貌，就连英文大概也听不太懂……）牧在心里暗自想着。

"请您稍等一下。"

接线生以法文对牧复述了一次后，再次呼叫致电者。牧带着满脸没趣的表情，仰头盯着黯淡的天花板继续等待。

"请说话。"

接线生转以英文这样说道。随即，一阵浑圆洪亮，几乎要盖过接线生话声的嗓音传了过来：

"牧吗？是我啊！"

真是傲慢无礼的说话方式。即便是想遍了所有同期的同僚，牧也还是猜不出有谁会用这样的口气对他说话。

"我？"

他语带责备地反问道。

"我是风越啊！这次我当上了企业局长！"

"是的，我知道。"

牧的语气虽然彬彬有礼，但回话时却仍然横躺在床上。

牧已经约莫有五年没有听见风越的声音了。当牧五年来都在巴黎担任同一个职位时，风越却已经荣升了三次，一路从重工业局次长、重工业局长，升到了企业局长。如今，担任此一要职的风越，找自己会有什么事呢？该不会是打来告诉自己说，他过一阵子要来巴黎出差的吧？

牧带着闷闷不乐的心情，继续侧耳倾听风越接下来要说的话。这时，一句完全出乎他意料之外的话语窜进了耳中：

"对了，我已经指名你为企业第一课长了。马上回来吧！"

牧霍然坐起身再问了一次，而风越也用他那雄浑的声音，重复了一次同样的话语。对方的口气既不是在试探也不是内定，完全是不由分说的果断决定。这让牧感到非常痛快，仿佛有人正拍打着自己的背，让他长长地吐了一口气。

"真的是非常谢谢您！"

牧不由得朝着话筒低头鞠躬。

房间里窒闷的空气，似乎忽然一扫而空，变得干净清爽了起来。耸立的墙壁接连倒塌，黑暗也悉数褪去，往前方望去，看见的是一片无比宽广的世界。

"真的是非常感激您，可是……"牧的表情又稍微黯淡了下来，"若是要马上就职的话，恐怕……"

"不行吗？"

牧慌慌张张地回应道："不，也不是不行……"

百合子睁大了眼站起身，隐隐约约明白了电话的内容。她的脸庞霎时迸出光彩，显得无比开心，但听到牧的回答后，又变得一脸不安；毕竟，牧从来都不擅长与人应对。她脸上的表情就像在说："这可是个期盼良久的难得调动机会，可别惹怒了对方啊！如果可以的话，真希望能由我代替他回应对方……"

百合子拿起睡袍悄悄披在牧的身上，轻轻在他的床边坐了下来。

牧诚惶诚恐地向风越表示，因为有关4月国际会议的准备工作正在如火如荼地进行，所以他一时之间无法抽身离开巴黎。

企业第一课长是个千载难逢的好职位，倘若这时让它溜走，牧将再也没有翻身的机会。牧心中也是无论如何都想接下这份工作，但一想到大使馆商务秘书的职责，他就还是无法做出马上返国这种不负责任的举动。他想确实善尽自己的职责，以免让别人在背后闲言闲语。或许别人会嘲笑自己官僚味太重，又或许会有人笑他是刻意扮出一副模范官僚的样子，但他认为官僚的世界，本就理应是这样才对。话虽如此，在官僚世界的逻辑当中，并不容许延迟两三个月后，才就任新职务这样的事情。在这种情况下，他也必须做好会被其他候补者取代的觉悟。

一思及此，牧原本还因为这难得的喜讯，恨不得在房间里奔跑欢呼，但此刻却又再次陷进了深沉的黑暗当中。

风越在电话另一头沉默不语。牧缩着颈项，心惊胆战地等待着风越的回答。

忽然，风越大吼了一声：

"好，我明白了，就等你吧！"

风越的嗓门，大到让牧一瞬间反射性地想远离话筒。

"只要再两个月，最多三个月是吧！"

"是的……真是非常谢谢您！"

百合子轻柔地握住牧的手，内心的兴奋透过指尖传了过来。即便百合子再怎样喜欢社交活动，五年也真的太漫长了。只是百合子从不喊苦，老是说些"待在巴黎真是开心呢！""毕竟以后没办法再来这里了嘛！"之类的话，装出一副非常享受巴黎生活的模样，但其实，她的演技也已经到了快要支撑不住的时候了。

牧吐了一口大气，但还是有些许担心。

"可是，课长一职能够悬空这么久……"

牧才战战兢兢地起了个头，风越便立刻劈头打断他的话说：

"别担心！我会确实把它空着的！"

"没有课长也没关系吗？"

"没关系！身为局长的我都说没关系了，你就别再担心了！"

语毕之后，风越压低了音量，像在自言自语般嘟囔着说道：

"毕竟，人才是很难取代的。"

"是……"

牧的声音哽咽，一时间说不出话来。

风越所在的企业局长室，位在通产省办公大楼的四楼东侧尽头，视野相当不错，坐落的地点也不差。

位在三楼同样位置的，则是通商局长室；换言之，风越就等于是骑在劲敌玉木的头顶上。每当风越迈开大步行走时，通商局长室薄薄的天花板上就会响起脚步声。由于风越喜欢随意走动，再加上出入的客人繁多，所以脚步声几乎没有一刻停过。

不仅如此，风越还会做体操，而且是源于合气道的自创风越式体操。当他做体操时，总是会聚精会神地用力一蹬，踩得地板吱嘎作响。每当这种时候，下方的通商局长室就会下起尘埃雨，玉木只得说明缘由，让那些大吃一惊的访客冷静下来。

然而，尽管如此，楼层较高也并非全然只有好处而没有坏处的。毕竟，大楼里的电梯数量不多，再加上又是栋省工的廉价建筑，不只马路上的噪音全都会清清楚楚地传进来，而且只要一有大型车辆经过，或是一点小地震，整个楼层就会晃动得相当厉害。或许是考虑到了这些因素，所以大臣室和次官室都是设在二楼。就这方面而言，其实玉木的办公室到次官室的距离，要比风越来得近；不过当然，这并不代表迈向次官宝座的距离也同样比较近……

　　企业局长室隔壁就是企业第一课，隔着走廊的对面则是庭野担任课长的产业资金课。牵引着通产省走向未来的强大引擎中心部分，在这里形成了一块三角形的区域。

　　走进企业第一课后，可以看见四处的桌上都堆满了像座小山般的妇女杂志，这些是为了让目前正处于最后冲刺时期的《家庭用品品质表示法》通过立法而准备的参考资料。截至目前从未关注过家庭问题的精英事务官们，此刻全都在埋头努力钻研厨房用品及电气产品的相关事务。在新辟的消费者行政领域中，这些工作还只是开端而已。

　　就在企业第一课如此忙碌慌张的景象中，却只有课长席一直空着，桌上也总是收拾得相当干净。尽管通产省随后立即派了继任官员前往巴黎接替牧的工作，而牧本身也

没有必要留到国际会议那时候再回来，但是交接的工作还是必须花费不少时间，所以课长席预计还会再空上一个半月左右。这在通产省当中，可说是史无前例。

风越当上企业局长后，应该会展开一番轰轰烈烈的大变革吧——报社记者们这样相信着，因此三天两头就往通产省报到，但见到作为变革主心骨的企业第一课长位子始终空无一人，他们不禁感到大失所望。

"您到底打算空着课长席到什么时候呢？"

每当有人带着责难的语气这样询问时，风越总会如此敷衍过去：

"我没有空着啊！牧课长在赴任的同时，也在巴黎勤奋学习呢！"

之后，他又一脸郑重其事地补充道：

"你们或许无法了解，但他可是个旁人难以取代的男人！"

风越一旦开始称赞起一个人，若不彻底说完对方的优点就会全身不自在。聆听的人听了他的话，有点没趣地应道：

"既然'人事风越'都这么说了，看来他真的是个非常了不起的人才。"

不过风越一听，却更加打蛇随棍上地说：

"那当然！他绝对是个会让你们大吃一惊的人才！"

就这样，由于课长席长时间悬空，所有人反而愈发关注起牧这号人物，使他在回国之前，就已经获得了极高的事前评价。

某个雪花纷飞的周六午后，产业资金课长庭野接受了官房秘书课长鲇川的邀约。邀约的内容为："听说东的坟墓在谷中墓园里，我们一起去祭拜吧。"

鲇川竖起大拇指，朝着企业局长室比了比说：

"我也问过老爹了，可是他说：'我光是应付活人就忙不过来了，哪来的闲时间去看老早就死掉的人呢！'不过，他随后又说：'你就连同我的份一起，去向他上炷香吧！'"

他们三个人，其实与东素未谋面。东在开战之前是燃料局长；基于管理日本石油的负责人之立场，他坚决反对开战。他挺身抵抗东条政权的压力，最后希望能够说服宫内人士，直接向内大臣进行陈述，但这种与自杀无异的行为，却使他落得了身死的下场。在现今的省中，这件事早已被遗忘得一干二净，但鲇川在无意间听见了这则传闻后，内心涌起了兴趣，于是便开始进行调查，询问那些已经退休的官员。

坐在前往墓园的车上，两人几乎没有任何交谈。在这种即将前往祭拜亡者的路途中，不论说什么话似乎都不适合；不过更重要的理由则是，两人在各自心中想着要交谈的对象，都是那位已逝的故人。

抵达墓园后，漫天飞舞的雪势变得更加猛烈了。头顶宛若披着一层白布般的两人，在穿越成排林立的众多陈旧墓碑后，终于来到了东的墓碑前，跪地磕头行礼。微微泛黑的墓碑体积颇小，上头已经长满了青苔。

当两人磕头行礼的时候，雪花飘落在他们的发丝与颈项上，然后又立刻融解消失。闭眼合掌了一会儿后，两人依旧维持跪在地上的姿势，笔直面向墓碑。

为了国家社稷而赌上性命的决心——眼前的矮小墓碑，再一次让他们体会到了其中的残酷与沉重。细雪染白了他们的眉毛，融化后又顺着脸庞流淌而下。

墓园再过去不远处就是一片山崖，下方则是自日暮里延伸至千住的一整片工商业混合区。市街沉睡在不停纷飞落下的白雪之中，渐渐染上灰色，变得朦胧不清。

两人并肩站在一起，俯瞰这片景色。鲇川呢喃着说道：

"总觉得，整座城市看起来，好像没什么活力呢！"

"您也这么认为吗？"

目前的景气情况并不好，钢铁业及纤维业皆缩短了作业时间，煤矿方面也是处于持续封闭矿坑的态势，就连长久以来一直被众人歌颂为三白景气 ① 的砂糖及水泥业，也因为业者充斥林立，而开始呈现前景堪忧的态势。到处都是过度竞争的景象；哪里有企业，哪里就有过度竞争，几乎在所有产业领域中，都显现了这种情况所造就的恶果。再加上急遽自由化的缘故，强大的外资即将席卷全日本……

"老爹说得没错，果然不狠下心来采取激烈的治疗方法是不行了哪！"

庭野对此并没有直接回应，而是说道：

"怎样？要不要去喝一杯？"

见到墓碑后，他感觉自己心灵仿佛也受到了一阵寒流的洗涤。在那之后，城市不安又粗糙的冷风再次擦身而过；他不由得有种冲动，想要好好地喝上一杯酒。

---

① 在昭和三十年（1955 年）左右，当时在日本国内景气甚好的明星产业中，砂糖、水泥及化学肥料等白色物质被称作三白景气。

于是两人步下断崖，走过长长的陆桥。他们脚下踢起的白雪，在空中四散飞舞成一片。

两人在日暮里站附近见到了一间挂有绳制门帘的老式小酒铺后，走了进去。或许是时间尚早的缘故，店里面只有一组客人。点完菜后，鲇川开口向站在厨房里的老板攀谈道：

"现在景气怎么样啊？"

他说话的语气，就像是个爽朗的年轻小开一样。

"怎么可能会好呢！"

"怎么说？"

"毕竟，这一带多半都是承包工厂啊，但最近到处都在减少工作量，产品单价也一直被压低……"

老板说完之后，重新打量了一下两人的服装，半开玩笑地说：

"两位客人该不会是税务署的人吧？"

"怎么可能，不过是在间微不足道的小贸易公司里上班罢了。"

鲇川立即接过话，顺便松开领带这样说道。

"贸易公司啊……往后好像会发生贸易战争之类的情况，那可不得了哪！就好比说汽车，要是外国车真的一口气全涌进来的话，日本大概一下子就全倒了吧！"

"因为规模完全不一样啊！现在就算是日本最热卖的国产车种，一个月产量也不到五千辆，但他们的产量却是数以万计，多的时候甚至是以十万计。"

"这样子根本斗不过他们吧！"

"但是又一定得斗，所以才会这么辛苦啊！"

"没错没错！"老板点头应和。"喔，欢迎光临！"

三名似乎是常客的客人结伴走了进来，老板便上前招呼他们。

热过的酒端了上来，两人只有刚开始相互对饮，接下来便只是各自低头浅酌。原本因大雪而冷冰冰的身体，开始自内而外渐渐暖和了起来。

鲇川的眼角很快染成了绯红色。他拿着酒杯，望着庭野问道：

"刚才在墓园的时候，你有祈求些什么吗？"

见到庭野缓缓点头后，他又说：

"是关于新法的事吧。"

"是的。"

"我也同样做出了祈求。毕竟这可是战后最大的立法，是部关系到所有经济营运层面的法案哪！像现在这种只知对症下药的解决办法，只会使得日本全体经济逐渐走向萧条凋零。这种时候，就应该要大刀阔斧大举改善经济的体质才对！"鲇川舔了舔杯口的残酒，又接着说："这是一个壮阔的梦想，也难怪老爹会如此执着。不能只有企业局一个劲地埋头猛冲，我们之间也要同心协力，全省上下连成一条心，一起高举改革旗帜才行哪！"

一边说着，鲇川脸上的绯红蔓延得更广了。庭野连续灌下了三杯酒后，开口回应道：

"你可能会觉得我在唱反调，但其实，我对于那个'壮阔'的程度感到相当不安。"

"喔，为什么？"

"若是想做一件规模庞大的事时，相对地阻力也会跟着倍增。更何况对于这项新法，不管是政界或是产业界，都未曾展现出强烈的渴望与需求。说穿了，就只有通产省在为此孤军奋战罢了。"

"所以，才更应该要全省上下……"

"只从正面突击的话是不行的，必须要透过多方面的努力斡旋来打下基础，也要懂得柔性进攻。但是那种到处向人低头拜托的柔性进攻方式，依风越先生的个性，能做得到吗？当然，我也会去设法斡旋，只是，倘若风越局长自己没有这种打算的话，那是绝对不会成功的。"

"……"

"与其每天不断反复做着春秋大梦，我更希望能够努力让新法的精神，寄寓于现有法律的实行范围之中。我有自信，我能在自己所管辖的产业金融世界中做到这件事。"

"你反对新法吗？"

"至少没有什么干劲。若是新法能够成立，那当然再好不过了，可是从现实面来看……我已经向风越先生表达过好几次我的意见了，但是，老爹他已经完全沉浸在美梦当中……"

鲇川放下杯子，露出一副从醉意中清醒过来的神情说：

"倘若新法出师不利，恐怕会对老爹造成伤害吧！"

"这句话我也说过了。"

"那么，老爹回了什么？"

"他说：'我从来没想过会失败，也不想去思考失败时的情形。我既是个理想主义者，也是个浪漫主义者。'"

两人笑了起来，但声音却显得有些空洞。随后，鲇川重新振作起精神说：

"但是，不管怎么说都好，我还真想达成这个梦想呢！"

"我也是。老爹的决心已经无法动摇，一旦在局内会议上获得定论之后，我也会协助从巴黎回来的牧课长，全力以赴。虽然不一定能够做到最好，但不管怎么说，还是要尽可能做到比最好还要更好才行哪！况且，在老爹的身边一同朝着理想冲刺，也是项难得的体验吧！"

"我也会动员全大臣官房，不，是动员全省出力协助，粉身碎骨在所不惜。"

"那就有劳您了。"

两人以燃烧着雄心的炽热眼神互相对望着。

走到外头，方才在空中飞舞的细雪已经变作了牡丹雪①，整条柏油路上，全都堆起了厚厚的一层积雪。放眼望去，眼前尽是一片白茫茫的世界，既无法看见城市原本的模样，也无法再见到墓园坐落的那片山崖。

"不知怎么的，比起扬旗改革，这幅景象给人的感觉，倒更像是即将要掩兵偷袭的前夕呢！"

听着鲇川的话，庭野点点头，在大雪里迈开了步伐。

牧顺三一从巴黎回到工作岗位上后，企业局便投入了

---

① 指大雪片。

年轻的精英分子官员，开始着手准备制定新法案。在通产省大楼四楼靠北边的一块区域，连日来都一直持续着高亢激昂的议论声，每晚直到半夜三更，都还是灯火通明。

首先，关于法案本身的名字一直争执不下，改了又改。一开始拟定的《官民协调行政法》这个名称，虽然包含了牧最喜欢的词汇在其中，但"官"这个字予人的印象，实在太过灰暗沉重了。因此年轻官僚们坚决主张，即使法案的本质是"官民协调行政"，仍然不应该让这样的词汇出现在法案名称里。当暂称改为《协调经济法》时，企业局的成员们又觉得太过模糊笼统，一般人难以理解，而且还会让人不由自主地强烈联想到与官方之间的协调，不甚妥当。若是命名为《混合经济法》也一样，不仅乍看之下看不出是什么法律，而且还隐约含有否定自由主义经济的意味存在，因此很有可能在法案刚推动的时候，就无法得到执政党的认同。就这样，他们又舍弃了一个众人认为最符合法案内容的称谓；到最后，当讨论迈入新阶段时，他们终于决定将此一法案命名为《对外竞争力强化法》。

牧对此相当不满：

"难得的一瓶新酒，怎么能放进满是污垢的老旧皮囊里呢！"

牧在心中构筑出的蓝图，就是产业结构本身应有的姿态。在现今自由主义经济步入僵局的时候，对于往后应该实行的体制，牧选择了以合意与契约为基础的经济模式。也就是说，这应该是一项走在历史前端、既积极又清新的立法。此一立法将能确立产业金融秩序，并扩大规模利益，就结果而言，能够确实加强国际竞争力，却又与那种单纯以强化竞争力为目标的法案不同。《对外竞争力强化法》这个名称，将会让人联想起以前那种对症下药的方法，感觉是一部充满民族主义及产业保护色彩的法律。

面对无法认同的牧，风越则是略嫌不耐烦地说道：

"法律名称不过就是一种标签而已。举例来说的话，就算把这法案取名为《企业局第一号法》或是《风越—牧法》都无所谓；没有必要去计较名讳，只要充实好内在就行了。"

正当他们准备直接这样赶鸭子上架时，却出现了牧所不曾意料到的援军；外务省以及通产省内的通商局皆对这项法案名称提出批判，认为会招来国际上的误解。

外务省和通商局的主张是："在日本，政府已经太过偏袒企业了。原本各国就已经不断对'恶名昭彰的通产省'多所非议了，这种时候若还提出这项法案，将会受到愈发强烈的指责与纠弹吧！其结果，搞不好反而会使得我们得被迫加快自由化的脚步。"通商局长玉木在省内会议上表达了这样的意见后，直接对风越断然说道：

"就我而言，请恕我难以赞成这项立法。经济问题就应该放手交给自由竞争机制，这样才是最好的。至于我们所该做的则是，在其中能够整顿到什么程度，就整顿多少。为此，我认为政府不要随意插手干涉比较好。"

玉木现在的姿态，就跟先前在池内通产大臣的面前，独自一人对抗风越等人，坚决主张自由化路线的时候一模一样。

不过这一回并没有再次演变成同期官僚互相较劲的局面。风越只是说了句："你在说什么啊！"就不再与对方争辩了。如今的大臣与池内不同，对于自由化抱持着消极态度，而其他局长们也全都与风越站在同一阵线上。

（在这种应该要全省一条心支持新法的时候，说那什么话啊！）局长们暗暗想着，对玉木投以冷冰冰的视线。（玉木局长的意见与其说是一局的意见，倒不如说是个人的见解，而且还是不值得一听的浅见。说那种话，简直就是个脑中只想着国际协调的外务省代言人，对于日本经济以及通产省本身的危机意识，未免也太过淡薄了——）

不过，风越不知是对玉木做出让步，还是单纯只是想让对方失去着力点，总之，他撤回了《对外竞争力强化法》这个名字。事实上，风越只是不想在这种地方停滞不前罢了。对他来说，虚名什么的根本无需理会，尽早实践内容才是真正重要的。于是，最后这项法案终于决定取名为《指定产业振兴法》，可谓非常平凡无奇。以此为名的话，若是海外出现了指责声浪，通产省就能够回以对方："我们不过是打算要振兴政府指定的几项产业罢了。"另一方面，"振兴法"这个名称从以前开始，就时常与各种产业结合在一起出现，因此民间也不会太过心生警戒。就这方面来说，这个既陈旧又打着安全牌的名称，反而更加蕴含着积极的意味。同时，为了通过国会的审议，这样取名也可说是比较明智之举。

　　这项法案的内容正好与名称截然相反，丰富多彩且规模庞大。它所要改革的对象不仅是所有的产业构造，还包含了经济体制本身。假使直接将内容打在名字上，先不说在野党了，执政党派的人一定也会群起反击。

　　"所图愈是庞大，外表的包装就愈要含蓄。男人就是要靠内涵决胜负。"

　　风越回到企业局后，如此激励自己。

入秋之后不久，内阁进行了重组，通产大臣一职确定由须藤惠作出任。须藤不仅是一名率领着规模仅次于池内首相一派的大派阀、在党内地位数一数二的实力者，而且还是官僚出身。由于隔了许久又要再次迎接重量级大臣，省内里里外外都充斥着一股紧张气氛。

然而，风越对于大臣轮替并不怎么感兴趣。

"我才不管是谁当上大臣，我现在满脑子都只想着要让《产业振兴法》通过而已。这时刚好来了个实力派大臣，搞不好对我们来说，反而是个大好机会呢！"

风越如此勉励部下们。

接着，某一天的午后，当风越正穿着运动服，在局长室里做着他那将地板踏得乒乓作响的"风越流体操"时，秘书课长鲇川走了进来。一见到对方的脸，风越就先发制人地开口说：

"如果你是要问大臣秘书官人事的话，我对这点已经不感兴趣了，你自己找个适当的人选吧！照理说，应该是要从昭和二十年 ① 左右入省的人当中选出来吧？"

————————————

①　1945 年。

“但是，对方那边提出了一个年资更深的奇怪候选人喔！”

风越停下体操的动作，用手掌拭去汗水问道：

“奇怪？他们提出的是谁？”

“是片山泰介，跟庭野同期的那位……”①

风越的脑中顿时浮现了片山那张充满光泽的可可色脸庞。

“怎么会选片山？”

“以前片山曾经写过一篇论文，对方似乎还记得这件事。”

风越侧着硕大的头颅，若有所思地想了起来。片山写的那篇论文发表于通产省内的杂志上，题名为《产业政策与国际环境》。第二次世界大战后，专心致力于产业复兴的日本，借由讲和重新加入了国际社会的行列。这样的日本，其产业在国际环境当中，究竟得到了怎样的评价，又被人放在哪个位置上？这篇论文主要就是在论述这方面的内容。整篇论文充分运用了外语能力，介绍了许许多多的海外观点，十分耀眼惹人注目。举例来说，那就像是在老

---

① 片山和庭野都是在 1943 年进入通产省的前身商工省。

190

是吃着麦饭的时代里，突然出现了砂糖点心一样，非常新鲜稀奇，一时之间在省内外蔚为话题。不过到了现在，不管是那篇论文，还是笔者片山本人，几乎都已遭到众人遗忘，只留下了"优秀人才"这样的美名而已。

"就算是这样，那篇论文也都已经是十年前的事了，须藤为什么会知道那篇论文？"

"这我就不知道了。应该是有某个人请他看过，并介绍了一番吧！"

"会是谁呢……？"

"我也不知道。另外，大臣似乎也想要一个英语流利、精通海外情势的秘书官，最好还有派驻过北美的经验，那么果然还是由片山……"

"哼！"

"毕竟对方是位实力派大臣，所以我想秘书官也必须是个具有相当程度的资深官员才行，只是没想到竟会追溯到那么高的年次……"

"就算片山的年次再资浅个几届，事到如今，也不适合让他去当秘书官吧！他本人怎么说？"

"他看来满不在乎地应道：'我并没有特别强烈的意愿，但也不会谢绝，一切完全遵从您的指示。'"

"这段话我也有听过哪！"

数年前初夏的一个星期六，风越在网球场上见到片山后，半恫吓地说道："我要把你调派至国外喔！"当时，片山也只是单手拿着球拍，笑呵呵地说了内容差不多的话。风越记得他所说的，大概就是类似于"我并没有这样期待，但也不特别反对，一切全都遵照课长您的指示"这种句子吧！

当时的场景又浮现在脑海中，风越不悦地开口说道：

"那家伙似乎很擅长'遵照别人的指示'呢！"

"毕竟是个懂得临机应变的男人嘛！"

"大臣似乎是个处事圆滑的男人，那家伙也一样，搞不好两个人会意外地很合得来呢！"

风越没好气地说道，接着又擦了擦汗。那个男人就像是只无法掌握的软体动物，完全不是风越欣赏的类型，为此，风越实在是不太想讨论那种男人的事情。

但是另一方面，风越却又觉得自己意外被人摆了一道。尽管人称"人事风越"，但这回他却不怎么关心秘书官的问题。这一阵子都是由几名少做少错、平庸度日的大臣轮流接棒，于是连带地，大臣秘书官在他心中的分量也跟着变得淡薄了起来。

话说回来，原本秘书官一职就是从正常职位中脱离的"张出"，不过同时也是放眼未来的一种布局，因此当初风越才会分配庭野至池内底下，为他的资历镀上一层金。庭野现在的职位为产业资金课长，身居要职，别说是片山了，就连与同期的同僚之间也都划出了一条明显的界线。就这方面来看，风越—鲇川—庭野这条主线几乎已经如预期般确立，因此风越整个放下心来，老早就不再去着眼于秘书官的人事问题。除此之外，身为企业局长的他，目光一直过度放在《产业振兴法》这个宏伟的梦想上。风越不禁觉得，那只软体动物便是相中了这个死角，偷偷溜了进来。

鲇川走出办公室之后，风越依然是一袭运动服的打扮，站在书架前方。片山的事还是让他忍不住感到在意，心中喜爱人事的小虫子，又开始蠢蠢欲动起来。

庞大的书架上，堆满了众多的人事参考资料。对于纳入风越手上那叠人事卡片中的所有人才，他都已经收集到了繁多且丰富的资料，并且汇整成册，甚至都可以当场写成一份调查报告书了，这一点就连征信社也得甘拜下风。

然而，对于在这些文件当中，是否仍然保留着片山的相关资料，风越并没有自信。因为写有"片山泰介"之名的卡片，老早就从风越那叠人事卡片里消失无踪了。

不过，搞不好还会留有一些资料，于是他开始在分类为"其他大多数人"的文件区中找了起来。就在这时，一名担任局长秘书的女事务员走了进来。风越的办公室房门一直是敞开的状态，因为他觉得要一一敲门太麻烦了，所以干脆省略了这个步骤。

"与您事先约好的山冈先生到了。"

山冈乃是 M 银行的董事长，身兼经营者联盟与银行联盟的代表董事，是位屈指可数的金融界要人。这一天，因为经营者团体相关事务在企业局的管辖之下，所以山冈计划要前来向风越报告关于经营者联盟的改组问题。

"来了吗？带他过来吧！"

风越头也不回，大声应道。

风越这声大喝，也同样传进了晚女事务员一步走进来的山冈董事长耳中。山冈董事长一瞬间蹙起了银白的眉毛，见到风越的运动服打扮后，又面露惊愕之色。

董事长的身材几乎比风越整整大了一号，穿着细条纹的全黑西装，中规中矩地系着蝶形领结。他先是站在门口呆立不动，不过又马上掩去脸上的神情，恭敬地行了一礼。

"在百忙之中打扰您了。"

"啊，请稍等我一下吧！"

风越依然背对着对方回答。

董事长的银色眉头再次皱起。关于风越的种种风评，他之前已听过不少。虽然两人曾有一次在某个宴会场合上交换过名片，但论起正式会面，今天还是头一遭。

董事长没有脱下外套，坐在接待用的椅子上静静等待。过了三分钟、又过了五分钟。外头的天气十分闷热，现在的时间亦是晌午之后最热的时段；董事长的额头、脸颊以及堆成三层的下巴上，全都不断淌下豆大的汗珠，不得不拿出手帕频频拭汗。

约莫过了十分钟后，风越才终于找到了唯一一样关于片山的小小资料。那是一份连"忘记整理的资料"都算不上的小小资料——片山从加拿大寄来的暑期问候风景明信片。

风越手上拿着那张明信片，往董事长对面的椅子上坐下。

"让您久等了。"说完这句话后，风越戴着粗框眼镜的眼睛仅向董事长瞥去了一眼。"啊，脱下外套怎么样？"

一听见这句话，董事长便松了口气地脱下外套。不过，当他接着开口进入主题的时候，风越的眼睛却又转到了明信片上。

山冈董事长的眼中掠过一丝怒气。让客人等了将近十分钟之久，他原本以为风越一定是在寻找非常重要的文件，却没想到却只是拿出了一张风景明信片，还兴高采烈地频频观看。（真是个没礼貌的男人，比传言中还要更加旁若无人。）董事长在心里不禁这么想着。

近年来，无论董事长去到哪里，对方一定都是用最敬礼迎接他。就连池内首相也将他视为重要的客人，甚至还会走到房门口迎接。然而，这个男人不过是一介局长，竟然……

穿着一身的运动服，风越拿起明信片，来回端详了好几次。

落基山脉森林地带的那幅景色，依旧太过整齐美丽，让人感受不到一丝亲切感。这幅景象可说是跟片山本人如出一辙，而且，结尾那些句子仍旧让人感到不快。不过，比起不快的感觉，现在风越倒是觉得对它更加在意：

"托您的福，打网球的技术增进了不少。"

在风越心中，"什么托您的福啊，又是在挖苦人吧！"

的想法依然没变，但是，这个"一切遵照您的指示"的男人，不久之后可能又会在自己面前这样说："多亏了当上秘书官的福——"

当上秘书官之后，这个男人能够得到什么吗？不对，搞不好就是这种男人，才会得到什么东西也说不定……

"风越局长！"

山冈董事长再也按捺不住地抬高音量。

"嗯？"

风越抬起了戴着粗框眼镜的眼眸，但心思还是不住地往片山那里飘了过去。

已经被内定为大臣秘书官的片山泰介，走进了企业局产业资金课的办公室里。

片山的现职是纤维杂货局局长秘书，课长阶级待遇；不过，片山对于同阶级的事务官们，也表现得相当亲切和蔼。"喂！某某，现在做得如何啊？""某某先生，您最近还好吗？"他逐一打着招呼，一路走向庭野坐着的课长席。两人虽是同期，但庭野可说在跑道上遥遥领先，因此，片山今天是来询问庭野当初担任大臣秘书官的心得的。

相较于头发稀疏，看来像只浮肿海龟的庭野，片山却是充满了年轻活力，一派运动健将的模样；两人乍看之下一点也不像是同期的同僚，年龄看来几乎快差了五六岁，甚至是十岁。

一被问到"秘书官心得"时，庭野率先想到的便是池内信人的那番话。

"所谓的秘书官，就是要无定量、无止境地工作。"

当他将这段话转述给片山之后，片山睁大眼睛笑了起来：

"您是在开玩笑吧！"

庭野感觉到，片山对此完全是付之一笑，完全不把它当真看待。

"不，是真的。你若是不切实抱持着那种觉悟的话……"

"怎么可能？太夸张、太夸张了！"

片山大摇其头，压根不把这句话放在心上，就连想似乎也不去想。不仅如此，片山又开玩笑地补充道：

"毕竟，秘书官的月薪可是那么低啊！"

周围的事务员们一听这话，不禁发出了笑声。

"这不是薪水的问题。"

庭野有些不快地说道。他觉得，自己若是开口斥责对方，未免太过愚蠢，但对于片山的话，他又无法当作耳边风。

片山一脸优哉，又接着说道：

"况且，须藤先生看起来，并不是那种会胡乱差遣下属的人！"

说完之后，他摆出了一副不知该说是预定和谐论①者，还是个乐观主义者的表情。（真是个幸福的男人啊⋯⋯）庭野心想。不过，既然片山心怀那种想法，那自己也没有什么事可以告诉对方的了。庭野不发一语，片山于是环顾起办公室说：

"这里所有人的工作时间都太长了，每个人的气色都很不好。应该要多多休息，好好放松玩乐才对。"

（少多管闲事了！你是在嫉妒，还是想来挖苦我们？）

庭野真想这么说，不过仔细盯着片山瞧之后，片山那张可可色的脸庞，的确非常像是个把玩乐当成功德来认真歌颂的年轻传教士。（我们的世界差太多了，跟他争辩也是白费力气。）庭野这样一想后，便别开了视线。这时，

---

① 由德国哲学家、数学家莱布尼茨（Gottfried Wilhelm Leibniz，1646—1716）所提出的理论。他主张身体和心灵的关系是出自上帝预定的和谐。

片山将身子往前挪了挪说：

"庭野先生，怎么样？不如就从身为课长的你，开始带动打网球或是高尔夫球的风气如何？"

片山的口气，还是一如以往彬彬有礼。

"我没那种闲时间。"

庭野虽然摆出一副断然拒绝的模样，不过片山却又马上紧咬不放着说：

"我真想把我的一些闲时间分给您呢！"

（你怎么可能会有那么多闲时间啊！）庭野本想这样回嘴，但最后还是选择了保持沉默。网球、高尔夫、快艇，另外还有麻将、桥牌、扑克牌梭哈，片山在每个领域上，都已经达到了名人的境界。假使他真的是玩乐的天才，但要做到这种地步，果然也得付出相当程度的时间才能办得到。

须藤惠作是个出了名喜欢打高尔夫球的大臣。相较于池内信人当上首相之后，便与高尔夫球完全绝缘的做法，须藤则是爽朗快活地继续打他的球。片山陪伴着须藤，在高尔夫球场的一片绿茵当中轻快挥舞球杆的模样，倏地掠过庭野的眼前。

对于这种男人，根本没有必要再去谈论秘书官的心得。况且，感觉上从片山那双薄唇中，可能还会再继续吐出歌颂玩乐功德的言论来。这样一想，庭野便起身说道：

"抱歉，我还有事要去找局长。"

片山也立即跟着起身说：

"真是托您的福，听到了不少有用的消息。"

然后恭敬地低头行了个礼。庭野不由得想笑，自己明明没有说出什么值得对方感谢的话啊！

庭野与片山步出了产业资金课。

在昏暗的走廊上，两人相对而立，周遭没有其他人影。忽然，互为同期生的一股强烈情感涌上庭野的心头。入省后的几年间，两人也曾一起办过读书会、旅行时也一起打过麻将，也曾经只是喋喋不休地挑剔上司的缺点与毛病，就这么过了一夜。入省翌年的夏天，片山还曾经造访鹤冈，借宿在庭野家中，并跟他一起登上鸟海山……

到了现在，这些回忆仿佛只是一场梦。

"那么……"

"再会了。"

两人互相握手道别后，便一个往右一个往左各自离去。

庭野说自己要找局长并不全然只是借口，他确实有事要找风越商谈。局长室与产业资金课的距离近在咫尺，近到连转个身的空间也没有。

"我是庭野。"

庭野一边扬声喊道，一边径自走进房门敞开的局长室里，幸好这时没有其他访客。风越正斜坐在旋转椅上，卷起已经偏短的五分袖袖子，阅读着文件。他用亲切的目光，望向走进来的庭野。

在进入正题之前，庭野先开口说道：

"刚才内定为秘书官的片山来过了呢，不过似乎也没有什么特别重要的事。"

"就像是一只软体动物滑溜地钻了进来对吧？"

"我个人倒觉得，他像是一只披着可可色坚硬鳞甲的穿山甲。"

"真是个让人难以捉摸的男人呢！"

"不过，无论遇上任何状况，他大概都能够机灵滑溜地逃开来，不会受伤吧！在玩乐方面，他也确实很有一手。"

"这意思是说，他是个与生俱来的花花公子对吧？"

"或许是吧，不过，您不觉得这阵子，也只能让那种花花公子加入我们的行列吗？"

"不管怎样，那种人最后都不适合在政府里做事。"

"就这么断然认定好吗？搞不好，在接下来的时代当中，正是那种人适合待在政府里头呢！"

庭野嘟囔着说道，不过风越并没有回应。正当庭野心想对方不可能没有听见时，风越突然有气无力地开口：

"……连你也这么觉得吗？"

"这么说来，老爹你也是吗……"

庭野不禁大感意外，不过风越立即变回平常的强硬语气说：

"那样是不行的！一定要自始至终都全力以赴，就像你跟鲇川一样！不肯全力以赴的家伙，根本不值得一提！至少只要我还在这个座位上，这样的事就一天不会改变！"

这回轮到庭野噤不作声了。风越吱呀一声，将旋转椅转回正面；当他把文件丢到桌上后，抬了抬闪烁着光芒的眼镜看向庭野，低声说道：

"喂，庭野，所谓同期生之间的情谊啊，实在是让人感到无可奈何的东西呢！"

"咦？"

庭野一瞬间心想，风越是否偷看到了他与片山两人在走廊上互相对峙的模样。不过风越却只是把脸别向一旁，继续喃喃说着：

"像我跟玉木也是这样。在同期之间，我们两人个性最合得来，感情最好，还互相在对方的婚礼上担任友人代表上台致辞。不，在结婚之前，我们两个人还会一起去花街柳巷玩耍，一起醉到不省人事。直到现在，我心中的这份友谊还是跟那时候一样，一点都没变。我想，那家伙大概也跟我一样吧！然而，不知不觉间，我们却变成了与生俱来的仇敌，命中注定的对手。一见面就是争辩，一喝酒就是埋怨，结果两个人只有酒量变得愈来愈好。"

庭野只是点头聆听，不知该如何回应。

电话响了起来。风越又一次用他那戴着粗框眼镜的目光看向庭野，然后大剌剌地咧嘴一笑说：

"我在说什么啊！"

接着，他伸长了手抓起话筒，像在大吼似的喊道："你好，我是风越！"

除了风越被人称作"人事风越"之外，新任大臣须藤亦有"人事须藤"的风评。当中隐含的意味虽然不尽相同，但重量级大臣与重量级局长两人的拿手绝活都是人事，因此周遭的人们皆兴致勃勃，期待看见两人之间究竟会擦出怎样的火花。

"虽然这只是我个人的浅见，"事先声明之后，风越开始向记者们说明两人之间微妙的不同，"不过，对方擅长的'人事'，是在于如何巧妙地操纵他人，以及如何顺利地拉拢他人来到自己身边；但是我所着重的'人事'，则是在于如何挖掘一个人。因此，我并不是操纵人事，反而是受到人事操纵的一方。"

实际上，省内人事的大致路线都已经确定了，倘若须藤真的是个人事通，就应该不会做出那种随意更动路线的愚蠢举动才对。

对于须藤，风越一点也不感到畏怯。无论大臣是不是重量级人物，风越的态度都不会有所改变。相反地，当面对重量级的对手时，风越还会摆出"无心脏"的架势，跟对方互不相让地进行对抗，然后极有兴趣地观察对方究竟会如何接招。比起自己往后的处境，他更是兴致盎然地期待着对方的回应方式。正因如此，风越不但不会觉得厌倦，也不会对自身的处境感到悲观或绝望；在看着眼前的所有事物时，他都会不自觉地将之视为人事的材料——须藤在他的感觉中，也不过是又一项材料罢了。

紧张凝重的气氛当中，须藤通产大臣正式走马上任了。

在官房秘书课的办公室里，有一排显示着课长以上职位人员是否在省内的名牌显示灯；位于顶端的"大臣"名牌，此刻正式亮起了灯。

须藤的就任致词十分简短。他并未开口宣扬什么伟大的抱负，也没有所谓的训示，内容大约就只是说"我会努力竭尽所能，请各位多多指教"而已。

在初次举行的省内会议上，须藤也表现得相当和善亲切，从头到尾都带着笑脸，专心倾听，尽可能减轻了那种仿佛君临通产省般的压迫感。这点让局长们留下了深刻的印象，同时也对他心生好感。就这样，当众人的紧张感舒缓开来之后，在一片轻松愉快的气氛之中，省内会议结束了。

在这之后，出现了小小的涟漪波动。正当局长们要返回办公室的时候，须藤叫住了风越说：

"我和你两家的距离颇近，若是偶尔有空的话，就过来玩玩吧！"

面对人称"通产省先生"的重量级局长，须藤表现亲近的方式很有自己的风格。

风越停下脚步，挺直身躯站在原地，慢条斯理地低头看向须藤后，大声应道：

"大臣，这样不行吧！"

局长们都停了下来，疑惑着究竟发生了什么事。须藤也面露诧异之色，以为对方是不是听错了自己的话。面对着须藤惊讶的面容，风越又像迎面浇上一桶冷水似的继续说道：

"又不是小孩子了，怎么可以站在门前，对人喊道'我们来玩吧'呢！"

（原来是这件事啊！）须藤险些失笑时，风越又道：

"像我这种粗鲁的男人，要是去了您的宅邸，恐怕最后会被保安们扫地出门吧！"

"不，那是……"

风越抢先一步打断大臣的话，又接着开口说：

"况且，大臣每天的行程应该都已经排得满满了才对。因此，用不着说什么'常去找您玩'，只要一有事，尽管召唤我就是了。"

这番话是针对须藤所言的严厉讽刺，也是一道战帖。

房内原本一团和气的氛围，瞬间凝固冻结了。大半的局长都僵在原地，其他人则是佯装若无其事，连忙离开会议室。

须藤先是露出了愤怒的神色，但又马上将自己的心情扭转了过来。一旦认真起来，就等于是要与风越站在对等地位上较量，结果正好是顺了风越的意，被他牵着鼻子走。自己可是个重量级大臣，因此这时候，反而要当作正在逗哄一个闹别扭的小孩才对。

官僚出身的须藤在官员的世界当中，早已遇见过好几次这种类型的人物。对于要如何应对这样的人，他也已经颇有心得。另外，也知道这种人的晚年通常不会有什么好下场。于是当下他立即做出判断，认为这时最好先别与对方争辩，避开这个话题较好。

"……原来如此。"

须藤抿了抿厚厚的嘴唇说道。

风越依旧笔直站在原地，那表情像是在说："明白了吗？明白了的话就好。"接着，他轻轻颔首，挺着胸膛缓步走出会议室。

下一秒，仿佛是冰块突然融解了般，局长们也再次开始动作。他们朝须藤点头致意后，一一退了出去。须藤时而微微抬手回礼，时而点头示意，目送着众人陆续离开，但在他的眼中，仍然残留着扭曲的怒意。

就在距离须藤不远的墙边，新任的秘书官片山泰介正站在那里。在整个会场里，只有片山一人的脸上，露出了像是个刚看了一场有趣杂耍似的孩童般的神情……

　　进入编列预算时期之后，霞关一带人们的动作，都开始变得匆匆忙忙了起来。议员们不断来回奔波，陈情团体及游说团体也是到处东奔西走。

　　与其他各省相比，通产省的预算规模可说相对地小上许多。这是因为通产省以往的主要业务是许可权，如今则是行政指导，两者都不需要申请什么预算。

　　不过今年秋天，情况似乎有了些许变动。因为风越率领的企业局，已经决定筹划一项将会伴随着庞大预算的新兴事业方案，这在通产省中可说是极其难得一见。该方案的名称为"工业用地整备事业"，计划内容为修建填筑地①等设施，作为大规模工业用地，然后针对位于人口过度密集都市里的工厂群，提出迁移的要求并再行安置。之所以计划对工业进行迁移，既是为了终止零散工厂毫无秩序随意林立的情况，同时也是希望能够达到一定程度的统合整理。也就是说，这项事业既能够从旁补强作为风越心中宏伟梦想的《指定产业振兴法》，同时也是一项为了迎

----

① 将沼地、海边湿地等以人工填土的方式造成的新生地。

接该法施行而展开的事前准备工作。

在省内会议的阶段当中，风越精力充沛地说明了这项事业的必要性：

"这项事业可说是迈向《振兴法》这一伟大梦想的前哨战，因此我希望能够压下省内其他所有的新预算要求，将预算全部投注在这个项目上面。"在他不断说服之下，各个局长都同意让步，成功地让通产省的新年度申请预算只呈交了一个项目，这种情况可说是史无前例。这显现出了众人无论如何都想获得这笔预算的热切心意，而风越也理所当然地期盼着大臣及大藏当局，都能回应众人这份热切的心意。

进行到预算编列的最后阶段时，须藤通产大臣搬了一套简单的床组放在省内的大臣室里，晚上就在这里留宿。之前从来没有任何一位大臣做过这样的举动。就连身为大臣秘书官的片山，也是盖着毛毯，睡在秘书官室里的长椅上。

整整三晚，名牌显示灯上的"大臣"灯号都没有熄灭过。看见大臣吃睡都待在通产省内的模样之后，省内各处掀起了感动的声浪，而大臣的评价也因此水涨船高。

然而，这之后才是问题。

在争取预算的最终阶段，必须要仰赖大臣的力量，就工业用地整备此一项目进行折冲才行。

退回了各局的新预算要求后，全通产省将所有预算都集中在这个项目上，同时这个项目也是通往《指定产业振兴法》的踏板，因此省内无论如何，都希望能够申请到预算。与往年不同，这是自主规制①下所订定的预算案；若是未能申请获准，那么通产省相关的预算将会全部回到原点，不得不再次重新编列。不过，都已到了这种地步，真要重新编列的话，大藏省也一定会感到相当为难。因此，简单地说，接下来的关键，就只剩下大臣的气魄与韧性了。

用不着风越千叮咛万嘱咐，须藤就已经率先用力点头道：

"我明白了！我会取得这项预算的，别担心！"

须藤在党内，是仅次于池内首相的实力派人物。而且他在说出这句话之余，还不惜彻夜留宿在通产省内，表达出了获取预算的强烈决心。因此，风越等人坚信须藤一定办得到。若是须藤的折冲能够成功，那省的预算案就能确

---

① 为避免某些公权力或社会的批判介入，团体本身所进行的内部规范。

定下来。按照惯例，大功告成之后就会举办庆功宴，次官室内早已备好了美酒，包括次官及风越等局长们都聚集在次官室里，等候大臣的归来。

通产省与大藏省之间，只隔了一条宽敞的道路。路面电车发出轰隆巨响来回奔驰，车辆互相来往交错；仍不死心的陈情团体，继续拿着布条在路上到处行走。虽然从表面上看起来，似乎只要上下车这样短暂的时间，就能够从通产省走至大藏省，但是在这预算编列时期，大藏省却仿佛处在必须横跨过数公里的不毛沙漠另一端。众人无法事先预测大臣回来的时间，因为回来得愈早，并不表示就一定是好消息，但回来得晚，也不代表带回的就必然是绝望。

这一天，须藤通产大臣出乎意料地相当早回来。片山秘书官就跟在他的身后。两人的皮肤都晒得黝黑，脸上又都经常挂着笑容，有时看来就像是一对兄弟或是父子。

走进次官室后，须藤扫了一眼在场的局长们，最后将目光停在风越身上，果断地说道：

"结果，我放弃了那项预算。"

风越往前踏出一步，扬声大喊道：

"放弃？您是说真的吗？"

"没错。毕竟这项预算不只是一时性的，而是会年年增加，若是通过，往后将会招致财政调度方面的僵硬化，因此对方完全不理睬我们。"

须藤脸上的神情像是在说"我已经说完了"，接着便要走向正中央为他准备好的座位。这时风越又向前跨了一大步，挡在须藤前头说：

"这种事情，您不是老早之前就很清楚了吗？"

须藤没有回答。原本他应该说："我是考虑到了日本整体的未来，在基于政治的判断下才做出了让步。我并不单单只是通产省的代表而已。"但这么一来，便会与风越展开一场激烈的唇枪舌剑。须藤为人十分明智，也已经是个成年人。他沉默不语地越过风越庞大的身躯，一把坐到了椅子上。不过风越却丝毫不放松地逼近他眼前，大声吼道：

"大臣，您这样还算是实力派大臣吗？"

次官室内的空气顿时冻结了，次官和各个局长们，全都冷汗涔涔地注视着两人。

须藤大眼圆睁，仰起头紧紧瞪视着风越。他的眼神已经濒临怒气爆发的边缘，不过最后仍是忍了下来。

"……你别那么生气。毕竟，取而代之的是，他们在其他方面做出了一些让步。"

"那份预算是没有任何东西可以替代的!"

须藤转头看向秘书官片山,两人四目交接,眼里的神色就像是在说着:

"果不其然,风越的反应就是——"

"大臣!"

风越这下是真的发火了。

这不只是因为他觉得自己错看了须藤,同时也是因为他开始担心,在这名大臣的领导下,他们是否真的有办法订定《指定产业振兴法》此一重大法案。为了不再发生这种情形,他一定得要事先让大臣理解到事情的重要性。不过,风越虽想让须藤动怒,但他也知道光凭这几句话,对方是不会上钩的。他的内心极度不满,同时也开始明白到,眼前这个男人光靠一般手段,是应付不来的……

这件事情发生之后不久,须藤通产大臣在秘书官片山的陪同之下,出发前往湘南海岸附近的某家高尔夫球场。

这座知名的高尔夫球场坐落在地形偏高的丘陵地带上,俯瞰而下的时候,从鹄沼延伸至江之岛的海岸线,全都一览无遗地尽收眼底;在西边的天空中,则是可以看见富士山的壮阔英姿。这一天是个万里无云的晴朗秋日，强风不停地呼啸而过。

须藤的高尔夫球打得极好，在大臣之中，技术可算是顶尖等级。

然而，片山的技术却更加好。在加拿大任职的那段期间当中，他不只是抱着好玩的心态打高尔夫，还会跟着专家扎实地磨炼自己的技巧。在漫长的冬季时期里，他几乎每天都会默默地到练习场报到，站在刺骨的寒风中，在雪地上不断挥击着小白球。在这样的练习再加上年轻的本钱下，他打击出去的高尔夫球中所蕴含的气势，与须藤的层次截然不同。另外，片山认为玩乐就单纯只是玩乐，因此他不会因为对手是大臣，就故意拿捏分寸、保留实力。

"打得真好哪！"须藤说道。看样子，他并未因此而感到不快。须藤打高尔夫球时不会逞强胡来，同时也不会自负大意。很多政治家打高尔夫球时都很粗鲁无礼，但是须藤的打法反而让人联想到银行人士。然而，就算在这一点上，片山仍然是技高一筹。他绝对不会轻易冒险，也不会逞强冲动，因此，两人的杆数差距还是不断在拉开。

"打得真好。"须藤又说了一次。

片山也开口，对于须藤挥出飞球的漂亮弧度、脚踏实地的进攻方式以及走路方式，大加赞美了一番。须藤总是挺直背脊，将视线定在半空中略高的一点上，跨着大步，不疾不徐地走在球道的正中央。在他身上，完全看不到风越那种"大摇大摆"的感觉；然而，即便如此，却依然充满了威严。

不过，须藤之所以总是走在球道正中央，部分的原因也是要对四周小心戒备。身为一名政治家，须藤可说是一人之下万人之上的大人物，因此必须随时对周遭的所有事物抱持警戒才行。事实上，在他身后也有一名护卫正亦步亦趋地跟随着，以防随时有危险人物从高尔夫球场边缘的树丛或是山崖中冲出来。

在打完三洞的时候，片山看见有个穿着黑色西装的男人站在松林尽头，接着又打了两洞之后，他又发现了另一个戴着鸭舌帽的男人，正站在矮松树丛中对着手提对讲机说话。他们应该是当地警察署部署的刑警吧！

片山故意挥杆失误，将小白球打进那片矮松林中。依片山的技术，要做出这样的挥杆而不让人起疑，基本上没有什么大问题。

片山装作在找球，走向刑警，慰劳似的向他说道：

"您好，我是秘书官片山泰介。真是辛苦您了呢！"

他的语调一如以往，十分彬彬有礼。刑警吓了一跳，连忙用单手抵在鸭舌帽檐上行了个礼。在那之前，片山就已经先轻轻点头致意，并快步越过了刑警。刑警一脸茫然地目送他离开，在他的耳中，就只残留着反复回绕的回声："我是片山泰介……"

接着又打了两洞之后，一开始的那位黑衣刑警，现在变成了站在左前方的山崖下。片山偷偷改变了杆柄的方向，故意将球往左打偏。

"糟了！"

当他低叫一声，正要走向山崖时，须藤叫住了他。

"喂，你可别多管闲事喔！"

"嗯？您在说什么呢？"

片山佯装糊涂，须藤咧嘴笑了一下后，又一脸严肃地说道：

"你不用太在意，他们只是尽他们的本分罢了。"

到后来，片山已经完全忘了自己秘书官的身份，尽情徜徉在打高尔夫球的乐趣之中。山帽云掠过富士山的山顶，风势愈来愈强。须藤打出的球不由自主地受到了风的影响，但片山懂得在顺风的时候打高，逆风的时候打低，因此两人之间的杆距又更加拉开了。

"打得真好。"

在狂风的吹袭之下，须藤皱起了整张脸，不过却仍是不忘开口称赞。片山不由得有种自己正在跟一位和蔼可亲的父亲打球的错觉。

片山的父亲是船业分公司的总经理，但在他幼儿时期就已经过世了。自那之后，每当见到与父亲年纪相仿的男人时，片山总是会像父亲一样仰慕对方，完全不怕生。由于喜欢和人亲近，所以大人们也都相当疼爱他。也是这个缘故，他反而早早就掌握到了如何让大人们疼爱自己的诀窍——

终于到了最后一洞。俱乐部会所的红色屋顶，自山脊棱线的阴影中浮现而出。片山这时忽然恢复了自己的职业意识——

（虽然这也是工作的一部分，但在须藤大臣的身边，自己是否有些太过享受了呢？）

在他心中，忽然窜出了这样的想法。至少，跟庭野负责服侍池内通产大臣时相比，两者的情况有着很大的不同。听说庭野当上秘书官之后，脸变得苍白浮肿，体重也掉了七八公斤；但相较之下，片山的身体状况倒是相当良好，体重反而还增加了不少。秘书官的工作正好符合他的性情——不，依片山看来，他有自信无论是身处在怎样的环境之下，都能妥善地适应配合。

但无论如何，片山还是多少有点自我反省的意识在，于是他向须藤问道：

"大臣，我是不是做得不够多呢？"

须藤在风中止住脚步。

"怎么突然说这种话？"

"其实是有个人曾经给过我忠告，他说，秘书官就是要'无定量、无止境'地工作。不过，照目前为止的情况看来，我一点也不认为需要工作到那种地步啊！"

须藤笑了。他踏着开始枯黄成金色的青草地，一派优哉地再次迈开步伐说道：

"还真是愚蠢的忠告哪！人类呢，只要做到规范之内的事务就好了。也就是说，只要确实做到'定量'就好，而你已经做到了这一点。"

又是一阵强风卷起。栎树的落叶拂掠过须藤的脸颊后，又继续飞舞而去。须藤像是猛然想起什么似的，带着浅笑又加上了一句：

"说到这个，通产省内现在也正刮起了一阵凶猛的狂风呢。一种带有个性的暴风……"

在那狂风之中，有着风越这个人的存在。

"您说得是。"

片山也微笑着表示同意。须藤在强风中眯起眼睛，接着说道：

"而且，风又有分顺风与逆风两种。就跟打高尔夫球一样，遇见顺风时，若是自己不能妥善利用，那只会造成白白浪费而已；因此，我们必须要具备尽可能利用顺风的器量才行。但是，那个男人却不会分辨顺风或逆风，就算好意让顺风吹向他，他反而还会一头朝着逆风的方向冲去哪！"

"因为那个人完全不在意风向，也不会去计算啊！"

"但是，政治就是风啊，若不掌握风向的话……不，不只是政治，整个人生也都是如此吧！"

这时，两人不禁觉得自己的身子轻飘飘地脱离了通产省，变作了旁观者，也变成了评论家。就在相互倾吐之间，他们也感受到两人之间涌起了一股只属于彼此，共通的亲近感。

身为一名大臣，须藤在君临通产省的时候，手段算是颇为宽松的。关于行政方面的事务，他几乎都是任下属自行负责。"很好，我明白了"这句话，已经成了他的口头禅。他既不会一一询问事情的枝微末节，也不会中途插嘴说："我觉得……"因此，之后他与风越之间并没有再起过冲突。虽然风越先前曾经说过"有事就尽管叫我吧"，借以刺激须藤，但须藤并没有将这句话放在心上，每当有任何问题时，他也会邀请风越到他的私人宅邸，聆听对方的意见。

原本两人在官民协调以及产业保护的方针上，心意就都是相通的。

须藤也热心致力于《产业振兴法》，并允诺一定会给予全面性的支援。于是，为了成就战后最大的经济立法，全省上下一条心的姿态愈来愈趋稳固。

另一方面，关于人事问题，须藤则是保持静观的态度。尽管人称"人事须藤"，但他几乎不干涉通产省的人事问题。然而，当身为须藤政敌的政党政治家海野市郎走马上任农林省大臣之后，便大刀阔斧地进行人事改革，在霞关一带投下了震撼弹，让众人几乎要为他冠上"海野人事"的新称号；两者相比之下，正好形成了强烈的对比。

不过，须藤在将近一年的就任期间即将结束之际，也正好面临了已成惯例的人事异动期，于是他也发布了包含局长级在内的人事异动命令。

这个人事命令的规模极小，也非常稳健，但就在这当中，身为风越敌手的通商局长玉木，被调派到了直属机关之一的特许厅担任长官。对于精英分子官僚而言，这个职位是前途黯淡无光的终点站之一，同时也是在次官争夺战之中最后残留下来的人，在脱离跑道之后，往下沉沦的地点所在。

玉木先前曾在池内通产大臣底下推动自由化，因而截断了须藤的其中一项资金来源，故此，这份调职命令也可看作是一项报复行动。但是，其实原本照一般的人事规律，在选择次官候补的人选时，其他所有同期生就会被调派至省外；因此，就这方面看来，玉木的调职，就等同于是风越即将升任次官的前兆。另外，对于玉木本人来说，在他心里也有感觉，这次的调职只是早晚都得面对的事实。当然，风越仍然继续留任企业局长。在倾注全力让《产业振兴法》订定的同时，他只需静静等待日后将会半自动性降临至自己身上的次官头衔就行了。

第五章　权限争议

　　继须藤之后，出任通产大臣的是大川万禄派的资深议员古畑。古畑是报社记者出身，战后步入政坛，不过当时却不断落选，于是便一边经营旧衣店及关东煮店，一边力求东山再起。他的身材略为矮小，容貌威风凛凛，有着古代武士的风范，小麦色的皮肤，透露出过往的辛劳，整体给人的感觉，看起来就像是个顽固而执拗的农村村长一般。

　　古畑给人的第一印象也不是很好。尽管年龄与牧顺三有着不小的差距，不过在给人恶劣印象这方面，两人倒是不分轩轾。然而，毕竟古畑也是历尽艰辛的过来人，因此特别懂得照顾他人。在国会中，他总是担任议会营运委员长等居中协调的职位，在暗地里相当活跃。在经济问题方面，虽然他几乎是个门外汉，却非常脚踏实地努力学习，也因此受到池内首相的欣赏，并起用他负责此一职位。

这回是古畑第一次就任大臣。首次就任大臣之位就是通产大臣此一要职，古畑兴奋地顶着一张红脸，走进了办公室。相机的闪光灯不断打在他身上，记者群也在一旁团团包围住他。当古畑在秘书课长鲇川的带领之下，正要走向电梯之时，他却忽然扬起下巴改变方向，朝着楼梯走去。

"您讨厌电梯吗？"

听了记者带着些许调侃意味的询问，古畑愤然回道：

"只不过是到二楼，有必要坐电梯吗！"

这则轶闻当天就在省内传开了。不搭电梯的大臣——这项举动对公务员们而言，具有一种特别的象征意义。自那之后，古畑依然每天都利用楼梯，由于他工作认真，所以一天之内不知上下来回了多少次。

毕竟古畑是初次担任大臣之职，因此来自选区的访客及陈情团体，都会接二连三地前来拜访他，而古畑也会一一殷勤周道地接见这些客人。另外，当他找来底下的局长们请教问题后，也会亲送对方至楼梯，以示感谢。他对政务方面观察得非常仔细，提问时也都分析入微，一有空闲，还会请局长们为他上课，在省内会议上也经常发表意见。但是在辛苦忙碌这一面的背后，他的个性却也相当顽固倔强，凡事总是非要发表一下自己的意见不可。

"这次的大臣跟前任的须藤大臣，两人的个性可说是天壤之别呢！"

鲇川秘书课长走进企业局长室后，嘟囔着说道。

"是吗？"

风越心不在焉地应了一句。不管两人个性相不相似，对风越而言根本是不痛不痒；他既无所谓，也没兴趣去管。

"老爹，面对这次的大臣，请你务必多少谨言慎行一点。那位大臣是个非常认真严肃的人，挖苦或玩笑话对他是不管用的。跟应付那种老奸巨猾的人不一样，你要是跟他吵了起来，我们会很头疼的。"

"我不会跟他吵起来的，倒是他有可能会来找我的碴吧！"

"那可不行啊，现在周遭的情势十分微妙呢！姑且不论须藤大臣刚上任那阵子，现在，许多人都认为老爹你跟须藤大臣非常亲近呢！正因如此，才更得格外小心注意才行哪！”

“怎么说？”

“讲白一点，就是这回的大臣是反须藤派。池内首相虽然曾经对身为实力派的须藤大臣表达过敬意，又一度给予了对方通产大臣的职位，但是现在又把这个位子收回了自己的阵营底下。”

“可是，古畑是大川派的吧？”

“事情可没那么单纯。坦白点说，就是这次如果再从池内派当中推派大臣，就会显得他们太过肆无忌惮，有可能会得罪不少人；因此，池内派才会从大川派中，推出一个与池内首相较为亲近的人。古畑大臣性格那么耿直，对于经济又是一窍不通，对于池内首相而言，反而相当好利用吧！”

“也就是说，古畑只是池内的傀儡吗？”

“虽不至于，但是情况大概就是这么复杂。”

“嗯——”

尽管鲇川说了这么多，但风越还是提不起兴趣。风越一直默不作声地听着这些话，随后开始觉得有些无聊，于是便走到房间的中央，脱下开襟衬衫，让上半身只剩一件慢跑服，接着开始做起了体操。他摆出的样子就像是在对鲇川说："你有话就尽管说吧！我在听。"

"有件事让我颇为在意，古畑大臣在所有议员当中，棋技最为高强。另外，特许厅的玉木长官也很会下将棋。"

"我也很强啊！"

"不过，老爹你会和大臣下棋吗？"

"我才不想和大臣那种人下棋呢！如果真的跟他下起棋来，一定会起争执的。"

风越双手叉腰，转动着上半身说道。

"问题就出在这里！玉木长官跟大臣从很久以前开始，就已经是棋友了喔！"

"哼，真无聊！"

"这件事的确很无聊，但是，简单地说，老爹，你必须认真看待协调性这个问题了。"

"协调性！？"

面对停下动作投来视线的风越，鲇川笑着说：

"你似乎想说，在我的字典里头没有'协调性'这个字眼对吧？"

"没错。"

"可是，老爹，现在这时候，我们眼前的当务之急，就是成功让协调经济体制通过立法；你若不稍微睁一眼闭一眼，用心跟人斡旋协调的话……"

"我明白了，我会非常用心的。"

风越颇为不负责任地一口答应后，又继续做起了体操。鲇川朝他走近一步，再一次叮咛道：

"老爹，请你认真地与他人协调合作吧！或许你会嫌我啰嗦，但毕竟这不是老爹你一个人的问题；这回的法案，可是关系到了通产省的未来啊！"

"我知道。更何况，我可是带动这项法案的发起人呢！"

鲇川丝毫不肯放松，又继续说下去：

"不仅是要跟大臣协调合作而已，为了让法案通过，我们也必须仰赖产业界及金融界的协助。但是，这回的大臣几乎和金融界人士没有任何交流，因此在那一方面，非得要老爹你出面才行。为此，若是不改变现状的话……"

"官僚必须巩固自己的自尊"是风越的信条。"即使面对金融界的大人物也不能低头，反而要摆出高高在上的样子"，风越自己一直贯彻着这样的理念。自从通产省的业务重心变成了行政指导后，与业界之间的座谈会次数不断增加，而风越本身也常常受邀出席在料亭里举办的宴会。每次出席的时候，风越总是会带着好几名下属过去，毫不客气地一股脑往上座坐下，然后环视着下座的所有人，以洪亮的嗓音打开话匣子，开始高谈阔论起来。如此一来，虽然他人会认为自己傲慢无礼，却可以封住别人向自己耳语进言的机会。毕竟身处通产省，时常会有很多来自业界的诱惑；他之所以会摆出高姿态，也是希望能与业界之间划出一道明确的界线。

因此，对于鲇川的话，风越不由得大感意外。他向鲇川问道：

"你的意思是叫我低头吗？"

"没错。"鲇川的态度坚决。"为了通过振兴法，我们非得低下头，向别人解释清楚不可。毕竟，这不是人民希望我们制定的法律，而是我们希望人民让我们制定的法律。要订定这项法案本来就是实属不易，若是无法获得他人的协助，或是遭到阻挠的话，那就根本成不了事。另外，我们甚至还必须连同大臣的份，四处低头请求才行……"

风越撇了撇嘴角，偏过头，重新转向鲇川说：

"你似乎很担心这一回的大臣哪！但是，我反而觉得，像这种大臣还比较好呢！"

"喔——"

（又是风越特有的乐观论调吗……？）鲇川的脸上写满了这样的表情。风越开始滔滔不绝地说：

"首先，这位大臣迄今为止，不论是在议会或是党内，身为居中协调者的能力可谓声名远播；这就表示，他非常能够胜任协调者这种角色。"

鲇川并没有回答，在心里暗忖："就只有这样而已吗？"不过，风越却更加抬高了音量说道：

"另外，也有人说他是轻量级大臣，但是正因如此，他才会比别人加倍努力，同时也才更加凸显出他那未经世故的质朴之可贵，不是吗？我觉得，像这种大臣，反而更能够认真关注自己负责的机构。像须藤那样的重量级人物，做法虽然不错，但心思却一直向着省外。相较之下，这次的大臣还比较……"

"这么说来，差异是在于重量级人物是心不甘情不愿地在办事，而轻量级大臣则是充满干劲地努力工作吗？"

"没错。当然，若是重量级人物也能够充满干劲地做事是最好，但是这回的法案，显然并不属于那样的性质。"

"你说得没错。"

鲇川用力地点了点头。这是两人今天首度达成共识，但却是为了一个意见不一致也无所谓的问题。两人不禁感到心头沉重；他们静默不语地望着对方的脸，但却任谁也无法马上开口说出接下去的话。

没有任何一位政治家，曾经公开声援过《指定产业振兴法》这项法案。虽然这是通产省的提案，但这项法案在议员们的眼中，压根儿就无法带来立即的利益。它既非金融界或压力团体等外界势力请求订定的法案，更未在外界早早打好基础。这项法案的诞生，并非根据现实世界当中的利害关系，而是预测到即将袭来的危机，换言之，是在追求理想的情况下所产生的。因此，包含说服外界在内，一切活动都必须由通产省自身承担负责。况且，这也不是一条微不足道的法律，而是将会影响到整体经济营运方式的庞大立法。依照这项法案的理想及庞大规模看来，至少需要有五到十名须藤等级的重量级政治人物，不断拼命推动才行……

企业局内，以企业第一课长牧、产业资金课长庭野为中心，集结了大批的年轻精英分子们，开始着手制定法案。这项工作不分岁末也不分新年，假日亦是马不停蹄，就连星期日也得照常上班。众人不断重复着热烈又激昂的讨论与争辩，最后，才终于根据每一项确定的要件，逐一订定出明确的条文。毕竟，这项法案关系到整体经济的营运，必须要和各种相关法令相互对照并进行调整，然后再与各项法令的管辖省折冲协调才行；因此，众人只能不眠不休地持续进行这项庞大的工程。

负责这项作业的中心人物，是入省年资五至十年的特权官僚组，其中也有小糸与御影两人的身影。小糸隶属于企业第一课，御影则是产业资金课。小糸原本白皙丰满的脸颊，如今变得苍白浮肿，而御影的小麦色肌肤则是略带青色，双颊整个凹陷了下去。

星期六晚上，两人互相约好在入省前风越曾带他们去过，位于虎之门附近的那家寿司店碰面。他们其实并不是为了密谈什么特别的事情，才约好碰面的。事实上，这阵子马不停蹄地埋首工作，几乎快让人喘不过气来；这一晚也是一样，两人依旧不知道究竟要到几点才能回家，因此希望至少两个同期伙伴，能够一起吃个久违的晚饭，互相加油打气一下也好。两人叫了瓶啤酒后，一同分着喝了起来。小糸擦去嘴角的泡沫，嘟囔着说道：

"照这样子下去，五年、十年后，身体哪能撑得住啊！"

"这也没办法，总之努力撑着点吧！"

"怎么撑？"

"……"

"对了，我今天中午恰巧在走廊上遇见了片山先生。他说他要去箱根住一晚，打个高尔夫球，看起来很开心呢！若是像他那样子，身体应该就撑得住吧！"

"你是说纤维杂货局的课长吗？在这种节骨眼上，没有什么问题吗？"

"就算有问题，那个人也不会表现在脸上吧！我总觉得，他好像是跟我们在不同的通产省里工作的人。"

"唉，这也是因为我们太过忙碌了吧！"

"片山先生还对我说：'这回真的是项大事业呢，辛苦你了！'"

"原来如此，大事业是吗……？"御影点点头后，双眼熠熠生辉。"这么说来，我确实有种自己正在推动某件国家大事的感觉呢！虽然没有玩乐休息的时间，但是却有一种满足感，觉得自己正做着一件人生中最重要的事。"

"嗯，这个嘛……我倒是觉得，只要可以拿到薪水，又可以学到不少东西，这样就不错了。"

听见小糸这句话后，御影蹙起了浓眉。（你搞错我的意思了，我指的并不是那么世俗的东西……）御影本想这么说，却又觉得会演变成幼稚的口舌之争，于是打消了念头。

小糸虽然仅仅喝了一些啤酒，但整张圆脸却都已经染成了绯红色。他接着说道：

"我还以为在这里，至少会享有一些行政上的权限，没想到居然完全没有哪！"

御影在对方的话中，嗅出了"早知道进入大藏省就好了"这种后悔的味道。

不过，现在与其责备小糸，更应该要以战友的身份鼓励他才对。于是御影谨慎地开口说：

"太忙的确是事实，几乎可说是到了不人道的地步，年轻人们也都嚷嚷着说没办法约会呢！"

他们两人先后都是相亲结婚，也互相在对方的婚礼上发表祝词。但是，两人也都没有太多关于家庭生活的心得可以分享给对方。

御影抓起寿司，改变话题说：

"牧课长最近如何？依旧是把西洋剃刀吗？"

"嗯，锐利得太过头了，有时可怕到让人不敢接近他。只要那个人正对着你滔滔不绝，任谁也辩不过他吧！"

"毕竟他原本就是个理论家，现在又是一口气爆发出五年来在巴黎学到的知识嘛！相形之下，我们这边的庭野课长跟往常一样，还是辆木炭汽车，一直踏着小步在向前奔驰。不过，他总是会仔细倾听我们的意见，因此会让我们有种大家仿佛形成了一个共同体，一同奔跑的感觉呢！"

"还真是个性南辕北辙的左右护法哪！"

"这样也没什么不好啊！如果两边都是西洋剃刀的话，铁定会让人头疼，但同时，若是两边都是木炭汽车的话，那又未必能把事情办得妥当。因此，我倒觉得，这是个很好的组合呢！"

"真不愧是'人事风越'排出的经典人事案哪！"

"不知道这一阵子，局长手上的那叠人事卡片怎么样了？"

"他应该还在继续把玩吧！"

"若是局长成了次官，往后就真的是要风得风、要雨得雨了。可能是因为这个缘故吧，最近大伙看着局长的眼神，都跟以前不一样了。"

"原本就已经是这样了吧……不过，事到如今才对局长献殷勤也没有用吧，那个人可是不吃这套的。况且，局长本人现在正一头栽进了振兴法这项大事业当中呢！"

"振兴法，还有风越次官……看来通产省也要迎接新时代的来临了。"

"踩在我们这群精疲力竭的士兵上头吗？"

"没错，光辉闪耀的太阳将会升起。"

两人想再更加畅饮美酒，但是制定法案的工作还在等着他们。将变凉的茶匆匆灌下肚后，他们便迅速地起身，离开了寿司店。

企业第一课长牧顺三，现在每天过着与巴黎时期截然不同的生活。

《指定产业振兴法》对牧个人来说，是一项堪称为生涯壮举的重大任务，也是个尽情发挥自己在这五年间所学、求之不得的大好机会。于是，他毫无顾虑，将所有的一切投入其中，然而……

当然，不可能所有事情都照着理想的状况在运行，不过牧也非常清楚，这种情形就跟大学时代所学到的东西，无法全然套用在现实社会上，是一样的道理。

不过，就算如此，牧还是抱着高度的热忱，希望能够尽可能地接近理想。

政府、产业界、金融界，还有劳工及消费者等各界代表齐聚一堂，围着圆桌公开讨论经济应有的型态，共同订定目标，承诺一起互相努力与协助——这副光景，以目前日本的现实状况来说，仍然只是个梦想而已。先别说握有政权的保守党了，无论是产业界、金融界乃至于通产省本身，都还没有开明及宽容到能够认可消费者及劳工成为拥有同等发言权的伙伴。

为此，召开全国人民性质的圆桌会议此一梦想，仍然只能停留在梦想阶段；当前所能采行的，就只有政府、产业界及金融界三大势力共同进行圆桌会议的协商形式罢了。参与会议的成员都是同一批老面孔，毫无新鲜感可言。相对地，取代了原先的理想，成为讨论中心的则是"在一片纠缠着现实利害关系的腥风血雨中，日本究竟要怎样才能在国际竞争里获得胜利？"这样一个立基于眼前现实利益的课题。原先，他们预见自己将会设计出一套攸关整体经济营运的崭新模式，但现在却变成从产业界本位出发，带着消极色彩的保护性法律。这一点在法案名称从《协调经济法》让步更名成《指定产业振兴法》一事上，就可以看出明显的迹象。

姑且不论名称，对牧来说，光只是希望能让法案当中的内容变得稍微积极前卫一点，就已经得铆上全力了。毕竟，在他的主张里，法国式的崭新经济营运方式才是主角，而强化对外竞争力，不过是法案所要达成的一个目标罢了。

"西洋剃刀又开始发威了吗？我们现在应该要先暂时搁下那些外来的理论，着眼于如何处理日本的现实问题吧！"

庭野嘟囔着说完之后，牧也用疲惫的语气回答道：

"用日本刀，是斩不断日本现实问题的，所以才需要西洋剃刀啊！"

在牧看来，企业局的大多数意见都是偏向民族派、产业派；相较之下，牧则是成了国际派。

牧压抑住想要苦笑的冲动。当他待在巴黎大使馆时，外交官当中只有他一人被视为民族派、产业派；没想到回到通产省后，他却摇身一变成了国际派。这单纯只是因为省的特质不同吗？

不过，风越局长非常信任他，将所有事情全权交由他处理；就上司而言，风越在这点可说是无可挑剔。庭野课长在辩论上虽然会提出相反意见，但遇到已经做成决议的事项时，却也会尽心竭力地将它完成。另外，尽管所有下属都累得几乎快倒下，却仍会拼命追上他的步伐。况且，目前他所负责的工作可是战后最大的经济立法，因此也没有任何理由抱怨。他既觉得幸福，也觉得现在是自己一生当中最有意义的时期。先前在巴黎灰暗的天空底下，那些遭人舍弃般心寒不已的日子，仿佛成了一场幻梦。牧心想，自己现在无论如何，都一定要让《产业振兴法》成功通过。

随着振兴法的草案逐渐确立，除了省内的作业之外，通产省与外界的交涉，也变得渐趋频繁了起来。古畑大臣也开始居中斡旋，会见执政党的内部人士。风越局长、牧和庭野两位课长，甚至还有事务官们，都各自对应着自己所负责的层级，频繁联络外界，展开说服的工作。

风越前往了首相官邸说明法案。另外，庭野也再次前往造访暌违许久的池内私人宅邸，一边陪对方喝美酒全餐，一边讲解振兴法的宗旨。池内在一面点头一面聆听之余，也提出劝告说：不管风越也好，还是庭野也好，都要多跑跑各个地方，扎下根基才行。

尔后，风越又在料亭会见了保守党副总裁大川万禄。当初风越在争取展览会船预算时，就是大川笑着对风越说："说到船，就应该是专用船才对嘛！"而当时陪侍在旁的艺妓，这次又一同出席。也许是因为现在担任通产大臣的是大川派的古畑，当风越在说明的时候，大川一直心情极佳地听着。接着两人开始闲聊，当大川向风越敬酒时，他语气轻松地开口问道：

"怎样，当完次官之后，你有没有兴趣到政界里闯一闯啊？在我的选区当中，应该还能再腾出一个位置吧！"

大川与风越同乡，皆是水户出身。虽然大川是用半开玩笑的口气说着，但越过杯沿，他那凹陷的双眼中，却闪动着锐利的光芒。事实上，这是句带有试探意味的质问。对此，风越仍是一如往常，态度相当直率地答道：

"要是完全用不着低头就能进去的话，那倒也不错啊！"

其实风越的意思是打算说"自己想都没想过"，并借此表现出一种否定的态度，但大川却没有听出这层含义，顿时脸色丕变。大川是个党人政治家 ①，他曾经说过一句名言："猴子掉下树后还是猴子，但是政治家一旦落马，就不再是政治家了。"即便现在当上了副总裁，他仍然切身记得选举的恐怖。

风越并没有察觉到大川脸上的表情变化。尽管人称"人事风越"，但他却有个大盲点，那就是无法看清自己。

---

① 即非官僚、军人或皇族等出身，纯粹为政党人员的政治家。

风越之后又四处奔波，拜访了须藤惠作等阁僚，还有各派阀的领袖。"好，我会想想办法的。"须藤国务大臣的回答态度，还是一如以往。另外，连连喊着："我知道了、我知道了"的人，则是年纪尚轻的田河大藏大臣。

相反地，有些党干部则会语带嘲讽，歪过头说道："没有赞助者的法律吗？真是难得呢！"不仅如此，他们似乎还想补上一句："这样的话，我才懒得搭理呢！"

风越也会主动出席执政党的政调会，或是各个派阀的研讨会，当面向与会者进行解释，但是不论哪个会议，出席者的反应都十分冷漠。他们虽然没有特别反对，但同时也在互相试探，这项法律究竟会对哪个派阀产生何种利益。

在此同时，牧课长则是努力往在野党的方向打下基础。

当时最大的在野党是社会党，牧会见了党中的政调会长 ① 津和田。以往在巴黎时，他曾经接待过津和田两天，带领对方参观国会及政府大厦，同时也出面安排对方与法国的经济幕僚见面畅谈。

---

① 日本政党内，专门负责对党政策进行审核与立案的机构。政调会长通常与干事长、总务会长并称"党三役"，为党内最有权力者之一。

也许是这层关系的缘故，津和田很快就理解了法案内容。当牧另外又补充说明，希望劳工和消费者代表也能一同参加圆桌会议的梦想时，津和田的双眼亮了起来：

"当我党夺取政权的时候，这正是能够立即采用的形式啊！"

于是，他当下便感激地伸出手来，要求和牧握手。牧迟疑了一下，不过最后仍然伸出了潮湿冰冷的手回应对方。津和田握着牧的手继续说道：

"不知是多久前的事情了，当我在参观美国福特工厂的时候，受到了强大的冲击。那根本不是工厂，是一座都市啊！相比之下，日本的汽车公司只是城镇里的小工厂罢了。我这阵子正在担心，如果自由化再继续发展下去，日本将会马上垮台呢！"

津和田不愧是在野党中屈指可数的政策通，他已经开始切身感受到开放经济所引发的危机意识了。牧也跟着说道：

"我也是。当我走在雷诺汽车或是大众汽车的工厂里时，每一座工厂都是大到几乎看不见尽头；但是，当面对美国的资本时，它们仍会觉得自己深受威胁呢！"

然而，其他在野党的反应却没有如此敏锐。由于利害关系还不明确，所以依在野党的立场看来，现时似乎也难以骤然作出判断；而且他们又会暗中猜想，既然这是通产省提出的法律，那该不会与某个业界有所挂钩吧？因此大多数人都是先采取观望的态度，等候法案的提出。

振兴法的草案终于完成了。

其主旨大致如下：

适逢经济变革时期，为求迅速强化对外竞争力，当须重新整顿产业，以达到生产规模合理化之功效。此一产业振兴之基准，系由政府、产业界、金融界互相协调之下订定而成。

政令所指定下之产业，必须遵照此一振兴基准，致力于集中、合并、生产专门化等事务，而金融机关则须依循此一振兴基准提供资金；至于政府，亦须通过政府相关金融机构提供产业资金补助，同时推动课税减免措施。另外，关于振兴基准下之合并情事，皆不在《独占禁止法》适用范围之内。

发表草案的同时，风越、牧、庭野及秘书课长鲇川，乃至于相关的课长及课长级官员，也都一同分工合作，负责向媒体记者进行说明。另外，他们又各自寻找通路，努力在政界及财界打入桩子。通产省众人团结一心的积极动作，让世人为之瞠目结舌，甚至还有杂志用了这样的形容方式："风越师团全力突击！"

草案发表后不久，某个金融界中规模最为庞大的经营者联盟，向通产省发出邀请，希望能够召开一场振兴法的相关说明会。虽然凭着风越独特的人事直觉，他早已逐一约见了位高权重的金融界要人们，亲自向他们本人说明，但是金融界团体仍是希望能够听听通产省的官方意见。

说明者当然是身为局长的风越；原本预定同行的人是牧课长，但在庭野的强硬要求下，换成了由庭野随行。毕竟，风越在说明的时候本就容易情绪激动，若是再加上牧那种西洋剃刀似的尖锐理论，恐怕会招致不必要的反感。

将牧撇在一旁，庭野对风越说道：

"请您尽量不要在大庭广众之下，一直赞扬崭新的协调经济如何如何，因为经营者们对于崭新的事物，总是极端过敏的。"

这也是他之所以不让牧同行的理由。庭野又继续叮吟道：

"在此同时，也请您尽量避免提到'官民协调'这个部分，说话的时候也要格外留意，至少绝对不要说出'官'这个字。实际上，这回尽管有政府代表加入了协议的行列，然而，我们仍然没有任何权限与权力。我们与一般人完全平等，和至今的'官'有着截然不同的形象。"

"那么，我到底要说些什么才好？"

"您必须向经营者们宣导眼前简单易懂的利益，也就是与《独占禁止法》（独禁法）的关系。因为这次的法案若能通过，那么合并问题就不再属于独禁法的管辖范围之内了，等于可以钻独禁法的漏洞。届时，企业将可以在不用在意独禁法的情况下，开创出崭新的通路。您只要热情激昂地说明'独禁法漏洞论'就好了。"

牧课长板起了脸孔，那表情像是在说："又在说些消极话了。"风越也噘起了嘴。

"可是只是说那些的话，未免也太无聊了吧！"

"这也没办法啊！我们不能把自己当成是去说明，要当作是去陈情才行哪！"

"我们哪里是陈情——"

"事实上，就是陈情没错。毕竟，我们所制定的是一个没有任何人拜托我们立法的法律啊！"

"哼！"

风越一屁股坐在椅子上，像是要挥开庭野这一番话似的，接连挥动了好几次双手。庭野紧接着又继续说下去：

"总之，您就当作您是去参加审问会吧！倘若他们真正的意图其实是想孤立通产省，届时还不知道会怎么应付我们呢！总之，您就心想自己正站在审问台上，尽量克制自己所有的言行吧！"

正因为太过清楚风越的性格，所以庭野才会如此不安。秘书课长鲇川也知道这一点，所以同样千叮咛万嘱咐，提醒风越务必要谨言慎行。

"我会身负监督老爹的重责大任同行，所以请您在说话的时候，一定要不时斜眼看我。当我把手抵在额头上的时候，就表示'那句话不太妥当，快暂停'。"庭野说道。

"真是无趣哪！"

风越哼了一声，但庭野毫不在意。

"还有音量也要尽量压低，口气要保持和善。"

"好，我都知道了！"

风越再也忍受不住地站起身来。

"老爹，就是您的这种态度不行啊……"

"真是啰嗦！不管我用哪种说话方式，重点是在内容吧！我们可是为了他们着想，才会制定这项法案的！"

"就是这样，这就是问题所在！您绝对不能表现出任何一点这种态度啦！"

牧似乎再也听不下去，倏地起身走出局长室。风越偏过头说：

"那家伙怎么啦？根本没有必要生气吧？"

庭野连忙打圆场道：

"他是因为太过担心了，才会整个人坐不住。其实最好的情况，就是老爹您生病告假，由我们代为前往说明。"

"真不巧，我的身体可是壮得像头牛一样呢！"

风越又开始做起体操。只见他吆喝一声，出拳刺向半空，用力把地板踩得乒乓作响。庭野只能站在一旁，看着风越的样子苦笑。

说明会的地点，是位于丸之内的某产业俱乐部大厅。那是一栋古色古香、庄严肃穆的红色砖瓦建筑物，人们称之为金融界的内殿 ①。如果说通产省是战后最粗糙的建筑

---

① 日本寺院本堂的最深处，安置开山祖师灵像的神圣场所。

的话，那么这栋俱乐部大楼，就可说是战前屈指可数的精致建筑物之一。

风越在庭野的陪同下来到了这里。"这一切都是为了振兴法！"在庭野苦口婆心的告诫下，风越才心不甘情不愿地系上了领带。

聚集在会场里头的经营者们，仿佛是事先说好了一般，个个圆滚庞大的身躯上，清一色都穿着全黑的西装。

坐进中央的讲师席后，风越交叉着手臂，环顾了众人一圈。当中有几张熟悉的面孔，有人以眼神致意，也有人别开了视线……最前排的靠边的位子上，坐着一位头发完全花白的大块头男人——那是之前曾来拜访过风越的山冈董事长；看他的样子，似乎完全不打算抬起头来看风越一眼。风越感受到了近似于敌意的氛围。所有人的表情都相当僵硬，空气凝结沉重，咳嗽声此起彼落。

风越信吾约莫花了一个小时的时间说明振兴法，并遵照庭野的叮咛嘱咐，以独禁法漏洞论为主要中心，在说话的语气方面，也已经尽可能用上了他本人所能表现出的最礼貌态度。不过在说话过程中，风越并没有照庭野事先说的去看暗号，而是望进每一位听众的瞳孔深处，希望能够打动每一个人。

说明结束之后，场内却是一片鸦雀无声。并不是因为听众们对此大感佩服，而是风越今日的说话方式实在太过罕见，反而让人觉得背地里是不是暗藏了什么阴谋，所以还在等他继续说下一句话。事实上，也的确有人提出了这种问题。风越搔着头答道：

"这全都是因为我平常在德行方面有所缺失。事实上，我今天的说明绝对没有什么不当企图，完全是开诚布公。现在，就请大家多多见谅，让我对各位坦诚相见吧！"

风越说着说着，便脱掉外套，拉下领带。

他的意思像是在说："我的忍耐也就到此为止了。"会场笑声四起，但也有许多人皱起了眉头，山冈董事长就是其中之一。

众人的反响只能说相当冷淡，就算不断强调独禁法漏洞论，也还是有种白费力气的感觉。就这样，风越与庭野大失所望地离开了会场。

翌日，报纸上刊登了理事长个人的感想，而不是经营者联盟的官方意见：

"迄今为止，我们依然看不清振兴法的真正意涵。倘若通产省是冀望于企业的大型化，那么先致力于独禁法的修正，如何？"

风越几乎彻底遵守了庭野的警告，在整场演讲中只说过两次"官民协调"，但对方马上揪住了这个小辫子，提出批评道：

"官与民不可能对等地相互协议，官一旦出马，势必会演变为官僚管制。"

风越对此勃然大怒。

"这群老石头们！我明明就花了一个小时不断说明，他们到底听进去了什么！全部都是一群除了眼前私利，什么都看不见的死人骨头！只不过一个不留意，他们就愈来愈嚣张跋扈！"

然而，风越等人关于独禁法问题的论点，却遭到了公平交易委员会的猛烈反击。

委员会直接对通产省的主张——"另外，关于振兴基准下之合并情事，皆不在《独占禁止法》适用范围之内"表示了公开的反对之意。

在这场论战当中，身为理论家的牧率先出马打头阵。他发表声明说："振兴法并非是从根本否定了禁止独占的政策，只是希望能够排除过度竞争，回到有效竞争罢了。

这一点不论对国民经济全体或是消费者，都能带来正面的影响。"

论战如火如荼地蔓延开来。委员会方面阐明了自己的立场，他们表示："我们确实已经了解了振兴法的精神所在。只是，关于卡特尔及合并的情况，就算不在法案中明订'不在独禁法适用范围之内'，而是根据独禁法进行弹性运作，这样也还是处于容许范围之内的。"委员会不断强调"弹性解释"与"弹性运作"，听起来像是在逼迫性地要求通产省："有实无名不也很好吗？"

这种情况也是政府机关间的一种权限争议。

假使根据振兴法，将独禁法适用范围外的领域加以法制化的话，那么，往后委员会的权限范围将会大幅削减；但如果是采取弹性运作的方式，就算实际上有人钻了独禁法的漏洞，至少权限还是握在他们自己手中，所以委员会才会如此执着。

另一方面，对于通产省而言，好不容易已根据振兴基准设定了合并与卡特尔的规定，倘若还要先经由委员会判断许可与否的话，那一切根本就等同于回到了原点。基于振兴法下合并的事业，并不属于委员会的管辖范围，换言之，也就是"处于独禁法的适用范围之外"；若是不明文规定这点，就会失去振兴法的一大优势，因此通产省这方，当然也是寸步不让。

公平交易委员会，坐落在霞关政府建筑群稍微过去一点的地方。

沿着日比谷公园穿过通产省前方的宽广大道，再从大马路往前横穿过外堀通 ① 之后，路宽急遽地变小；在马路四周，林立着民营公司的高楼大厦。在由大厦所构成的深谷间，有一栋紧依在国营电车 ② 高架桥旁，渺小脏污的楼房；公平交易委员会就在这栋楼里，和大藏省下辖的一部分直属机构杂然居处在一起。此处的通风既不好，噪声污染也十分严重，以受到冷落的情况而论，几乎可以算是遭到排挤的程度；也正因为如此，他们对于振兴法的反抗才会如此强烈。

从宽敞的道路到狭窄的道路，再从狭窄的道路到明亮宽广的道路，位于道路两端机构里的官僚们，频频互相往来争论不休。

---

① 东京都道四〇五号外濠环状线的通称，为一条沿着皇居（旧江户城）外围护城河的环状特例道路。

② 日本负责都会区通勤的国营电车，例如著名的"山手线"，即属国电路线之一。

说起论战，牧是绝不会输的，不过委员会方面也是除了"弹性运作"的底线外，其他方面一概寸步不让。双方迟迟无法讨论出结果，但只要结论一天不出来，法案就无法确立。

　　这时候，就需要居中斡旋之人了。通产省方面原本想请首相裁决，但这其实也并不是程度如此严重的问题，所以他们请了首相极为信任的黑木官房长官，来担任调停的角色。黑木是位大藏省出身的年轻阁僚，也曾经担任过池内的秘书官，听说与矢泽同为池内的得意门生之一。

　　黑木最后的裁定，确实是优等生会做出的卓越处置：

　　"关于合并，若是通产省有所要求，委员会就必须发布认可基准。""至于合理化卡特尔，就由通产省负责处理，再由委员会进行审查。"

　　根据黑木的裁定，这两个项目将会在振兴法中得到明文规定。由于不再设置"不在适用范围之内"之类的条文，因此委员会得以保有权限，但是另一方面，通产省的发言权也会有法律上的保障，因此权限也得以增加。一方面，委员会说："不能全权交给通产省。"另一方面，通产省又说："不能让委员会为所欲为。"既然如此，黑木于是采行了将权限一分为二的解决方式；这不仅展现出了优等生的智慧，同时也有着老练政党政治家的气息。

对于这样的结果，风越、牧及庭野都是大失所望。尽管在法律上设下了能够套住委员会的枷锁，但是回想起至今的冲锋陷阵，他们不免觉得，这个枷锁的规模也太过微小了，而往后手续也会变得非常繁杂。比起这点，真正有所收获的反而是在交涉过程当中，委员会撤回了"弹性运作"这项提案。如此一来，在施行振兴法之际，就能大幅压迫此一"弹性运作"。

《产业振兴法》在银行业间，也引起了另一波地震。

产业界的过度竞争，几乎也可说是反映了银行业界的过度竞争。大型银行各自在汽车、造船及石化等领域，争相将价值高的产业囊括于旗下，形成一套完整的融资系列，此即所谓的"体系一统化主义"①。因此极端点说，大型银行的数量愈多，同一业种的厂商愈会四处林立。为了整顿过度竞争的情势，首先必须封杀银行这种投资行动。

为此，振兴法中订立了以下规定："银行一旦参加协议，须遵照合意后制定的振兴基准进行融资。"在指定产

---

① 系指日本高度成长期时，各个企业集团将每种产业领域尽纳入旗下的投资行动。

业方面，各银行将不能再如同现在一样以自身为中心，随心所欲放款，而是有义务依据振兴基准的融资规定，进行放款借贷。

银行业界原本就是个极端敏感的产业，表现出的警戒态度比产业界还要浓厚；毕竟，这项法案代表了政府今后将会介入，夺走他们在金融方面的自主性。况且，半路出来横插一脚的竟然还不是负责监督金融业的大藏省，而是通产省——

风越已经三次受邀前往银行联盟进行说明了。

每次说明会之前，他都会与牧及庭野两人演练作战策略。原本最好是和向产业界说明时一样，强调银行界的利益较为保险，但是既然真正的目的是控管银行，那么，通产省实在也无法向对方出示什么重大的利益。结果，能够说明的事项也就只有下列这一点：

"如今适逢动荡不安的经济变动期，银行所进行融资的产业若是体质不佳，那么债权的确保也会变得浮动不安。为此，银行也该一同携手合作进行产业整顿，强化产业的体质，这样既能确保债权，而银行业界也能获利……"

这样的说辞仿佛戒慎着银行界一般，丝毫没有说服力。"又在说那一套……"所有听众都露出了不快的神色。

就这样，三次说明会都在充满了排斥感的气氛之下结束。风越也不禁觉得，似乎有无数根肉眼看不见的尖刺，正不断射向自己魁梧的身体。

尽管充满了排斥的气氛，但在说明会上却几乎没有任何人提问。银行家们的态度仿佛是在说："跟你们讨论根本是件蠢事，我们一点也不把这件事情放在眼里。"到后来，风越已经快要失去自制力了；与产业界不同，会场上大多数都是生面孔，感觉起来就像是一群身着西装的火星人，正在无情地嘲笑自己。

"真要说起来的话，都是你们不对！这项法律就是为了不再让你们为所欲为才制定的！"

风越拼命压下想如此大吼的冲动。

会场的正中央，坐着最近成了联盟会长的山冈董事长。山冈披着一头银色头发，端坐在无形的阵地之中；就跟经营者联盟说明会时一样，他自始至终都没有抬起双眼，与风越四目相接。风越再也按捺不住，朝山冈问道：

"您究竟有什么想法呢？请毫无顾忌地说出来吧！"

"不，每个问题我们都已经讨论得十分透彻了。"

"那么，会长您个人的意见如何呢？"

"现在还不是发表个人意见的时候，况且就算说了，也只是白费力气而已。"

"请问您所说的'白费力气'是什么意思？"

山冈董事长继续别开他的目光，不打算正面回答。风越忍无可忍地沉下脸来，恢复平时的大嗓门说道：

"都已经邀我过来说明了三次，您这句'白费力气'，指的是什么意思？"

不过，风越还是希望尽量保持礼貌的语气。山冈董事长抬起头来，接着，他第一次正视风越的眼睛，开口说道：

"那么，我就只针对一件事，说说我的感想吧！我认为这项法案，是个洞悉了未来的好法案。"

听见这句出人意表的话后，听众之间一片哗然。风越也是低吼了声："喔——"整个人呆立在原地。

但是，这只不过是为了接下来的刻薄批评所埋下的伏笔。山冈董事长接下来，马上不客气地说道：

"我所说的好，是因为社会党在取得政权的时候，马上就能照本宣科地实行这项有计划性的资金管制啊！"

全场听众顿时一片闹哄哄，当中也掺杂了压抑的笑声。山冈的这个感想，马上带领银行经营者们预见了最糟糕的噩梦。这种让人只能付之一笑的答案，却也是最为坏心眼的表达方式。

风越目瞪口呆。对方就像是假装客气地要与自己握手，却突然绊了自己一脚一样。他那颗不够圆滑的脑袋，一时之间全然想不出反击的句子。

到最后，风越只能带着满腔怒火，走下讲台。

如今，通产省已经明白了金融界的意愿。然而，尽管如此，若是就此与他们关系决裂、撇清界线，甚或是与他们为敌的话，对于法案的提出是绝对不利的。银行不仅是协调经济体制中重要的当事人，更在政界幕后拥有庞大的力量；只要他们有心，甚至可以彻底摧毁法案。

产业资金课课长庭野站在第一线，依旧持续与金融界进行着折冲交涉；他一方面在协会和大银行之间来回奔波，另一方面又不断寻觅通路，以个人名义逐一拜会金融界的大佬。他也几乎每天都到大藏省银行局报到，种种举动，让人不禁回想起他当初被人戏称为不只是"定期通勤电车票"，而且还是"定期通产电车票"的时代。

银行局早在许久之前，就曾对银行之间的过度竞争发出警语，而他们对于通产省这种"限制过度竞争，使其遵守适当的融资规则"的想法，一开始也相当赞成，甚至还会约见银行联盟的干部们，帮忙美言说情。然而，他们中途却突然改变了风向；这是因为田河大藏大臣受了金融界的影响，也开始对法案采取批评态度。

庭野也拜访了大藏大臣室。尽管庭野只是他省的一介课长，但田河仍是爽快地接见了他。不过，与其说田河在聆听庭野究竟说了什么，倒不如说是庭野自己单方面滔滔不绝地说个没完。在那之后，田河用仿佛等待着雷阵雨离去般的沉默目光注视着庭野，那表情仿佛是在说："你还在啊？"

庭野接着准备要切入主题，不过……

"唉呀，今天就到此为止吧！我明白了、我明白了！"

田河用力挥着手，急急忙忙地在大臣室中走来走去，接着，他又像是突然想起什么般，开始询问起庭野的家庭状况。"你有个木炭汽车的称号对吧？"当田河说起这些没头没脑的话时，庭野不由得大吃一惊。

银行局已经不再帮忙居中斡旋。不仅如此，他们的态度也瞬间改变，认为通产省介入银行的动向，是冒犯到了大藏省的权限。如此一来，又演变成了权限争议的问题。

庭野并没有就此气馁。他依旧频频前往大藏省，同时也向池内首相直诉，造访官邸，或是在国会堵人。当他拜访池内位于市谷的私人宅邸时，池内又拿出了美酒全餐款待庭野，并且仔细倾听庭野说话。池内的态度，让庭野有种自己仿佛遇上了失散多年兄长般的错觉。

然而，池内并没有对他回以令人安心的答复。看样子，金融界人士的触手也已伸向了池内。道别之际，池内首相忽然心血来潮地说道：

"没想到，风越似乎处处受人提防呢！"

他所谓的"处处"，指的是哪些阵营？只是池内没有给予庭野反问的时间，马上扯开话题，低声说道：

"我也经常与他人起争执，但至少，我还懂得区分敌人与盟友。但在这一方面上，风越又是如何呢？"

这番话是他人在评论风越时最常出现的句子，但是一从池内的口中说出来时，庭野却感到莫名地不安。高傲无礼的风越，并不是那种可以获得所有大臣青睐的类型；特别是在自由化问题上，他也曾经与池内站在敌对立场。不过，事到如今，池内已经贵为首相，就个人而言，他应该不会无缘无故地讨厌风越才对。这么说来，可能是某方势力对于风越个人的抨击，也传进了首相的耳中吧……

庭野他们用更大的热忱，不停地向池内首相及田河大藏大臣等人陈情。这番努力的成果是，经济企划厅长官矢泽愿意出面担任通产省与金融界之间的调停角色。矢泽与黑木官房长官一样，皆是大藏官僚出身，也都深得池内首相的信赖。身为秘书官前辈，以往在庭野担任通产大臣秘书的时候，他也给予了不少协助与建议。若真要区分的话，黑木是那种圆滑周到又冷漠的优等生类型；相比之下，矢泽则是刻苦勤奋型，一张圆脸总是带着笑容，但有时脾气也相当暴躁。

　　在矢泽长官的见证之下，风越等通产省代表与金融界代表、大藏省银行局，持续展开了激烈的辩论。

　　矢泽整理了各方的说法后，对通产省方面做出了如下的宣告：“为了让法案成功诞生，除了在其中适当加入金融界的要求之外，别无他法。”这样的结果，完全是在预料之内。

　　银行方面似乎打从一开始，就想与产业界划清界线；他们表示，金融代表并没有意愿，参加决定振兴基准时的协议会议；这无异于是对协调体制本身的否定。对此，通产省这方则是表示无法接受。倘若金融代表不加入，只有产业界与政府进行沟通协商的话，那就只不过是现存行政指导制度的延伸而已，而法案原本富有的崭新性，也会完全失去意义。

庭野等人坚持到底，反复周旋，最后终于达成了一个共识："就算金融业界在会议上不加入合意或决议，至少也要出席协议会议。"

金融界反对的焦点，是在于"须遵照合意后制定的振兴基准进行融资"此一项目上。他们之所以会表现出不愿参加的态度，其实正是为了攻击这个项目的伏笔。

他们主张："既然我们没有加入合意，那也就没有必要遵照振兴基准，可以自主性地进行融资。"真是老奸巨猾。状似退了一步，但其实早已绊了通产省一跤。

于是，针对"遵照"这个词汇的含意，众人又展开了如火如荼的争辩战。结果由于这个词汇所带有的强制与义务性太过强烈，便改为"尊重"，意见才终于达成一致。

乍看之下，众人总算达成了共识，但是数日后，金融界代表又再次推翻了已经做出的决议。当他们带回法案，重新检讨之后得出以下结论："这样的制约依然太过强烈，不够妥当，因此我们无法接受。"

风越对此感到相当不高兴：

"男人之间的承诺就该遵守啊！"

他交叠着手臂，将之后的折冲交给了庭野负责。

尔后，双方又耗费了不少时间进行争辩。最后，银行方终于接受了通产省的条件，但却仍然抱持着一种"持续观望振兴基准"的保留态度。

然而，有一就有二，无三不成礼。

过没多久，银行方面又捎来通知说："我们还是觉得这种做法，金融界无法接受。"

于是又得再一次重新进行商议。这回就连矢泽长官也不禁感到厌烦了。风越与庭野也已没有心思再去周旋；他们希望，长官这次务必要好好告诫银行方面一下。

"长官，请您想想办法吧！"

风越怀抱着这种心情喊道。矢泽听了之后，涨红了一张圆脸说：

"你们自己去处理那种琐事吧！"

愤愤然说完后，矢泽便走出了房间。就算矢泽说"自己处理吧"，但是到了最后，也还是只能多加忍耐，听从银行方的做法。倘若在此时起了冲突导致决裂，反而是正中银行一方的下怀。在通产省众人的眼中，总觉得对方正在四处奔走，竭尽全力破坏法案。

对于庭野他们来说，这又是另一段隐忍持重时间的开始。风越拉高音量吼道：

"像我这种粗枝大叶的男人，根本没办法处理那些琐事。就交给你们了！"

他仿照矢泽长官的说词，几近怒吼地对庭野说完后，就张开双脚闭上了眼睛。稍可告慰的是，他至少没有愤而起身离开⋯⋯

庭野忍了下来。接下来进行的辩论，几乎完全是拘泥于一字一句上，让人备感心烦意乱，而木炭汽车，依旧继续奔驰在这条狭窄的险路上。

银行方对于"振兴基准"这四个字本身带有的意涵，敏感到了几近令人失笑的地步。他们的态度仿佛在说："光是看到那几个字，我们就会浑身直打哆嗦；最好是能从法案全文当中，彻底删掉'振兴基准'这四个字"。他们只关心银行的权限，早已忘了法案的宗旨与精神所在。通产省于是认定，必须要先让银行方改观，重新正视振兴法才行。

在耗费无数时间，历经过一番讨论之后，双方总算再次达成了妥协，订下了"于融资方面，将会注意遵循振兴法的宗旨"这样一条条文。

银行方意欲借此在自己与振兴法之间设下重重的距离障碍。不过庭野则是认为，既然条文如此抽象，那么只要在实行后，再用实际手段逼迫银行就行了。

达成协议时，时间已是将近晚上七点，大藏省巨大的建筑物当中，一片静寂无声。

银行联盟一行人走向大门玄关。风越已经不想再与他们走在一起，于是便走向侧门玄关，庭野以及负责书记的御影则是跟在后头。

风越走出侧门玄关后，停下了脚步。现在若是直接返回通产省，可能会在樱田街附近迎头撞上银行那班人，但是他实在不想再看到他们。

"稍微散个步吧！"

风越转过身子，朝反方向迈开步伐。一阵愤恨倏地涌上心头，风越不由得扯开嗓门大吼：

"可恶！"

在几近杳无人烟的小巷子里，回音在政府机关的墙壁之间回荡着；风越又吼了一声："混账东西！"

他用力蹬着鞋子，跨着大步向前走去。附近是稀疏散落的雪杉，以及过往通产省曾经租借过的会计检查院古老建筑。这时，御影忽然在身后开口道：

"局长，以前也曾经有个男人在这边喊过'通产省这些混账'吧！"

"啊……"

听御影这么一说，风越也回想了起来。那是在御影等人入省前不久发生的事了。当时风越应道"这其实并不是什么特别的事情"而没有特别理睬，但现在，御影的话中却有着批判的意思，像是在说："局长您现在的作为，不也跟那男人一样吗？"

（我跟他是不一样的！这不是私愤，是公愤！）风越本想这么说，但却忍了下来。

"确实也有过那么一段往事呢……说起来，我也是同一种人啊！"

他转头望向御影；御影一动不动地注视着风越，先前眼中的批判之色，已然消失无踪。

三人一同走上"く"字形坡道。过去风越曾经见过片山泰介打球身影的网球场，此刻已经没入了黑暗之中。前头是逐渐逼近的特许厅建筑，大半窗户的灯光都已熄灭了。

与风越同期的玉木，应该已经老早就从特许厅的长官室里离开了吧！历经三十年的同侪竞争，如今也结束了；

如今伴随着玉木的，就只有与闲职相称，不断流逝的悠闲时光而已。现在这个时候，他也许正在家中惬意歇息，具体研究着往后该转任哪个民间企业的位子吧！一思及此，眼前那栋漆黑的建筑物便似乎散发出了"战后日暮"的哀愁之感。

风越的怒气消退，生气蓬勃的活力又再次涌了上来，本来，他这个人的心情转换速度就相当快。风越大幅摆动双手，边走边说道：

"值得庆幸的是，至少今后不会无聊啦！"

这可不是嘴硬。一想到玉木，他就觉得自己的生活真是非常有意义。况且，自己努力的目标，可是通产省战后所进行的最大规模立法，会如此辛苦，也是理所当然的嘛！

一来到特许厅前的宽敞大马路上时，御影低低叫了声：

"啊，是银行那群人！"

前方正好见到三辆大型进口车，从容地驶向赤坂的方向。是只有银行那群人自己要去喝酒呢，还是其中也包括了政界或大藏省的巨头在内呢？不管怎么说，在酒席上，风越等人恐怕都会被当作酒酣耳热之余的话题吧！

三辆轿车闪烁的车尾灯留下了红色带状的残影，逐渐远去。风越也不服输地喊道：

"我们也去居酒屋喝一杯再回家吧！"

无论如何，事情总算也是告一段落了。

昭和三十八年春天，《产业振兴法》作为政府方面提出之法案，经过内阁会议决定后，上呈至通常国会①。

风越师团各自分工合作，埋首拟定面对国会的应战方针。

此时，在野党方面也开始出现了批评与不满的声浪。隶属于社会党的津和田政调会长，先前虽然曾向牧要求过握手，但是一听到是政府提出的法案之后，马上改变了风向，采取批判的态度。振兴法的大方向是希望缓和《独占禁止法》的适用范围标准，但这时却成了一个问题点。此外，也有人批判说：振兴法所希望造就的规模利益，是否意味着对于大企业的拥护和支持？

对此，风越等人努力说服议员、准备应对方针，同时也备

---

① 日本国会开议大致上分为通常国会、临时国会、特别国会三种。简称"常会"的通常国会会期五个月，按惯例在每年的1月中旬由内阁决定开议。

齐了能让议员们信服的反驳资料。有时，他们甚至还得动用所剩不多的机要费，在晚上摆设宴席，向议员们细心说明。即使是粗枝大叶的风越，也打从许久之前开始，就已经相当关心议会方面的关系；这点从他在前往伊那谷过暑假时会中途折返，急奔至商工委员会回答那些无聊的问题之中，就可见一斑。他心想，经过这样层层打下根基之后，尽管多少会引发纠纷，但一定可以见到法案通过的那一天吧！

初夏的某一天，在捕捞香鱼解禁之后，古畑通产大臣与记者团便联袂前往厚木郊外、一处面向相模川的小料亭；次官及以风越为首的数名局长，也一起同行。

虽然这是按惯例宴请记者团的交谊活动，不过记者们倒是觉得这是大臣的饯别会。因为古畑已经在任一年，本来就该到了卸下通产大臣职位的时候，而近期内又将会举行内阁改组，因此届时一定会有新的人事异动。

距离晚餐还有一段时间，有人先泡了澡，穿着浴衣下起了将棋，有人则到下方的河滩散步。有人在路上走着走着，就拿出清酒与啤酒喝了起来，所有人都相当悠哉惬意。

风越也走下河滩。

相模川的水流量颇大，河川呈现一道略缓的 S 形往前流动。晚霞照射下来，水面不断闪烁着金色的光芒，钓着香鱼的众多人影上，也像是撒了一层金粉。清风徐来，吹拂着往南方延伸的广阔河滩。察觉到后方有人靠近，风越转过头去，只见隶属于关西地方报社的西丸记者正向他走来。这个人有些粗野，有时也颇为缠人，但也算是个正直、不畏辛劳的男人，因此风越也能够放开心怀跟他往来。

西丸追上风越之后，跟他一同在河岸边散步，同时开口说道：

"我有件事一直想跟老爹你说一声，那就是，振兴法的公关做得还不够吧？"

"我们已经在努力做到最好了。"

"那还不够。尤其是牧企业第一课长，他那样是不行的。"

"不行？"

"当我们去问他问题的时候，他却老是把我们当傻瓜，不愿意认真回答。"

风越停下脚步，注视着西丸说："你与牧之间有什么私人的恩怨吗？毕竟，我也不怎么喜欢和自己讨厌的人说话呢！"

"不，怎么会有呢！"西丸这样回应之后，撇了撇嘴角说，"真要说有的话，那就是我的头脑不好吧！"

"怎么说？"

"牧每次看到我时，回答的语气中，总是透露着这种感觉：'我完全听不懂西丸先生你的问题，请你稍做整理之后，再来问我吧！'"

西丸是那种习惯兜圈子问问题的人，有时还会不厌其烦地一直询问相同的问题。脑筋转得快的牧应该是受不了吧，所以才会不由得轻视起西丸。

"毕竟牧课长相当忙碌，难免有时……"

风越想试着排解两人的误会，但西丸连忙用力摇头说：

"没那回事。如果真的那么忙碌，他应该也没时间接见其他报社的记者才对啊！可是，他却兴高采烈地接见了全国三大报社的记者。真像是优等生官僚会做的事呢——真是教人讨厌。"

风越佯装不经意地改变话题：

"你曾经拜访过牧的宅邸吗？那个男人本来在待人处世方面就不拿手，不过刚好娶了个可以互补的美人太太。

我想，她一定会热情亲切地招待你吧！"

"我才不管他有没有什么美人太太哩！况且，见到了局长你，当然会表现得热情亲切嘛！"

不给风越插嘴的余地，西丸接着又愤然说道：

"牧就是那种男人，会在别人身上贴上标签加以区分。当他面对权威时，显得既敏感又软弱，也正因如此，才会打从心底瞧不起我。"

风越决定让对方尽情说个够。他心想，或许这也能够成为人事卡片的补充资讯。

"我是不晓得老爹你有没有察觉到，但是那个男人对于金融界人士来说，就是个唯唯诺诺的马屁精哪！举个例子，他只要一看见山冈董事长走来，就会马上从椅子上跳起来，朝对方行最敬礼呢！"

"怎么可能！"

"是真的！面对权高望重之人，老爹的态度是太过高傲，但那个男人却是太过谦卑。"

"……不过，谦卑一点，也没什么不好吧？毕竟这阵子我也在想，要努力把自己的身段放低一点才行哪！"

"不过，光是这样想，跟实际去做还是有差别吧？"

"不，我可是真的有在努力。为了让振兴法通过，鲇川跟庭野那票人一直都三不五时地提醒我要放低身段；所以牧也是一样的吧，都是为了振兴法……"

"不对，牧不一样，那个男人的本性就是那样。"西丸这样说完之后，忽然露出了一副疲惫不堪的神情，"不过，所谓出人头地的官僚，或许原本就该是那副德行吧！像老爹这样子的人，反而算是特例哪！"

风越忽然回想起了牧那双手的触感，既潮湿又冰冷，就好比是爬虫类的皮肤一般。不过他认为，每个下属各自拥有不同的特质也是件好事。总之，现在该是集结全部力量，往前冲刺的时候……

风越于是开口，打断了西丸的话：

"虽然或许发生了很多事情，但是我相信牧，所以请你至少记住这一点吧。"

穿着浴衣的两人，来到了相模川的河畔。

风越背倚着没入傍晚绛紫色天空里的高山，西丸则是望向他，用跟刚才截然不同的口气说道：

"毫无后援的法案，真的是非常辛苦吧！"

"嗯。"

风越交叠着手臂，坦率地颔首表示同意。

"来自外界的干扰层出不穷，导致你们必须频频修改法案。在我们记者俱乐部 ① 当中，同业们都在说：‘这个振兴法真是伤痕累累呢！’"

"因为所有的人都任性妄为啊！"

风越愤懑地吐出这句话后，他的眼睛闪烁着光芒，转头看向川面，一动也不动地盯视着那些站在略带土色的河流中钓鱼的人们。

西丸在浴衣袖子底下划起火柴，点燃香烟。就在他吞云吐雾的时候，风越开口说：

"即便是在河川之中，做的事也是一模一样。"

"咦？"

"是指以香鱼做饵的钓鱼方法，不，应该要比喻成遭到钓起的香鱼才对。当人一放出挂有香鱼的诱饵，藏在河川底下的香鱼们就会以为自己的地盘遭到了侵略，并生气地冲上前来，结果就这么被人们钓上了岸。同样地，一丢出振兴法这个饵食，公平交易委员会就生气地冲了过来；银行那方也是如此，就连大藏省亦是怒气冲冲，宣告那是他们的势力范围。明明有着庞大的头脑与躯体，他们的所作所为，却跟那种小鱼差不了多少。再这样一味执着于这

---

① 指日本特定新闻机构在首相官邸、省厅、地方自治体、地方公共团体、警察、业界团体等地设置的记者室等相关组织。

些事的话，日本经济将会被人给钓走吧！"

"原来如此，这可真是有趣的比喻呢。"西丸点了点头，"老爹，你不能再有所顾忌了，这番话应该要到处宣传才是。大伙若不振作起来，日本经济就会陷入困境当中啊！法案已经上呈到了国会，所有的在野党也未积极反对，接下来，就只看能不能带动这股风气了。"

风越颔首同意，西丸展开了笑脸，接着说道：

"不过，老爹，今年的夏天，可是个值得纪念的夏天哪！既能订定悬宕已久的振兴法，等下次内阁改组、大臣交接之后，人事异动的名单上，也将会出现风越次官的名字吧！对于全通产省来说，这可是个值得纪念的夏天啊！"

这时，一道呼唤声从两人的背后传来，看样子，宴会开始的时间已经到了。

当两人正要掉头返回料亭的时候，正好看见站在川流中的钓鱼者起手一拉，钓竿弯成了弓形，在钓线的尖端，香鱼的身影闪烁着白金色的光芒。为了争夺地盘的香鱼，最后却落得丢掉小命的下场——

不用西丸特别提醒，风越自己也深深觉得有必要四处宣扬振兴法的宗旨。不过，截至目前，他们都只是不断向有直接关联性的组织进行交涉；既然现在法案都已经上呈到了国会，于是风越也决定要努力在各地举办演讲。

风越勤奋地自愿前往各个经济团体的演讲会及说明会，有时也会由通产省方面主动召开说明会，召集民众前来聆听。演讲地点不只是东京，还包括名古屋、大阪、广岛、福冈与仙台等地；至于其他会场，则是由牧与庭野互相分工前往宣传。

在名古屋的会场上，当风越举出了以香鱼为饵的钓鱼方法作为比喻时，有个喜欢钓鱼的中小企业人士提出了问题：

"请等一下，您的比喻不太对吧！对于香鱼们而言，与其说那是势力范围，倒不如说更像是它们的生命线啊。香鱼是一种吃食固定范围内石头上藻类的鱼类，要是有其他香鱼过来分食，它不就吃不到什么东西了吗？"

提问者说完后，稍稍抬起眼皮看向风越，又接着说：

"如果隐喻对象是政府机构之间的话，或许确实会有互相争夺势力范围的问题存在，但是对于我们这些小型业者而言，就像我刚才说的香鱼一样，这是个攸关生死存亡的问题啊！"

自此之后，风越便不再引用香鱼诱饵的例子了。

尽管如此,眼见各个业界只重视自己的当前利益,他心中的不满也不由得与日俱增。因此,风越的演讲语气变得愈来愈高亢及尖锐,尤其是当庭野等人未在旁监督的时候,这种情况更是严重。

当风越前往大阪中之岛旅馆的午餐会时,出席的人数众多,但同时也有许多人压根没有认真在倾听风越说话,于是他的演说口气愈显激动:

"现在这种时候,日本产业界必须要动员所有力量迎战外资才对。若是每个人都只考虑到自己的利益,日本将会灭亡!虽然与战争时的情况不太一样,但现在也是全国必须团结一心的时候!所有人若是不抱着全国总动员的心态,日本将会陷入穷途末路啊!"

风越整个人像是豁出去似的大声咆哮。

整个会场霎时陷入一片死寂。但是,现场众人之所以会有这种反应,并不是因为深受风越震撼或是感动,而是出于某个更加现实的原因:尽管风越说出这番话,只是为了激励众人的精神,但听众们却照着字面上的意思,原原本本将这些话听进了耳中。于是,他们突然开始感到恐惧,害怕过往的那种官僚管制将会再度降临。

《振兴法就是国家总动员法——风越局长如此强力主张！》。

　　翌日，在好几份报纸的经济版面上，都出现了这种报道标题。

　　在通产省企业局里，隔着一道走廊的两个房间中，牧课长与庭野课长各自抱着苦涩的心情，阅读这篇报道。但即便如此，两人也不会想要一同谈论这个话题。他们之间的距离，已经渐渐扩展到比走廊的宽度还要远。

　　暌违五年从法国回到日本的牧，首先感觉到的便是，省内以风越为中心，形成了一个相当紧密的人际网络。原本"人事风越"在省内就是个影响力极大的人物，但是在现下风越即将当上次官的时候，省内的风向更是完全朝着风越一面倒；特别是那些受到风越器重的人们，个个都是走路有风，甚至还称呼风越为"老爹"。

　　牧打从生理上无法接受这种风气，甚至还感到排斥。虽说都是多亏了风越的提携，牧才能担任要职，但是他却觉得自己像是个慢了大家好几步的新进人员。另外，也是由于他在国外独自度过了一段漫长的西欧式生活，所以和众人之间，总是显得格格不入。

在牧眼中,庭野正是居于风越紧密人脉中心地位的其中一人。尽管在工作方面,两人必须同心协力,但私底下,牧却难以和他亲近;如果可以的话,牧甚至还想尽可能远离对方。"西洋剃刀"与"木炭汽车"的个性完全合不来,当初在制定振兴法时也常起争执。当然,一旦开始推动法案后,对方确实是个能够一同往前冲刺的可靠同志就是了……

不过,虽说是身为产业资金课长的职责所在,但庭野在金融方面所投注的心力,也是有目共睹的;假使不能获得都市银行的协助时,他就会想尽办法,为企业向政府金融机关融资开辟一条路途。但是在牧看来,他觉得像庭野之类的通产官僚,在视野上还是跟往昔一样,想以"胡萝卜(融资)加大棒(税制)"的政策方式引领产业。牧常常在心里满腹不平地叨念着:"我明明为一个划时代的崭新构想揭开了序幕,却偏偏……"

另一方面,庭野则是从自己的角度,对牧的想法抱持着批判的态度。

"公务员总是动辄就想要立下崭新的标杆。制定法律之后,也许评价会跟着水涨船高或是成为媒体记者的新宠儿,往后还有可能成为大名人。但是转念一想,其实根本没有什么事务，是非得制定新法律后才能进行的。若是一头热地想订定法律，反而会太过拘泥于一些枝微末节的小事，结果反而延迟了问题的解决，这是最可忧的。身为一个行政官员，就算毫不起眼、无人闻问，也应该努力以最切实的方式，来解决每一个问题才对。"

庭野曾对亲近的下属说过这样一段话。对于振兴法，他也是抱持着相同的看法，他认为这个法案未免太过于壮观庞大，甚至可说是脱离现实。另外，期望政府能够与各界代表平起平坐进行协商，并互相达成合意的这个目标，依日本现况看来，根本是在痴人说梦。只要不确立一个拥有权限的中间调停人，各界在互相协商时必然会纠纷不断；到了最后，可能还会导致行政作业产生混乱，甚至是全面瘫痪。

当然，尽管庭野心中有着这种批判的念头，但他仍然在为了振兴法能够成功立法而四处奔走。对庭野来说，他所着眼的并不是这项法律的崭新性，而是基于"能够排除一定程度的过度竞争情况"这一实际利益。更何况，既然风越局长已经决定带头率领全省一同奋战，那么他也就只能"无定量、无止境"地不停努力了……

其他重要法案的审议始终无法讨论出结果，因此《指定产业振兴法》呈上国会后，便一直维持着原地不动的状态。到目前为止，它仅在正式会议上排进过一次议程，而国会也只是询问了几个简单的问题，至今也尚未让商工委员会过目。

风越等人怀抱着焦急不安的心情，继续在各个政党本部及重量级议员之间来回奔走。

然而，他们却迟迟没有得到令人满意的答复。毕竟，这项法案原本就只是一小撮官僚的构想，甚至还被称为"无赞助法案"；由此可知，根本没有任何有力人士会想出面积极推动。不，甚至还有些人认为，搞不好国会是故意迟迟不将这项法案列入审议的条目当中也说不定；而在背后发挥影响力，促使这种情况发生的，正是那些看不见的外界势力——产业界、金融界的顶尖人物们。那些体态臃肿的男人组成了一支庞大的军队，以透明人的姿态，束缚住了每一位议员。风越等人不由得产生这样的感觉。

仿佛呼应着国会对于振兴法审议的消极怠工一般，在金融界方面，突然频繁地出现了自主调整论的呼声。经营者联盟等组织，明明先前都还在往自由竞争论一面倒，现在却纷纷设立了自主调整研究会，还邀请学者及舆论人士加入，大张旗鼓地展开自主调整论的宣传活动。

　　当然，这项宣传活动的重点并不是要强调自由竞争行不通，而是要倡导官僚管制不应该再次复苏。由此可知，风越在大阪那番"国家总动员"的演说，完全遭到了对方的扭曲，并且不断遭到严厉的抨击。另外，问题的重点也被对方转移，变成了"官僚管制的再度降临，才是经营者社会①的危机"这样的论点。他们频频在各个媒体上，发表这样的主张："经营者面对动荡不安的国际经济情势，必须要对己身的责任有所自觉，并互相合作面对难题。为此，我们才会设立'经营者会议'等机制，自己亲手压制过度竞争的局面。政府的干预完全没有必要。政府只要从旁协助我们，放宽独禁法的规定，并根据财政金融政策，打造出适合我们生存的环境就好。"换言之，这是一项对振兴法敬而远之的宣传活动。

　　"事到如今，还在说些什么啊！"风越怒不可遏。"要是做得到自主性调整，为什么在这之前都不做！就是因为你们一直表现出那种'俟河之清'②的态度，所以我们才

---

①　指由专业经理人管理企业的当代资本主义社会。

②　典故出自《左传·襄公八年》："俟河之清，人寿几何？"河指黄河，系指等到黄河变得清澈不知得经过多少寒暑。后来比喻为时间漫长，难以等待。

会看不下去，进而制定振兴法的啊！"

通产省一开始的作战方式，是以牧为中心，正面迎击自主调整论。

"民营企业的经营者，本来的使命就是追求利益。虽然他们现在极力倡导自主调整，但是以自利为本位的事实仍旧不变，因此最后，还是会出现以私利私益为中心的卡特尔体制，跟经济社会全体的要求并不一致。最重要的是，在众多业界之间，私益与私益互相冲突，争执不下，因此依现实层面来考量，能够进行自我调整的可能性实在相当低。"

五年来在身上累积了层层理论武装的牧，带着"西洋剃刀"的锋利光芒，朝敌人狠狠砍下。

然而，金融界却对这番反驳充耳不闻，和先前一样继续提倡自主调整论；为此，风越愈来愈无法压下心中的怒气。鲇川与庭野连忙劝阻说：

"就算在理论上辩赢了对方，也得不到任何好处。问题在于，一定要想办法得到产业界与金融界的协助，至少也要设法压下他们的妨碍与反弹，否则法案势必难以成行。无论如何，都要想出一个双方都能接受的妥协之路……"

风越沉默了下来，至于牧则是改变了理论斗争的主张，转而提出另一个论点，那就是：未来根据振兴法所形成的协调体制，将会把业者之间的统一意见列为大前提。如此一来，当业界步调一致地进行自主调整时，也能适用于振兴法。另外，他又强调，届时政府也会全面尊重自主调整机构的决定，绝不会单方面霸占主导权。

　　对于风越这方而言，这样的身段已经算是放得相当低了；为了成立法案，他们忍辱负重，不断让步再让步。

　　然而，就在这时，省内也出现了反对意见。出面批评的人，是高阶局长中的一人——重工业局长白井。

　　白井是位获得东大法学部与经济学部双修学位的高才生，属于认真踏实的类型。他发动引擎所需的时间比庭野还要久，但是一旦正式启动，就很难使其停下来。

　　白井在省内会议上，提出了如下的意见：“我赞成振兴法的理念，但是依汽车业界的现况，若是采用协调方式那种慢条斯理的做法，根本无法对抗外资的侵袭。总之，为了因应当下汽车产业的燃眉之急，我希望能够制定特别的事业法，直接统一管理汽车业的生产规模与工厂新增厂房问题。”汽车产业是振兴法当中的一大重点，更明确地说，关于汽车产业所衍生出的危机感，正是当初制定振兴法的动机。因此，倘若将汽车产业从振兴法的指定业种中移除，并另设特别法，那振兴法将会变成货真价实的空壳。风越对此的看法也是："事到如今才说这种话……"

风越强行压下白井的意见，说明目前的当务之急乃是让振兴法顺利成立，这才让白井勉强点头同意。

风越等人开始焦急了起来。牧、庭野及事务官们继续分头并进，四处向国会内外的关系人士请愿。

然而，振兴法依然未被排入正式的审议程序，也没有交给委员会审议。就这样，会期逐渐接近了尾声。

国会一旦结束，也就是政府人事按惯例大调动的季节。在通产省内，丸尾次官已经任职了整整两年，也到了该交棒的时候。

丸尾早已私底下向风越宣布，他将会是下任次官。看来不久之后，以风越为首的崭新中枢组织，将会开始正式起跑。

不过，风越等人现在完全没有多余的心思去顾及其他事，只是一股脑地埋头于振兴法的成立作业当中；但是，突然某一天，发生了一起让风越等人阵脚大乱的事。

就在国会审议进行的途中，古畑通产大臣在国会内接见了记者们。不过，他并没有谈些什么特别的要事，只是一群人聚在一起歇息喝着冷饮，感觉起来就像是打发时间用的座谈会。但就在这时，古畑原本冷酷严峻的脸上，勾起了一抹有些生硬的微笑。接着，他打开了话匣子，开口向记者们说道：

"你们一定很想听听，今年夏天人事异动的内定情况吧？"

记者们点点头，不过风越升迁为次官一事几乎已是既定事实，而众人也早都料想到了，所以对于古畑的话，并没有什么太大兴趣侧耳倾听。

"用不着说，大家也都知道，身为大臣的我，才是人事的掌权者。"

古畑一个字一个字，仔细慎重地说道。记者们不禁心想："事到如今，他还想说什么呢？"但是，古畑这句话只是伏笔，是为了等下要投出一颗炸弹而做的准备。

古畑的眼中亮起精光，继续说道：

"依我看来呢，要决定通产次官的人选，需要有两个条件：首先，就是我刚才说过的，必须由身为人事掌权者的大臣来决定。"

记者当中，有些人露出了"真是唠叨"及"到底想说什么啊？"的表情；当时还没有任何人察觉到，这番话是古畑对于"人事风越"的批判。

古畑一口喝干冰茶后，又略微抬高音量说：

"擅自在自己一伙人的框框中决定人事人选这种事，太荒谬了。所有的人事，应该要由集国民期望于一身的大臣，从远大的视野来下判断才对。"

记者们终于惊觉到，古畑正打算说出非同小可的消息；有人往前头的椅子移动，也有人慌慌张张拿出纸笔。古畑压低亢奋的嗓音，又继续说着：

"第二点就是，通产省乃是为产业界全体服务，属于服务性质的政府机关。"语毕后，古畑又像在确认似的，重复了一次"为产业界全体服务，属于服务性质的政府机关"。接着，他愤然说道：

"所以，我可不乐见一个盛气凌人的人担任次官。"

"盛气凌人的人！"

"大臣，请您再说一次！"

记者们一阵哗然。这很明显是人身攻击，而且，也是一项推翻既定规则的武装政变式发言。

"也就是说，您认为风越不适任吗？"

一名记者大声问道。古畑点了点头。

"没错。所以我在想，下任次官就由玉木担任吧！"

"玉木？"

"您是说玉木吗？"

"是那位之前被派去担任特许厅长官的官员吗？"

记者们有些人从椅子上微微坐起身，有些人则是猛然站起。不知谁的杯子落到了地上，摔成了碎片。

"这已经不是茶壶里的风波，而是茶壶外的大风暴了哪！"

但是这时候，所有人早已无心去理会西丸的玩笑话了。

鲇川秘书课长冲进了企业局长室，向风越报告这则消息。

风越边点头边听，只是应了一句："是吗？"因为他既不知道该说些什么，也没有心情去思考。他只觉得，自己现在的心境就像是突然被卷进了暴风里，然后被丢到了无人岛上一样。总之，他心想，这种事现在还是先别深入去思考比较好。

为了避免与鲇川面对面，风越脱下五分袖衬衫，露出里头的运动服，又开始做起了体操。接着，局长和课长一个接着一个跑了进来，其中也包括庭野。官房长鹰部也涨红了脸冲进来。

"大臣是疯了不成吗!"

鹰部是个血气方刚的男人,怒吼的嗓音整个在发颤。身为负责安排高阶人事问题的官房长,这件事让他彻底地颜面尽失。风越在众人视线的包围之下,只是继续沉默无语地做着体操。

"次官也是,那个'活佛阿丸'到底在想什么啊!"

鹰部大声嚷嚷着,又冲出了局长室。

丸尾次官是个身材略微肥胖又有张圆脸的男人,为人相当温和稳健,亦是个凡事都希望能够圆满解决的和平主义者,因此有着"活佛阿丸"的绰号。丸尾从很久以前就相当器重风越,而风越也会在暗中帮忙,为丸尾次官实现他的和平主义助一臂之力。

丸尾对此也是大表震怒。省内主要人事的固定路线是秘书课长—官房长—次官,而大臣遵照此一惯例发布人事命令,也已经是个不成文的规定。倘若大臣对这种人事惯例有所不满,就应该要事先与次官以下的官僚充分商讨之后,再修正这种传统。然而,大臣不仅没有与丸尾次官事先商量,取得他的认可,还突然向外界发表自己个人的草率人事意见,这可说是对惯例的双重破坏。

随着消息传开，省内也是一片骚动不安。企业局长室、官房长室，乃至于次官室当中，全都挤满了特权官僚的人影。

众多记者们团团包围住了风越，连珠炮似的提出问题，不过风越却只是回应了这么一句话：

"我没有什么感想好说的。"

事实上，风越也的确没有任何心思去发表感言。这并不是因为感到茫然自失，也不是因为完全没有预测到自己的人生中会突然发生这种事；毕竟，人生本来就是这样一回事吧！他只是没想到，自己在遭到放逐时竟然会是这种局面，让他觉得相当难堪，甚至想自我解嘲说："这就是所谓的人事风越吗？"入省三十年来不断累积堆叠而成的事物，刹那间轰隆一声，全都崩塌倒地。从许久以前开始配置的人事卡片、不断模拟再模拟的人事构想，完全遭到了推翻，而"风越—鲇川—庭野"这条主线也将随之消失。竟然在堪称最为理想的人事配置即将完成之前，一切在眨眼之间全化作了泡影。

不过，他倒也没有太过强烈的挫折感或败北感。这或许是听到消息之后，心里还觉得不太真实的缘故吧！况且，这件事才刚爆发出来不久，大臣的话还不一定会真的实现；搞不好，他只是刻意放出风向球而已。

然而，古畑这位大臣，一到关键时刻就会铆足全力，誓死完成一件事。不久之前，曾有一大群煤矿劳工组成的示威游行队伍坐在地上，包围住整座通产省。那个时候，古畑一路乘着轿车抵达正门玄关，再泰然自若地穿过坐在地上的游行队伍正中央，进入通产省内上班。像这种傲气凛然的人，今后将会做出什么样的举动，也是件值得注意的事情。

风越穿着一袭运动衫，对记者团说道：

"现在最想说话的人应该是大臣吧？既然如此，那就让大臣尽情说个够吧！"

记者依然死缠烂打地问道："那么，风越先生您本人有何看法？"

风越几近咆哮地回答道："无所谓，再别管我的事了！"

在风越眼中，他感觉周围的人，包含大臣在内，都在逐渐离自己远去。在他那不擅长细腻思考的脑袋中，唯一清楚明白的就是，自己眼下该做的事情只有一件。于是，风越大声喊道：

"我眼下在乎的是振兴法！总之，也请你们助我一臂之力，让振兴法通过吧！"他本想再补上一句："在振兴法定案之前，其他一切全都休战吧！"但最后并没有说出口。

就这样又过了数日，国会闭会之日也终于到来。在期限即将截止之际，好几个法案一同被排进了议事行程，振兴法也是其中之一。就算无法定案，至少也希望可以延续到下一个会期再行审议——风越等人抱着半祈祷的心情，将一丝的希望寄托在这上面。

在这最后的日子里，风越等人在次官室，相关的事务官们则是聚集在企业第一课里，等候国会的通知。室内已经放好了三箱啤酒，究竟之后会变成庆功宴，还是只能喝闷酒？毕竟这是战后最大的经济立法，因此许多报社记者们也留了下来。随着时间一分一秒流逝，众人陆续往企业第一课聚集而来。

一年半来持续加班，行政作业一刻未停，几乎没有任何假日，所有人全都已经筋疲力尽了。御影、小糸及其他事务官，不是脸颊消瘦就是脸庞苍白浮肿，感觉起来，就像是一下子整整老了五六岁。

然而，现场等待结果的氛围，实在是太过郁闷沉重了。不仅是因为对于法案通过的可能性感到绝望，另外风越的事情，也让事务官们的心情黯淡了下来。一旦玉木当上次官，依照惯例，同期的风越就会被撵至省外，而风越师团也将会解体。届时，别说是再次提出已成废案的振兴法了，就算振兴法能够在下个会期中继续审议，推动上也会变得困难重重。换言之，这一天既是振兴法最后的日子，也是风越及风越师团的末日。所有事全都在同一天里发生，委实让人心情沉重不已。

晚上十点过后不久，风越在牧与庭野两人的左右随侍之下，挺着厚实的胸膛，走进了房间里面。他像尊仁王雕像般挺立在房间中央，闭了闭眼后，环视众人的脸庞，开口说道：

"各位，相当遗憾，振兴法在未经审议下就成了废案。"

这是最糟糕的结果。如果是下个会期继续审议也无所谓，或者若是审议后才遭到驳回，他们倒也觉得心服口服，但是没想到，对方却是连看都没看一眼就丢了回来。这样未免太过残忍，简直是将官僚玩弄于掌心之上。

房间的角落里传来了"可恶！"的低吼声，紧接着，事务官们也一个个唉声叹气，或是破口大骂了起来。另外，也有人感到相当不甘心地哭了起来。

众人纷纷打开啤酒盖，屋内变得更加喧哗吵闹，弥漫着一股自暴自弃的狂乱气氛。

"局长，真是太可惜了！"

"老爹，真是太遗憾了！"

在这些叫嚷声中，风越只是"喔""喔"地低声呻吟着，同时不停将啤酒灌进肚里。

酒醉以惊人的气势，横扫了整个房间。御影与小糸两人抱在一起倒在地板上，整张脸上涕泗纵横。

"哭吧，尽情哭吧！"

一名记者拿着啤酒往两人头上浇下，连他自己也跟着流下泪来。

"老是喊着振兴法、振兴法，老爹也是太过大意了呢！一直只注意着上头，往那里冲刺，结果却没注意到脚底下有个大窟窿。然而，不管是振兴法化为泡影也好还是老爹你的失势也好，其结果都是一样，就是要打垮风越吧！"

在通风凉爽的企业局长室中，西丸记者凑向风越身旁，开始向他说明。

"果不其然，现在谣言正到处满天飞舞呢！连'因为玉木和大臣是棋友'这种说法也出现了，真是可笑。另外也有人说，是一个和玉木同乡的金融界巨子，在大川副总裁那里下了点工夫。看样子，那名巨子大概是大川资金来源的其中之一吧，发言具有相当的影响力。除此之外，大川副总裁本人也基于一些原因，不乐见你当上次官。"

面对不解地侧着硕大头颅的风越，西丸记者口齿伶俐地继续说道：

"听说大川之所以这样，是因为现在外头有个谣言，说你当上次官之后，便打算投入政坛。对于跟你身为同选区的副总裁大川来说，一定会放心不下吧！"

"我出任议员？怎么会有这种谣言……"

"好像，你也曾经亲口对大川说过类似的话。"

"怎么可能，我……"

风越于是开始向西丸叙述之前和大川曾经有过的一次对谈。他说："'要是完全用不着低头就能进去的话……'；当时，我还半开玩笑地这样婉拒了呢！"

"这么不谨慎的回答，还真像是老爹你的作风。"西丸露出了苦笑的表情，"不过，对方可不只是这么想而已。大川那边的人似乎已信以为真，而且认为若是风越当上议员，一定是由须藤派推荐出马。这件事可让大川派及池内派相当警戒呢！"

"真是愚不可及，我之前不是老是在批评须藤惠作吗，怎么可能会加入须藤派呢？还有，他们怎么会以为我会愿意担任一个普通议员呢？如果是直接让我担任首相或总裁的话，那还另当别论！"

说到这里，风越按捺不住地猛敲了桌子好几下。西丸安抚似的说道：

"谣言本来就是这么不负责任的东西嘛！不管什么时候，总是会有某个人为了自己的利益而散播流言；不过，至于那个'某人'是谁，恐怕永远也无法知道了。这时的问题就在于，现在是个众人都容易听信谣言的时候啊。你可是'通产省先生'，曾经顶撞过池内信人的名人哪！在自由化问题上，还曾与对方当面辩论争吵过。这样的你与玉木相比之下，有自信能够得到池内的青睐吗？"

"……"

"现下，你被众人公认为民族派、管制派，别人便以为振兴法是因此顺应而生的产物，而池内首相与金融界那票人，也才会因此没有兴趣参与——与其这样讲，倒不如说，一想到若此时让振兴法通过，你将会变得更加嚣张跋扈，他们就更不愿动手处理这个法案了。所以，此刻才会有这种振兴法也不过，次官也不过，打算一口气打垮风越的状况产生哪！"

"哼！"风越的粗框眼镜反射着光芒，望向窗外。酷热的空气滞留在政府机构区域当中，沉闷地散发着自己的热力。

"本来你的高姿态就已经相当出名；就算面对金融界的头头们，你也丝毫不肯低头，同时也不曾说过任何一句赞美恭维的话。就算有人拜托你帮忙递出引荐用的名片，你也从来没拿出来过吧！清廉正直虽是好事，但在对方眼中看来，你反而是个最不好应付的难缠对手。所以他们会开始担心，如果这种人当上了次官，不知会发展成什么局面。而在这方面，池内首相的心情与金融界的忧心，恰巧是互相一致的。"

"……"

"怎样？如此细细数来之后，你会受到他人的打压，也是件不足为奇的事吧！"

西丸衔着香烟，脸上的表情像是发表完了一篇长长的论文似的。

风越将粗框眼镜，缓缓对上西丸的眼睛说：

"谢谢你告诉我这么多事情。或许你说得没有错，但是，我也有一件事一定要说出来，那就是：你所说的一切，全部都是来自外界的评论，而不是来自通产省内部。通产省的事务，以及人事的概略定案，全都是由通产省内部自行决定，这是自古以来的常规；大臣他对省内人员的了解，究竟有多少？我想说的话，就只有这一句而已。"

"那么，往后你打算怎么办？"

"不怎么办，就当个浪人吧！"

"你或许觉得那样也无所谓，但是既然无法成为次官，那你就必须离开省内才行。到那时候，振兴法该怎么办？风越师团又该怎么办？"

风越一下子答不上来。他忽然想起了伊那谷的景色；祖先历经长途跋涉来到饭田之后，却落得孑然一身，最后还收到了天狗党惨败的悲讯，当时祖先的心境，风越突然觉得自己现在能够切身体会了。或许，在自己的体内，真的流有流浪武士的血液吧！

看见风越沉默不语，西丸大剌剌一笑，说出了自己在意的事情：

"不过，风越师团内部也有很多情况呢！像鲇川与庭野他们是闹得不可开交，但牧却表现得十分冷淡。"

"冷淡？"

"上次听他在说：'只不过是玉木当上了次官，我实在搞不懂大家为何会如此骚乱不安。次官又不是自省外调来的人，同样都是通产省的伙伴，没必要那么大吵大闹吧！'真不知该说他是冷淡，还是说话太过直接。"

"是吗，牧说了那种话啊……"

"牧课长会有今天，还不是多亏了老爹你的提携！我才不管他是什么'西洋剃刀'还是'西欧合理主义者'，总之，那家伙实在是太过冰冷锋利了！"

风越回想起了牧那双冰冷潮湿的手。若是那个男人，的确有可能会说出那些话来。不过尽管如此，风越并不觉得自己遭到了牧的背叛。制定振兴法时充分运用了牧这个人才的满足感，直到现在还十分强烈。

对于古畑那番发言最为愤慨的人，是官房长鹰部。原本鹰部就是个血气方刚的人，既然现在由他掌管大臣官房，却眼见自己颜面尽失，成了省内外众人的笑柄，即使对象是大臣，他也无法饶恕。鹰部在性格上与风越有些相似，因此受到了风越的赏识；不过先不论上述的原因，眼下大臣既然违反了规定，他就绝对无法坐视不理。

鹰部当面诘问了大臣，同时在心中也已做好了辞职的觉悟。他也三番两次前往次官室，责备丸尾次官的谴责太过温和，要求丸尾的态度必须要更加强硬。

除了鹰部之外，秘书课长鲇川及其他为数众多的年轻特权官僚们也展开了行动。官房长室一带成了他们的聚集场所，整个通产省掀起了滔天骇浪。

一方面基于鲇川的示意，另一方面也是出于庭野本人的意愿，他来到了市谷的私人宅邸，拜会池内首相。庭野并不打算说风越如何如何，或是玉木如何如何，而是如此陈情："在决定人事方面上，希望您能帮忙杜绝来自外界的杂音。"

"我知道了。你说的杂音，是指大川那边的人吧。另外……"

池内也提及了人称大川黑幕的金融界要人之名。他的意思像是在说："大家都很清楚，你就别担心了。"接着，他迅速打断了这个话题，进入美酒全餐的程序。

继上次在国会内那回成了战火开端的记者餐会之后，约莫过了一个礼拜，古畑通产大臣又接见了记者们。然后，他板着一张臭脸，发表了大意如下的内容：

"上一回关于次官人事人选的发言，不过是我的个人意见。真正的次官人事定案，将于内阁改组后，由新任通产大臣亲自发布。"

众人皆认为随着内阁改组，古畑必定会遭到替换，而他先前之所以和记者团一同到厚木的香鱼料亭出游，也是为了打算顺便办场饯别会。至于这次强制的人事决定，也是因为他认为自己卸任在即，所以才会抱着有可能引起省内反弹的觉悟，做出如此强势的宣言吧！

然而，听见古畑这番"交由下任大臣亲自发布"的发言后，众人清楚理解到，古畑已经放弃了这个一丢下炸弹就火速卸任的人事决定，于是次官的人选问题，将再次回到原点。省内的骚动暂时平息了下来，开始等候下任大臣的到来。

鲇川与庭野们就此松了一口气，但是这不过是一时性的宽慰罢了。

因为内阁改组之际，池内首相推翻了一般的预测，让古畑继续留任通产大臣。这是完全没有任何人料想得到的人事决定，每间报社全都大感震惊。不只如此，就连当事人古畑自己一听到留任时，也不禁怀疑起自己的耳朵。

古畑的留任，也就意味着间接承认了他之前对于次官人事的决定。反过来说，也就是池内为了铲除风越，先故意演了这样一出戏，再以此为条件让古畑连任。官僚出身的池内非常了解，倘若将省内早就预定的人事案替换成别的人事任命，会引起多么大的风波。但是，尽管如此，池内个人仍是不喜欢风越，在政策方面，两人也是势不两立。除此之外，既然风越貌似比较亲近自己的政敌须藤，在金融界人士之间的风评也不算太好，那么果然还是应该要剔除掉风越才对，这点也与大川万禄的利益一致。如此一来，个性相当倔强顽固的大川派古畑，正好是担任此一刽子手的最佳人选。既然先前古畑已经避过了省内发起的一次风波，那么这次，池内就再利用古畑，再一次给予风越致命一击。

庭野感到茫然错愕，觉得他一直深深信赖的池内首相背叛了自己。但是比起憎恨池内，他更想唾弃自己竟然这么天真，将希望寄托在他人身上。

现在想想，当庭野提出陈情时，池内的确说过："我明白了。"那稍嫌沙哑的嗓音，至今仍然鲜明残留在庭野的耳中。偶尔会将池内视为父亲看待的庭野，一听到对方说"我明白了"时，就不禁放下心来。但是其实池内也与其他政治家并没有两样。所有大臣都有个共通的口头禅，那就是"好，我明白了"。所谓的"我明白了"，完全是大臣该有的反应，同时也是重量级人物会挂在嘴边的话。乍看之下，这是种肯定的答复。若是理解成"了解"的意涵，便会以为对方已经答应了自己，并且将会付诸实行。事实上，也确实有对方回答"我明白了"，并且努力去实行的情况在。但是，同样一句"我明白了"，有很多时候背后的含意都是："我明白你的意思了"或是"我明白你的心情了"。在这种情况下，这句话就只是表面上泛泛的应答而已；对方只不过是听进了耳里，却不会真的付诸实行。还有，为了避免伤大家的和气，不好意思当面否定官僚们的提案或是建言，尽管对方内心反对，嘴上也还是会说着"我明白了"，并加以草草带过。

就这层意义看来，"我明白了"才是最大意不得的回答……

内阁改组后当周的星期日，鲇川来到了风越家。一改平日笑口常开的表情，鲇川一本正经，紧紧盯视着风越。

"我输了，我已经没有任何力气再说什么了。"

风越身穿浴衣，裸着上半身，在藤椅上盘腿而坐。他原本一直扇着圆扇，但这时忽然停下动作，开口说道：

"对此，我也是无话可说啊。"

鲇川深深望进了风越的粗框眼镜底下。

"在这之后，您打算怎么办？"

"这个嘛，该怎么办呢……"

风越说得一副好像事不关己的模样。

（总会有办法的，就交给你们决定吧！）风越本想接着说出这句话，但结果却只是不发一语，抬起眼望向榉木。

庭院当中，那唯一的一棵榉木正朝天耸立，展开青绿色的臂膀。今年的夏季，熊蝉依旧不停鸣叫。

（振兴法化作泡影也好，或是次官人事也好，今年的坏运真是接连不断。不，正因如此，所以敌人们才会愈来愈嚣张跋扈……）

风越打了个冷颤后，忽然像是想起什么似的喃喃自语：

"输了——是吗？"

若真要论起输赢，风越确实是输了没错，但他并不认为自己是在和同期的玉木竞争之后，输给了对方。他反而想说一句："我才不把玉木看在眼里呢！"比起这点，他反倒认为是一种由风越所代表的事物，输给了大臣所象征的事物，而且这个结果并不是在堂堂正正奋战之后分出的胜负，是对方蛮横地突然袭击，他们才会败下阵来。正因如此，他也觉得不能就这样安分地让步作罢。

蝉鸣声变得益发狂乱，风越又开始扇起了圆扇。这时，一直紧盯着风越的鲇川，突然叹了口气说：

"老爹辞官的话，我也不想干了。"

风越点了点头说：

"鹰部也跟我说了同样的话。"

个性血气方刚，再加上这回身为官房长却脸上无光，鹰部整个人暴跳如雷，结果反而换成风越开始安抚起对方。

辞或不辞，都在风越自己的一念之间。一旦次官人选决定，同期同僚都得辞官退休，这是政府机构中的惯例。不过，这次毕竟是特殊情形，没有任何人出面鼓励风越辞职。另外，在新的人事决定上，省内也已为风越备妥了先前玉木待过的特许厅长官之位。

不过，这个直属局处长官的位子，就如同玉木之前做好的觉悟，是屈居第二的通产官僚迎向公职生涯的终点站。省内外全都拉长了颈子等着看好戏，看风越是否会接下这个等同于流放边疆的职位。

或许是其他蝉也开始鸣叫了起来，树上的蝉鸣声，由独唱变成了二重唱，而风越的思绪，也跟着分作了两半。

他想辞官。原本他就是个讨厌麻烦事的人，同时他也不想让别人以为自己还在眷恋不舍，因此真想爽快地就此拍拍屁股走人。

　　但是，他又不想辞官。若真照这样下去的话，那自己将会输得一败涂地。政治家所建构出的政治式人事，将会彻底扭曲官僚机构固有的逻辑。对此，他既无法原谅，也无法压下心中不服输的心情。

　　想辞官是风越的天性，不想辞官也是风越的天性。（不管哪边都好，真希望有个人来为我做决定啊……！）

　　风越很想如此大吼，不过鲇川已看出了他的心思。只见鲇川略微放松了僵硬的神情，开口说道：

　　"老爹啊，你果然是个只吃现成饭菜的人哪！"

　　说完之后，他不禁咧嘴一笑。

　　"嗯？"风越皱起眉。

　　"特许厅长官虽然是一道小气寒酸的饭菜，但是既然能够得到这顿饭，我们也就还有更换菜色的可能性。然而，若是踢开椅子拍拍屁股走人，可就再也无力回天了唷！"

　　这是风越最为信赖的人所说的话。风越缓缓地点了点头说：

　　"所谓现成的饭菜，本来就不会太好吃不是吗？"

　　像是要掩盖自己的不好意思似的，风越又开口说道：

"不，说起来也不是好不好吃的问题啦……你说的没错，我的确是个只喜欢现成饭菜的人；若是要我自己下厨煮饭的话，说啥我也不干。不过相对地，无论是什么饭菜，或者要我去哪里，我都不会厌烦，反而相当能自得其乐。"

鲇川没有正面回应这一番话，又稍稍变回严肃的表情继续说道：

"还有，随着想法不同，在此时先退让一步，也未尝不可吧！"

"怎么说？"

"之前老爹即将当上次官时，有很多家伙像是蚂蚁或苍蝇般地靠了上来。借着这次机会，也能让那些墙头草冷静下来。会离开的人就会离开，会急忙靠向玉木次官或是两边东奔西跑的人也会出现吧！届时，老爹刚好可以大大整顿一下手中的人事卡片，不是吗？"

"原来如此！"

风越大声应道，重新看向鲇川。即便输了也不绝望，眼前的鲇川竟然已经预先设想到了那些事情。为了这些清醒的年轻人们，他也不能就此毫不在乎地辞官离开。

蝉鸣声不断灌进耳中。风越的粗框眼镜反射着光芒，仰头望向榉木。在白亮得刺眼的天空下，榉木依旧威风凛凛地矗立于其中。（什么都没有改变，而我也不可能改变，只是在省内的位子稍稍往旁偏了一点罢了。）风越在心里如此想着。正如同鲇川所说的，那叠人事卡片依然在自己的手中，他绝不会丢弃它们，只是从稍微偏斜的角度观察众人而已。

对于新的人事命令，省内又一次喧哗不已。

不过这一回的喧哗程度并没有以往激烈；毕竟已经确定玉木将成为次官，就算再怎么吵闹也无济于事。省内的气氛顿时摇身一变，众人都希望能尽早熟悉新的执行部门，好妥善思考新的处世与保身之道。

然而鹰部官房长与鲇川等人，却是明显地与这股风潮逆流而行。

"这回的人事很显然是来自政治界的干扰。即使形式上大臣拥有任命权，但这份任职命令却无视于次官及省内的意向，委实太过不合常理。"批评的声浪仍然久久不退，见到这份有政治力量介入的新人事任命，省出身的退休老人，反而比省内的年轻人们更加强烈感受到了这股危机意识。

在这种气氛环绕之下，丸尾次官也拼命劝导着玉木。

　　古畑通产大臣本人面对不断朝自己逼问的鹰部等人，已经给出了"只有这一回，请遵从我的意见吧！"这样的回答。既然如此，丸尾便希望玉木的下一任次官，能够服从省内的意愿，由玉木本人来推荐风越，让同期中史无前例地出现两名次官，好借以收拾现下的局面。

　　平常总是性情温和的"活佛阿丸"，在受到了愚弄之后，这回也抛开了"活佛"的性子，强行向玉木提出要求。这也算是前任次官的一则指示。丸尾不断地说服玉木，希望能够以确切的契约形式订下这个承诺，但玉木没有答应，结果仅是退了一步，表示会尊重丸尾的指示。

第六章　春天，尔后秋天

当风越信吾以特许厅长官的身份第一天上班时，他穿着一身像是等会儿要去附近吃午餐般的打扮，走出了通产省本部。

没披西装外套、没打领带，衬衫的衣襟纽扣也解了开来，袖子向上卷起。他挺起有棱有角的肩膀，跨着偌大的外八字步伐向前迈进。每当遇上擦肩而过的通产省官员时，他就扬起单手打招呼，用几近咆哮似的声音吼道："喔！""喔！"真是一如往常的风越。

他横越过大藏省前面的马路，沿着以往曾经租借过的会计检查院往前走。稀疏矗立的雪杉行道树，还有"く"字形的下坡道……

以往他担任秘书课长时，为了造访怀才不遇的牧，也曾经走过这一段路。自那之后已经过了十年，片山曾经在其中挥洒汗水的网球场也已消失，取而代之的，是一栋崭新的建筑物。

在梧桐树茂盛蓊郁的树叶缝隙之间，一栋暗沉的灰褐色五层楼建筑物，缓缓浮现出它的身影。每一道窗边都堆满了几乎要溢出来的老旧文件，随着越走越近，风越的鼻间还能嗅到一股霉味。

来到建筑物的正下方后，风越瞬间停下了脚步。神采奕奕地缓步走到这里后，风越才发现，自己差点忘了来到这里的理由。这一回，他并不是从通产省本部来这里寻找人才，而是他自己将要成为这一栋灰暗阴沉建筑物的主人。

风越用双手捧着微鼓的下腹，做了个深呼吸。（我可不能抱持着错误的观念啊！）他在内心说服着自己。接着，他大声地吆喝了声"好！"后，便带着冲破敌阵似的气势，走进了建筑物里头。

特许厅中位阶在股长以上的职员，全都聚集到了大厅里。依照惯例，新长官上任时，必须要发表一番致词。

当风越大摇大摆地站上讲台后，职员之间立时掀起了一阵鼓噪之声。

没穿西装外套、不打领带、衣襟纽扣解开、两边袖子又向上卷起——这实在不是一个长官应有的样子。风越那副漫不经心的模样，让人不禁开始怀疑起是不是有哪里搞错了，或者是来错了人。

然而，眼前的人毋庸置疑是风越信吾——他们的新任长官。

当风越双手叉腰，挺起胸膛开始说话后，众人的鼓噪程度又更加剧烈了。

"出乎意料地，这回我成了这里的长官。关于就任时的一切原委，就跟你们听到的那些传闻一模一样。所以，我不可能永远担任这里的长官。"

职员们顿时一片鸦雀无声。（如此过于直接的说法，到底是想表达什么？）许多人都伸直了背脊，想看清楚风越。

"对于特许厅、特许法，我几乎是一窍不通。尤其是日本的特许法非常复杂又烦琐，所以就算我成了这里的长官，我也一点都不打算去搞懂那些事。因此在这方面，就有劳各位了！"

听众之间又掀起了声浪。有人小声抱怨，也有人大声呐喊，从两侧看向风越的部长级官员们，脸上也浮现出分不清是困惑还是不满的神情。

风越又继续说道：

"不过，虽然我不会努力搞懂，但在其他方面，若有我这个长官能够做的事，我都会竭尽所能予以协助。所以，请各位不用客气，尽管使唤我、依赖我吧！以上，我的致词结束了！"

风越走下讲台迈步离开，背后顿时爆出了一阵不知是愤慨还是疑惑的猛烈声浪。见到风越的身影消失后，甚至还有人用力跺着地板。

尔后，过了大约半个月，风越为了某些要事而前往通产省本部；然后，在那里，他确切地感受到，在极短的时间之内，省内的气氛就改变了不少。

警卫及女子职员等非特权官僚的职员，都会一脸怀念地向风越点头致意，但特权官僚当中，却有人一见到风越后就大吃一惊，仿佛遇上了瘟神似的；也有人慌慌张张别开脸庞，害怕风越出声唤住他们。

风越去了一趟次官室，顺道也造访了企业局长室。风越退位之后，企业局长一职是由先前担任重工业局长的白井出任。先前他已指示过白井，一定要再次将《指定产业振兴法》呈上国会；为了再一次叮咛对方，风越才顺路走了一趟，但对方的反应，却让他觉得自己十分愚蠢。

玉木次官对于振兴法，本来就秉持着反对的立场；白井企业局长虽然想法与玉木次官不同，但也认为比起振兴法，事业法更重要。

以往支持着风越的左右护法当中，庭野产业资金课长的头衔遭到撤下，调职成了化学工业局的审议官，只有企业第一课长牧一个人还留在原岗位上。另外，年轻的官员们也被调换了不少。众人对于振兴法的感觉，与其说是无力再战，倒不如说是相当冷淡。以往曾经充满整个企业局的热血氛围，如今仿佛就像一场梦境般。

风越带着沉重的心情，走出了企业局。

"老爹！"就在这时候，前方有个男人大声唤住他，朝他走了过来。在现下这种许多人对风越唯恐避之不及的时候，这个男人却主动走近自己；到底会是谁呢？风越扬起手遮在额上，凝神注视着昏暗的走廊。

"老爹，你那番就任致词可真是不妙啊！"

是鲇川。他已经辞去秘书课长之职，成了官房付 ①。

---

① 这一职位没有固定工作，在还没有出任适合的职位之前，会先就任此一职缺，因此也被称作"待命职位"。

"你已经听说我的致词了吗？"

"岂止是知道，整个省内都在热烈讨论呢！"

"我说了什么值得大家热烈讨论的话吗？"

"我说的'热烈'并不是正面的意思，是负面的。你居然说出'身为特许厅长官，我一点也不打算去搞懂那些事'这样的话，这到底是怎么一回事？工会对此非常愤慨，喊着：'从来没有长官会如此藐视特许厅！'在本部里头，你的话也成了众人讨论的焦点。大伙都在说：'不管就任怎样的职位，一个官吏就应该要发誓好好学习与其职位相关的知识才对，风越真是太过失礼了！'"

当鲇川一口气说完后，风越不禁着急了起来：

"喂，等一下，那可就不对了啊！我只不过是说：'对于特许法，我不打算去搞懂'啊？那么专门又困难的法律，不管我怎么研读也无法看懂吧！"

"原来如此，原来是这样啊，这个……"

鲇川点点头，陷入了沉思当中。（这只是谈话的内容偶然遭到误传呢，抑或是，有人故意扭曲内容，再将它向外传播呢……？）

见到鲇川的表情后，风越又恢复到原来的神色说：

"对吧，无论是谁当上长官，都跟我一样吧！怎么可能会有人去认真研读那种法律！在其他方面上，长官的工作也多得数不尽啊，我只是老实说出这一点罢了。难不成你要叫我说谎吗？"

"不……可是，老爹，你也用不着刻意事先强调你不会去研读啊！"

风越鼓起了鼻翼说："你的意思是，我太不谨慎了吗？"

"没错，今后还请您务必多加留意。"

风越没有回答。特许厅以往在风越的人事构想当中，是一个总是遭到忽略的机构，当中也并未存在着能够辅佐风越、适时出面制止他的部下。但是，事到如今，他也不想将人事卡片中的特权官僚们带到那里去。他心想：只要我一个人就够了。

这时，风越猛然想起了一件事：

"鹰部怎样了？重新打起精神了吗？"

"不，还是老样子。"

官房长鹰部在面对大臣与次官时，猛烈抨击了对方在人事上的谬误；最后，他决定由自己负起责任，提出了离职申请，并且要求调派至闲职工作上。毕竟鹰部深受风越的赏识，又是个正直清高、血气方刚的男人，因此这样的人事去留决定，可说相当符合他的风格。不过对风越来说，这就表示他手上的人事卡片里，将会再失去一张重要的王牌。

这时，从电梯大厅那里出现了两道人影往这里走来，其中一人是个有着栗色头发，身材高挑的外国人，另一名男人则正说着英文，为外国人带路。带路的男人瞧见风越后，停下了脚步。

男人看来毫不吃惊，也没有闪躲的意思，就像是早已预料到风越会出现在这里般，他带着灿烂的笑脸，向风越低头致意。男人那可可肤色的脸庞，十分富有光泽——他是贸易振兴课长，片山泰介。

"喔，怎样？过得还好吗？"

"是的，托您的福。"

"你晒黑了不少哪！"

"是的，今年夏天玩游艇，玩得有些过头了。"

片山讲得理直气壮，毫不畏缩，风越一时之间想不出话来反驳；接着，他注意到了那个站在稍远处的外国人。

"那个洋鬼子是来做啥的？"风越问道。

"为了博览会一事，我正打算带他到牧课长那里去。"

"博览会是指万国博览会吗？"

"是的。就是之前在加拿大蒙特利尔举办过的万国博览会，我们正在讨论下一届能否在大阪举行。"

"……我记得，你之前也提出过贸易大学的构想吧？"

"是的。托您的福，那一件事也正在扎实地一步步实现当中。"

片山迅速说完后，就点了点头离去。他一边与那名外国人说着话，一边消失在企业第一课的办公室里。鲇川目送着对方离去的背影，喃喃说道：

"可能是因为同属国际派吧，片山与牧似乎相当聊得来。"

当风越担任秘书课长的时候，这两个人几乎是同时被派到了海外去。在国外工作，并不是一条迈向光明的跑道；也许是因为基于这层关系，所以两人心中才萌生出了共鸣感吧！不，这么说来，玉木次官也是曾经外派至华盛顿的国际派人士……

"片山虽然常常在外玩耍，但是他也会相当细心地照顾他人，所以总有各式各样的客人来找他。在课长级的官僚当中，他恐怕是访客数最多的一个男人吧！"

鲇川补充说道。风越在鲇川的语气当中，察觉到了"这也可以是人事卡片的一种参考"的意味，于是不快地说道：

"我记得，那家伙跟庭野是同期吧！"

"是的。"

"那就不值一提了，根本成不了大器。"风越没安好气地说完后，又补充道，"会玩是件好事，访客数多也未尝不好，只是，那家伙有庭野那种在工作方面埋头苦干的精神吗？有庭野那种不屈不挠的韧性吗？"

鲇川点点头，但他并没有就此沉默：

"老爹，请您不要太常将庭野的事情当做例子挂在嘴边。"

"为什么？比较同期的官僚有什么不对吗？"

"庭野会很困扰的，太过偏袒反而会对他造成麻烦。庭野是庭野，片山是片山，这样不也很好吗？"

"你这也是在暗示我太不谨慎了吗？"

"没错。地位愈高，您就愈要注意自己的发言。"

"真是啰嗦！"风越抬高音量，"总之，我是绝对不会去研读特许法的！不过为了特许厅，身为一个长官该做的事我都会去做。这一点，我可要事先声明清楚！"

风越的嗓音在走廊上回荡着，好几个人都偷偷瞟来视线，好奇着到底发生了什么事。

风越遵守着自己的承诺，致力于长官该做的工作。

　　特许厅最大的问题点，就在于蜂拥而至、堆积如山的申请文件，以及与之极不相称的、对于这些事务的处理能力。光是尚未进入作业程序的特许及实用新发明的申请书，就多达了三十万件。因此，不论哪一间办公室里都塞满了堆积如山的文件，所有职员也都一直持续着过度劳动的生活，而特许资格的颁发与否，也总是一再地延宕。这不管对申请者或是对日本的产业技术来说，都是一个相当严重的问题。

　　出现这种现象的原因之一，是申请的费用仅有两千圆而已，因此导致有过多的申请项目，都只是因为偶尔的灵光一闪，就随意提出申请。针对这点，风越首先决定要大幅提升申请的费用，借以压下申请的件数。另外，他也计划导入公告制度，来减少防卫性申请 ① 的数量。

　　然而，风越最为积极着手的工作，还是在于扩大处理能力这件事上。为此，他想到了可以大幅增加审查官 ② 的人数，并且购置电脑，用以整理和记录资料。不过，每一

----

① 即原本申请人没有申请许可的打算，但为了避免有人在同样的技术上先申请到许可，遂提出申请。

② 审查专利申请文件之官员职称。

项方案都需要有预算支持，但若将这件事交由通产省本部处理的话，铁定来不及。于是，急着申请预算的风越，便在总务部长的陪同之下，亲自前往了大藏省。

大藏省大楼就像是一艘石造的巨大战舰，每次到了编列预算的季节，出入的人数就会大幅增加。踏进那昏暗的玄关大厅后，风越挺直身子，岔开双腿，向部长问道：

"喂，主计局在哪里？"

部长再一次端详起风越的脸庞。

"长官不知道主计局在哪里吗？"

"不知道。"

"喔——"

部长张着嘴，像是在说"真不敢相信"般，紧盯着风越的脸庞。

"你干嘛摆出一副那么不可思议的神情？不知道的东西就是不知道啦！"

风越对着部长吼道：

"听好了，我们不是要向主计局请款，而是要向国家请款，怎么能向主计局的人——低头拜托请求呢！"

"……"

"不过，只有这回不一样，这是紧急情况。我没有办法悠悠哉哉地等候结果，无论如何一定要申请到预算才行。我说得没错吧？"

"是的。"

"那么，主计局在哪？快带我去！"

对风越而言，这是在紧急情况下才会做出的举动。像在催促着总务部长般，风越竖起眉毛，粗框眼镜闪烁着精光，带着惊人的气势朝主计局直奔而去。

"通产省先生"在霞关一带本来就是相当出名的人物，因此当看见风越第一次出现在主计局当中时，现场一片哗然。风越卷着袖子，对主计官滔滔不绝地讲着。他的论点自始至终，都显得相当合情合理。看风越那副气势十足的辩论模样，可知他不看到对方点头是不会罢休的。

主计局最后接受了风越的论点，答应了他所提出的预算要求。

截至目前，特许厅的预算都是年年比往年多出一亿而已，这回却一口气增加了四亿圆。另外，风越也一举取得了增加定制员额一百一十名的大幅增员许可；这个增员数目多达现有职员的一成。还有，一般而言，预算分配都是在预算年度的下年度开始执行，所以实际上的增员措施也会在来年才正式执行，但是这次风越也得到了破例许可，将在当年度中就办理动用预算的手续。还有，厅内也已确定将会引进电脑；另外，为了辅佐审查官，也确定将会活用民营机构的退休技术人员来担任调查员。

经过了这一连串的措施之后，厅内的气氛变得越来越活泼热闹。不仅如此，风越还依照诞生月份，为所有职员举办啤酒派对，再由部课长以上阶级的干部担任接待人员。

为此，这位既是近年来少有的重量级长官，同时又是知名之士的风越长官，人气指数在厅内开始急遽攀升。

新年之初，正当风越信吾完全掌握住了特许厅人心的时候，一则谣言也在本省及特许厅中传了开来。其内容为：风越已经被内定好，将会在玉木之后出任下一任次官。

当报社记者提出这个问题时，玉木次官断然否定了有关这种事先约定的传言。但是，谣言依然不见止息。

在先前的人事风波之际，古畑大臣曾经对纠缠不休的丸尾、鹰部等人说过的"这回你们就先闭一闭眼，遵照我的希望吧！"这段话，也在众人之间口耳相传。如此一来，众人不禁开始揣测，玉木会不会只是个暂代性的次官，而真正的次官果然还是风越?

此时客观形势也有所改变，更加助长了谣言的火势。

首先，一直警戒着风越的副总裁大川万禄过世了。另外，讨厌风越的池内首相近来身体状况也不佳，频频出入医院。下一任首相和总裁的最有力候补人选须藤惠作，看来似乎会提早登上大位。

这时，古畑通产大臣也卸下职位，接替的新任大臣是海野派的议员梅石，是个开朗又性情温和的男人。须藤与梅石虽称不上是偏袒风越，但至少不讨厌风越；况且，他们两个人也都是自由化慎重论者，跟风越在政策基础方面有着一致的信念。

在这方面上，身为自由化推动论者的玉木次官，立场便变得有些岌岌可危；况且玉木以前又曾经因为农产品自由化一事，断了须藤派及海野派的资金来源，所以他的处境就显得更加不利了。

自由化是玉木一贯的信念，他当上次官后着手的最大工程，就是接受了 IMF 理事会 ① 的劝告，努力让日本转变

① International Monetary Fund，即国际货币基金组织，成立于 1945 年 12 月 27 日，为世界两大金融机构之一。职责为监督货币汇率和各国贸易情况，提供技术和资金协助，确保全球金融制度运作正常。

为 IMF 第八条成员国①。换句话说，玉木的目标就是要让原本以国际收支为由，采取不被国际认可外汇管理手段的日本，彻底投入真正的开放经济当中。

然而，现在实行此一政策的时机尚嫌过早，而这项政策对于通产省本身，也会产生权限萎缩的影响，因此省内的反抗声浪极大。玉木迄今为止，一直以次官的身份压下这些浪潮，但是，一旦首相和通产省都转而倾向自由化消极论，那么他也就无法再继续压制这些抵抗的声音了。玉木的心中也开始感到孤立无援，有种飘浮在半空中的不安感。

无论如何，政治的风向已经改变了。而且，愈是高阶的官僚，愈是只能正面承担政治的狂风暴雨，这是他们的宿命。"政治就是风，有时就只能等待"是须藤惠作的得意名言，不过现在，风越的头上，正开始吹起了顺风。只吃现成饭菜的风越，风儿正将食物往他眼前送去。

某天早上，片山泰介顺道去了一趟庭野所在的化学工业局。片山的脸上，挂着一如既往的笑容，接着，他用一

---

① 指按照 IMF 第八条规章，废止经常性外汇管制及货币差别措施的国家。

如以往的口气，突然向庭野说出了下面这句话：

"我正在考虑，要不要离开通产省呢。"

庭野点点头说：

"我已经听说过这件事了。"

片山暗示自己想要离职一事，早已传入了庭野的耳中。

前晚举办了一场聚集了同期入省职员的饮酒会，庭野因有要事不能出席，不过他听说，片山在饮酒会上坦然说出自己有意离职，还向同期生们征求意见。

若是同期官员中能够出现一名次官，将来在各方面上也对众人有利。庭野目前的评价颇高，但片山在同期生之间，也依然留有"精英中的精英"这种强烈的印象。要是庭野有个万一，届时能够代替庭野的人才就是片山了，因此众人极力希望片山能够留下来。当然，大家既是同期伙伴，彼此之间也是竞争对手，但是为了能够对抗其他年度的官员，目前还是相当需要留下片山这个人才。正因如此，同期生们每个人异口同声，都反对片山离职。见到众人的反应，听说片山也表现出了犹豫之色。

那个向庭野转述这则消息的同期生，说完之后还补充了这样一句：

"片山那家伙，感觉只是想放个风向球，来测试看看同期生的反应罢了。这还真像是他的为人哪！"毕竟，片山是个会脱离常轨地自行周休二日，让旁人震惊不已的男人。这样的人会做出这种事，也不是不可能……

片山可可色脸庞上那对滴溜溜的眼珠子，目不转睛地盯着庭野。

"对此，我也想询问一下庭野先生的意见。"

"我的意见？就算听了也是毫无帮助吧！这不是该由你自己决定的事吗？"

"那是当然，不过我还是想做个参考。"

"那么，我就直言不讳了。当下你最该优先考虑的是，在通产省之中，是否还留有你想为国家社稷完成的事业？"

这也是风越及鲇川等人平时所谈论的个人评价基准。片山大刺刺地一笑说：

"没错，就是这个！"

"什么'就是这个'……"

"不，只是跟我料想的一模一样。"

"怎么说？"

"我之前就在想，若是庭野先生，一定会这样回答我吧。"

"……"

"那么，抱歉打扰您了。果然，这是我自己的问题呢！"

片山带着跟走进来时一样的笑脸，又弯腰行了一礼后，便走出了庭野的房间。庭野真想说一声："你也适可而止一点吧！"但他同时也觉得，这真像是片山会有的作风，一见到风越时代即将再临，就马上有所反应、故作姿态。

然而，片山的辞职意愿绝不是故作姿态。当片山走出化学工业局后，他搭上电梯，直接跳过自己任职的贸易振兴局所在的三楼，下到了二楼走向次官室。

当天早上他在上班的同时，就已经向局长递出了"基于个人因素……"的辞呈。

局长虽然连忙开口慰留，但片山却没有撤回辞呈的打算。"若是执意如此，就去向次官说明吧！"局长这么说道。于是，辞呈便从局长手上转到了玉木次官那里。在会见次官之前，片山只是忽然一时兴起，想去看看庭野的反应罢了，并不是刻意要放风向球。

玉木次官抬起戴着高度数眼镜的双眼，迎向片山。他将辞呈放在桌上，先询问片山想辞职的原由。

片山的回答理由相当充分。

他的叔父在四国经营一家制纸公司，员工有一千三百人，总资本额8亿日元，是家上市公司。他辞职后，将会先进入叔父的公司担任常务董事，但由于叔父膝下无子，所以片山已跟叔父约定好，将来会继承公司的社长之位。片山也希望能够活用至今所学，在那家公司里实现一种理想的经营模式。他不只希望设立周休二日制与长期的有薪休假，同时也期盼能够制造出便宜又品质良好的纸张，并让众多员工与他们的家族可以过着惬意的生活。通产省里还有很多的青年才俊，就算少了自己一个也不会有太大的影响。他反而应该要加入苦于人才不足的中坚企业，发挥自己的长才，而企业也能因此得到提升。总而言之，他想在那边找到自己崭新的生存价值。

认真说起来的话，这个答案只是表面话而已。若要说真心话，那就是片山已经对官员生活感到厌烦，同时也对未来的日子无法怀有期待。

风越的心腹——鲇川在新年到来的时候，就任了矿山保安局长。虽然这算是玉木做出的一项公平人事调度，不过同时也是因为鲇川在省内的人缘极佳，足以供他登上那个职位。

这时候，倘若风越回来当上次官，那风越师团的势力就会变得更加庞大。风越—鲇川—庭野这一条主线将会确立，而届时片山也将永远落在庭野的身后。一直有着"精英中的精英"美名的片山，虽然表面上总是嘻嘻笑着，但其实他在心里，也无法忍受不断跑在已经决定好的第二名跑道上。

片山很清楚风越并不欣赏自己，毕竟两人的个性完全不合。片山也对风越那种招牌式的高傲架子无法认同。对于风越那种挑着眉毛，以为只有通产官僚会担忧国家社稷未来的模样，片山始终抱持着强烈的违和感；而对于可以若无其事地说出"无定量、无止境工作"的庭野，以及他所象征的那种态度，片山也完全无法苟同。在长期旅居海外的片山看来，日本也差不多该彻底改头换面一番，并且从那种官僚国家式的狂热气氛解放出来了。现在已经不是唯有官僚能够颐指气使的时代了。况且，不光是政府，无论在何种职场上，所有人总归起来，不都是为了国家社稷在贡献自己所能吗？

从今以后将会来临的新时代，应该是包含官僚在内的全体国民，在工作的同时，也能悠然自得地享受生活的时代吧！片山本身对于网球、游艇、高尔夫球、桥牌及麻将等休闲活动，全都不打算放弃。他想自由地玩乐、尽情地工作，不在乎任何人的眼光。比起国家社稷，他更想得到悠闲从容的生活——

玉木次官问了几个问题后，也开始用冠冕堂皇的大道理做起了慰留。

之后将会引进开放经济，通产行政也会迈入崭新的时代。具有产业保护性质的或是统一管制性质的做法都会成为过去式。自此之后，通产省的官员最重要的，就是要具有国际观。故此，曾经有过驻外经验又熟悉国际经济的人才必定会成为主流，并且发光发热。当然，风越也认可了这一点，所以才会召回身在巴黎的牧并予以重用。不过，风越的国际观始终有限，从《协调经济法》改名为《产业振兴法》这一点就能得知。果然，还是得由具有清新思维的人才，从内部逐渐改变通产省才行。这时，若是像片山这类具有国际观的人才辞职的话，势必会造成重大打击——

"在你那一期的同僚当中，就属你最具有国际观。虽然风越只器重庭野，但是就如同那个'木炭汽车'的外号一般，庭野是个彻头彻尾的国产货。先不论政治观，就连有没有国际观都是个大问题。"

玉木几近啰唆地，持续在片山面前提及"国际观"这几个字。

关于片山等人所策划的大阪万国博览会一事，也已经上呈到内阁会议，并得到了认可。

"至少在办完万博之前，这件事都是你的责任。若是交给那群没有国际观的人负责，真不知道会招致多么严重的失态。"

说完这番冠冕堂皇的大道理后，玉木仿佛已经洞悉了片山的真心话，于是略微压低音量，开始向他说明了起来：

玉木自己已经打算在本年度中，要将次官之位让给风越。然而，尽管如此，他并不认为风越会马上发威，拓展自己的势力。自从先前那场骚动之后，世人审视通产省的眼光变得愈发严厉，而风越自己也变得相当谨慎小心。另外，玉木将次官之位交接给风越时，曾经订下了以下两个约定：第一是，风越的下任次官必须从昭和十一年这期的入省官员当中选出，另外一项则是，官房长要由目前任职重工业局次长的新谷担任。这两项约定将会束缚住风越的发展空间，而对于片山等人，也能减去不少对未来的不安。

首先，关于下下任次官一事，风越原本是打算跳过十一年这期的官员，直接从风越喜爱的鹰部及门田这些人才所在的十二年这期当中选出，接着又计划再跳两个年度，将次官之位传给十四年入省的鲇川。

仿佛在为这个谣言作背书般，风越从老早以前就开始公然喊着："十一年这期里没有人才！"这导致十一年入省的官员对他极度排斥。因此，假使届时从十一年这期的官员中选出次官，对方一定会是个反抗风越的人，而风越的交接计划也就无法顺利进行。

另外，官房长这一职位不只是通往次官的必修跑道，还能一手掌握人事权。风越一旦成了次官，必定会拔擢十四年入省的鲇川担任官房长，但是若换成了与风越不大亲近、属于十三年这期的官员新谷，那风越路线就会遭到打断，而在此同时，风越规划出的一流人事图，也会在官房长那一关就被刷下来。

也就是说，即使风越次官的时代来临，事态的转变，也并不会如同片山预想中的那般严重——

玉木次官如此谆谆劝诱。尽管公务繁忙，但他却持续说了一个小时，甚至一个半小时都不见停歇。

两人谈论的话题中心移转到了风越的动向上，不过两人却都异口同声使用"那个男人""那个人"这种称呼，避免从口中说出"风越"这个名字。这并不是因为他们有所畏惧，而是因为两个人的心思一致，就是不愿开口提及那个名字。但即便如此，次官室中却仍然充斥着肉眼看不见的风越魂灵。

谈话途中，有好几次电话响起，或是秘书拿着笔记本走进来，不过玉木却都不予理会；他要不是拒绝了事先约好会面的访客，就是请秘书延后约定的时间。

不过，只有两个走进办公室的人除外，其中一个是牧企业第一课长，另一人则是重工业局次长新谷，两个人恰巧都是玉木在谈话中提及过的人物。两人进来之后，都向片山投以备感亲切的眼光，说了简短两三句话就又离开了。在这段互动当中，片山感受到了隐隐约约的亲爱之情，同时也清楚感觉到，那两人并不是偶然走进房间里的……

结果，玉木次官整整花了两小时说服片山。

片山十分感激。之前，他从未有过与玉木畅谈的经验。这回他有了全新的体认，明白到原来自己竟然如此受到重视。当然，玉木与其说是重视片山个人，更该说是以国际派全体的大局为重。还有，玉木之所以会如此热心说服自己，也是因为对于玉木以及对通产省而言，这件事是个非常重要的问题吧！通产省远比叔父的公司更需要自己，冀求着以自己为代表的、拥有国际观的人才——

光是确认了这件事，他就觉得提出辞呈一事相当值得。片山不仅是为了确认自己的存在价值，同时也是借此让省内的相关人士，再次意识到片山的存在。叔父的公司随时都能过去，其他民间企业也还有很多其他可去的地方，用不着这么急着离开……

片山面带微笑，撤回了辞呈。

特许厅长官风越信吾依然意气昂扬，仍旧对人事抱持着浓厚的兴趣，同时，他也从未停止排列过自本部带来的人事卡片。

"对于人事的兴趣，就等同是对于人类的兴趣，怎么可能停得下来呢！"他总是这样嘟囔着。若有记者前来访问的话，他也会发表一番关于理想人事的演说。自从风越即将重返次官之位的谣言传出后，来访的记者数量赫然暴增，长官室每天都热闹非凡。

在这股气氛的带动下，特许厅的相关新闻也开始出现在报纸上，厅内变得更加充满朝气。一有朝气就有新闻，成了新闻题材后又会涌出更蓬勃的朝气。

风越就这样，每天都过着多彩多姿的生活。

风越在前年强势取得预算的调查员制度，已经开始起跑了。为了处理不断囤积的特许及实用新发明申请文件，特许厅遂决定公开招募技术相关的退休人员担任约聘职员，主要负责资料的分类处理，并且辅佐审查官。调查员的预算范围为二十个名额。

这则消息刊登在报纸的小篇幅版面上后，一听到可以活用多年的技术及知识，还能在中央政府机构二次就职，高龄的技术人员们便一窝蜂地拥进了特许厅。应征人数超过四百人，而且当中还不乏拥有名门学校学历或长期研究经历的人。经过好几次的书面资料筛选后，接下来就要开始进行面试；不过，对人类极有兴趣的风越，不管怎样也无法闷不吭声，明明只是要录用约聘人员，身为长官的他却亲自出马，最后反而造成了令人苦恼的结果。

不管是面对老人还是年轻人，风越在发掘人才的兴趣上都一样浓厚。那些都是受到工作吸引而双眼熠熠生辉的男人，同时身上又具备充分的知识与实力；当风越一看到这些才华洋溢又充满干劲的老人们后，不由得相当激赏，结果，最后无法只筛选出二十个人，于是便对二十七个人发出了录取通知。

录取的直接负责人——人事股长，是风越在秘书课长时代首次任用的女性特权官僚其中一人，也就是东大经济学部出身，身材娇小、五官端正的"小娃娃"。此时，这个温顺的"小娃娃"正在极力反驳风越：

"长官，您究竟打算怎么办？"

"没怎么办啊！"风越不慌不忙地回答道，"因为有二十七个人怎样也无法刷下来，所以我就全都录用了。之后的事情，就交给你去处理啰！"

"怎能如此胡来呢……？预算只有二十人份而已啊！"

"我知道。如果只有二十个人去分二十人份的预算，那就用不着负责人了。在这种时候，成功地把那二十七个人全部留下来，不正是人事股长的工作吗！"

"怎么这么说……"

"小娃娃"一脸欲哭无泪。风越接着又说：

"我必须事先声明，你可不能让二十七个人去分二十人份的薪水喔！他们每一位都是优秀的老人，一开始已经决定的薪资，绝对不能减少。"

"那样一来，我到底该怎么办……"

"小娃娃"的眼眶闪烁着泪光，然而风越却置之不理。

"去设法筹钱吧！"

他并不觉得这是件不可能的任务，同时也没将"小娃娃"视为女性看待。若是予以差别待遇，那么当初不顾省内的反对录取她的意义就会荡然无存。

约莫过了十日，"小娃娃"带着愉快爽朗的神情向他报告说：

"长官，总算有办法筹到钱了，只是会有些麻烦。"

特许厅迄今为止，原本将分类整理的工作外包给好几间大学负责；她削减了其中部分的外包工作后，多余的费用正好可以填补调查员的薪资缺口。不过如此一来，就演变成了必须经由银行支薪，暂时得用银行支票来支付薪水的情况。也就是说，在发薪日当天，二十七位调查员中会有二十位的薪水是给予现金，另外七位则是给予支票。

无论如何，总算是让超过增额预定人数的二十七名调查员，都能拿到全额的薪水。在风越的横加干涉之下，不只老人们绽放光彩，就连"小娃娃"，也是大放异彩。

尔后过了大概两个月，"小娃娃"又再次走进长官室中。

"长官，真不知道该高兴还是该苦恼，眼下发生的这件事，实在是难以向您启齿……"

二十七个人当中，有三个人提出了退职申请。这三个人的学历及研究资历都相当优秀出色，但平常却只是一直在聊天，甚至私自使用电话拼命在外打工。"小娃娃"本人，也已经在暗地里将他们三个画上了不合格的标记。

然而，对于这些人的所作所为最感愤慨的，正是其他的调查员。"这么大费周章才获得录取，结果居然会遇到这种工作伙伴，实在是不可原谅！"于是，他们联合起来，要求那三个人自我反省，并强迫他们辞职。

听到这些话后，风越不禁发出沉吟，接着也只能苦笑以对。这回，"人事风越"的选人眼光竟然出了差错，让不良品给混进来了。尽管如此，当初他也确实在他们身上感受到了拼命的气魄……

"小娃娃"用平静的嗓音说道：

"长官，这回这件事，我想我一开始就跟您说过，这太胡来了。"

"不，事实上，或许真的很胡来吧！"

"哎呀，居然事到如今才……""小娃娃"一瞬间抬高了音量，"不过，这样也好，让我学到了一个经验呢！"

"没错，就是学到了一个经验，姑且就用这个说法吧！"

"小娃娃"露出诧异的神情，风越则是笑着补充道：

"就算你歪着嘴想说'您才不会学习呢'，我可不准喔！"

风越回想起了就任致词时的情景。那时的骚动，还有鲇川的忠告，仿佛又历历在目。那个总会唠唠叨叨提醒自己的鲇川，如今却不在自己的身边，这让他不禁感到十分寂寞……

同一年的秋季中旬，玉木在任职了一年又五个月后，辞去了次官之位；紧接着，风越则是以次官的身份，再次回到了通产省本部。

当风越一如往常，挥动着双臂走在走廊上时，有人高喊着："太好了、太好了呢"，毫不掩饰自己的喜悦，也有人虽然挤出了笑脸，却隐藏不住困惑的神情。不过，没有任何一个人敢堂而皇之地别过脸去。

至于风越本人当上了次官后，他心中倒也没有什么特别强烈的感动情绪。（这也算是一种命运、一种造化吧！）他心里的那份感慨，就只像是没有赶上电车而改搭下一班电车，最后终于来得及抵达目的地，那样的程度而已。

他之所以会如此，其中一个原因，是因为他遵循了玉木次官的指示，指名新谷就任官房长。换句话说，现在的通产省人事当中依然充满了玉木的影响力，而"人事风越"却是在赤手空拳的情况下跑了回来。如果要再比喻得清楚一点，那种感觉就像是自己分明是长男，却突然变成了一个只是吃闲饭的食客一般。风越觉得，若是能够率领自己的人事，精神抖擞地迅速上场，那么自己应该也会对当上次官这件事深表感动吧！

况且，次官交接的时间点也相当糟，正好是在次年度预算即将要结束审核阶段的时候。若是风越想提出新政策并且申请预算，就必须再等候将近一年的时间。换言之，无论是在人事还是政策方面上，目前没有任何一项新工作能够让风越按照自己的喜好进行。这就是风越就任次官时的情形；他只能钻进玉木留下来的被窝里，安安分分地静止不动。另外，恰巧这个时候的景气也因为金融紧缩政策对于整个社会的渗透，而处于最为萧条的状态；倒闭风潮四起，钢铁及纤维业界等，都持续有大型企业破产，来自各个业界的求援声，一窝蜂地全拥进了通产省。

然而，这时预算申请已经截止受理，身为新次官的风越，根本没有任何手段可以应付这种局面。

他只能请求实施宽松金融政策，或是期待财政规模扩大时会唤起社会的需求；但是，这两种方法都属于大藏省的权限范围，最后也必须经过政府首脑人物们的裁决，并不是通产省所能干涉的领域。

尽管如此，依风越的性格，不可能会就此坐视不管。

风越召开了记者会，大力要求积极财政政策的转换与宽松金融政策的必要性。他大声疾呼："尤其是这一回的景气萧条现象，单靠金融政策是无法解决的，在不景气的背后，还有着设备过剩所造成的结构性萧条。为此，我们必须编列庞大的预算，同时也应该要发行公债。"

记者们露出了困惑的表情，当中还有人停下了抄笔记的动作。最后，有一个人举手发问道：

"次官，您这些发言，简直就像是大藏次官在召开记者会呢！"

原本对方是打算出言挖苦，不过风越却若无其事地反将一军说：

"是吗？那么，我也该领一份大藏次官的薪水吧！"

现场顿时哄堂大笑。不过，在笑声的巨浪当中，仍有记者继续逼问：

"大藏省那边难道不会认为这是通产省的越权行为，

并因而心生不满吗？"

"哪会心生不满啊！"风越立即没好气地应道，"他们要是有力气抱怨发牢骚的话，老早就在积极地准备对策了！大藏省那帮家伙全都像乌龟一样缩进了壳里头，所以才得靠我们从外界给予刺激啊！"

"这句话我们可以报道出来吗？"

"当然，你们尽量写吧！"

结果，所有报纸全都一致地刊登出了《咬牙切齿的通产省》这类标题，内容当中刊载了风越此次的发言。对此，大藏省不知是觉得对手难缠，还是觉得风越太过幼稚，只是一径保持沉默。

风越又更加得寸进尺，不断重复相同的发言；他的炮火不只限于批评大藏省，同时也延伸到了政府领导人的头上。

在国会上，在野党以风越发言内容的主旨为基础，向须藤首相逼问，究竟政府是否有改变经济政策的打算。

须藤对于此一问题的回答，乍看像是彻底无视了风越的要求，但其实更像是在向风越挑战：

"政府预料到不景气将会造成税收金额锐减，因此已经计划减少新年度预算金额的一成。若要发行公债，恐有招致通货膨胀的疑虑；因此别说下年度了，往后，我们也完全没有任何发行公债的预定计划。"

须藤首相如此回答后，负责通产省新闻的记者们马上又团团围住风越。意气昂扬又为人粗豪的风越，对记者们来说，可说是个绝佳的新闻来源。

果不其然，风越中了对方的挑衅，狠狠地痛批了须藤首相一番：

"这种情况就是所谓的'惩羹吹齑'①！"风越的毒舌愈发变本加厉，他又接着说道："竟然如此放任产业界受苦受难，还叫什么'惠作'！他应该改名叫'须藤不作'才对！"

本来风越的个性就是一开口就停不下来，但是他会不慎失言至此，有部分原因也是基于自己与须藤比较亲近的这种安心感。

然而，翌日一看到报纸上的八卦栏出现这番失言后，风越也不禁心想——（自己这下真的说得太过火了……）

一早，风越才刚到通产省报到，几乎同时，鲇川也走进了次官室里，开口就是一阵责备："老爹，你现在可是

---

① 曾被热汤烫过嘴后，吃冷食时也要吹一吹。比喻受过教训后，遇事过分小心。

次官啊！须藤首相不是你的同伴吗？你竟然将同伴说成那样！"接着，他重重地叹了口气。

来自四面八方的电话不断涌了进来，也有人告诉他，须藤首相为此大表震怒。

风越已经做好了会被须藤传唤过去的觉悟，更甚者，还有可能会因此遭受到处分，或是要求他辞职也说不定。当然，虽说是要为自己的失言负起责任，但是一个为了财政政策的失误而将政府领导人抨击至此的人，政府也没办法放心将次官之位继续交给他吧！

风越心想，既然如此，那就这样辞了也无所谓。虽然退场方式颇为难看，但若是因为在政策理论上起了冲突然后辞职，身为一个男人也没有任何遗憾了。不过，倘若真的演变成那种局面，至少在辞职之前，他想再跟须藤热血地争辩一番。

各式各样的谣言及预测漫天飞舞，但是，不管是须藤首相，或者是承仰首相意旨的通产大臣，全都没有任何传唤风越前去的动作。日子就这么过了数天。

当风越以政府委员的身份出席国会时，他忽然在众议院的走廊上，与须藤首相迎头碰上了。

刹那间，两人都停下了脚步。须藤张大了眼睛瞪向风越。

风越笔直地接下对方的目光，轻轻点头致意说：

"首相，前些阵子，我对于您有诸多失礼之处，敬请海涵。"

风越认为，姑且不论政策批判，至少在恶言相向这件事上必须向对方道歉，这样才是男子汉应有的作为，也才算是合乎礼仪。

须藤抿了抿厚实的嘴唇说：

"啊啊，那件事吗？"

接着须藤绽开了笑脸，说出了出人意表的发言：

"风越君，关于公债发行呢，会在国会解散时同时进行唷！"

"什么？"

风越一脸惊讶。须藤挺直了背脊，往前迈出步伐。

"也就是说，嘴上喊着'不作不作'，最后还是'会作'啊！"

须藤在秘书及护卫的包围之下逐渐远去，走廊上只剩下他的笑声，依旧缭绕不散。

风越茫然自失，好一阵子都呆立在原地一动也不动。出其不意地被对方将了一军后，他整个人呈现呆若木鸡的状态。

须藤的这种说法，代表他已经原谅了风越的失言。他像是在说："放心吧，我依然是站在你这一边的。"这实在是"人事须藤"会有的应对方式。风越重新体认到了对方与自己的不同；他仿佛看见对方正对自己说："我们的器量是不一样的。"尽管同为官僚出身，对方却是个彻头彻尾成了典型政治家的男人。与对方那种顽强、难缠及厚脸皮的模样相比，自己可说是个粗人，但也可说，就只不过是一介官僚罢了。

风越大叹了一口气。才刚碰面就马上遭到了迎头痛击，胜负也瞬间决定。但是，风越仔细一想后，内心深处又开始升起了不快的感觉。"嘴上喊着不做不做，最后还是会做"这种话是怎么回事？身为一国的首相，怎么可以脸不红气不喘地在重要国策方面撒谎？所谓的解散，也许是因为会牵扯到选举战术及政党策略，所以才需要做出某种程度的伪装。可是，重点在于财政政策应有的样子。明明是一个应该要在国民面前堂而皇之议论的问题，为什么要在私底下耍那种小伎俩？为何要隐藏真心与真话到这种地步？

　　起初，对方所展现出的是一种让人感到器量宽大的错觉，但是到了后来，风越却渐渐能够看出，对方只是抱持着姑息的心态而已。放任这种因循苟且的人真的好吗？即便对方是一国的首相，他也无法原谅。

　　风越紧紧握住双拳。他一度以为自己输了，但是现在反而涌出了更加激昂的斗志与不信任感。鲇川他们或许会很担心吧，但是风越心想，总有一天，他或许真的会与这位首相爆发全面冲突也说不定⋯⋯

　　新年刚过不久，庭野便收到了一封妹妹捎来的信件。信件的内容写着：自前年开始便卧病在床的父亲，健康情况已经逐渐恶化。由于身为长男的庭野离开了鹤冈，因此家中的小型木工场也随之倒闭，而父亲则一直由担任教师的妹妹夫妇两人负责照顾。听说父亲还提醒过妹妹，不能对庭野提及自己的病情。妹妹在信中写道："你就装作是刚好有事顺路过来这里一趟，快点回来吧！"

　　庭野当时正好为了乙烯中心 ① 的增设问题，被相关的

----

① 原文为"エチレン・センター"，日本在 1958 年时，开始正式启动以乙烯工厂为中心的石油化学联合企业。拥有乙烯工厂的事业所便称为乙烯中心。

调整工作搞得焦头烂额。各企业纷纷想分一杯羹，庭野于是必须先听过每一间公司的主张，预测往后长期的供需平衡，再进行公平的分配。这是一项相当不起眼，却又需要毅力的工作。庭野化为"木炭汽车"，仔细聆听各方说法后，终于即将归纳出合适的调整方针。若是他在这时候离开，出现空窗期，那么一切又得重头来过，而他也很担心，业界在这段时间里，会开始互相揭起疮疤，导致事情一发不可收拾。

于是，庭野决定不去理会故乡捎来的消息。尔后即使传来了"病危"的电报，他也依然没有动身启程。

等到调整作业结束后，他才终于急急忙忙赶回鹤冈，但是此时在郊外汤野滨附近的菩提寺举行的丧礼早已结束，灵柩也已经出殡了。周围的人叫他赶快追到火葬场去，庭野一时也心生这样的冲动，但却又马上压抑了下来。

若是亲眼见到那些火焰将父亲吞下又烧成灰烬，庭野怕自己会承受不住；父亲一定也不希望自己看到那一幕吧！比起追赶而去，菩提寺的后山是小时候父亲曾经好几次带自己前来的场所，他更想先暂时在这里缅怀父亲，为父亲祈福。

当下是冬季，难得有些微的日光洒落在大地上，天气晴朗平和。眼下是覆盖着一层积雪的庄内平原，略带黑色光泽的日本海，呈现弓形嵌入了平原当中。在更前方，出羽三山的山头正闪烁着银白色的光芒。

山头的另一边是秋田，在孩提时代，那是一块让他感到不安及恐惧的土地。

庭野的父亲负责生产收音机的外壳，再售予大型电机公司的秋田分公司。每次出门时，父亲都会爽朗地喊着："好好期待我带回来的伴手礼吧！"但是当他回来的时候，脸色大多不太好看。对方有时会斤斤计较根本不太明显的瑕疵，或是吹毛求疵说漆涂得不够均匀，将价格压得极低后再买进，有时甚至还会退回所有货品。每当如此的时候，家人常常就会坐在抑郁不快的父亲身边，一同沉默地吃起气氛沉闷的晚饭。

当时还是小学生的庭野，在和父亲一同到后山扫墓时，曾经大感不可思议，童言无忌地询问父亲说：

"为什么不把东西卖到其他地方呢？"

父亲的回答相当骇人。

"若是卖到其他地方，我们就会被断了生路啊！"

庭野的脑中不禁想象着，有一只巨大的无形黑手正勒住了父亲纤细的脖子。他胆颤心惊地看向山脉的彼端。

"为什么会那样……"

父亲本想说些什么，但最后只是看着庭野的脸，苦闷地说了声：

"……等你长大后，自然就会明白的。"

接着，父亲垂下肩膀，沉默不语——

庭野想知道，让父亲如此害怕的世间究竟是什么模样。随后，当庭野考上东大，又进入通产省时，父亲也一直是强而有力的依靠，在背后默默守护着他。虽然父亲这个人不太会发表感想或意见，但从他不愿让庭野知道病情这一点，可知父亲直到最后，都相当认同庭野的工作吧！

两辆小型卡车驶过了平原中央有如细缝般的街道，海上的机帆船也在缓缓移动着。即便是在宽广辽阔的大自然当中，也充满了人类生活的足迹。这个世界上存在着无数的父亲，庭野希望，自己能够稍稍抹去那些人心中的不安及恐惧阴霾。若要抬头挺胸，一言以蔽之的话，这就是所谓的"为了国家社稷"吧！

"你把'国家社稷'当成口头禅了啊！"片山曾经带着冷笑这么说过。但是对庭野而言，这句话绝对不只是抽象的口号而已。

尽管《指定产业振兴法》胎死腹中，身为产业资金课长的庭野，却成功地为希望改善结构的企业取得了政府融资，那就是名为"体制融资"的方案，也可以说，振兴法的精神在融资方面，产生了某种程度的具现化。

从今而后，即使步调缓慢了一点，他也希望能以这种形式，为无数的父亲们继续工作下去——

尔后约莫过了一个月，这回是矿山保安局长鲇川带着一名下属，一同搭机前往北方。因为省内收到消息，夕张地区的煤矿坑发生了瓦斯爆炸意外，死伤人员众多，甚至还有一百名以上的员工被困在矿坑内。

鲇川立即决定直奔北海道，于是他去向风越次官报告，寻求对方的理解。当时适逢国会开会时期，本来他预期有可能会得到"一个局长去了又能如何？""你能做什么？"的反应，但是风越却二话不说，一口答应："好，你去吧！"

在千岁机场下了飞机后，迎面而来的便是猛烈的暴风雪。

札幌矿山保安监督局特意派车前来迎接，但是通往夕张方向的道路却因为暴风雪而无法通行，而且时间也不早了，于是对方便打算先带鲇川前往札幌的旅馆住一宿；但是鲇川摇头拒绝，依然要求车辆直接开往夕张。

监督局员的形容一点也不夸张，一进入夕张郡一带后，大雪变得更加猛烈，到处都有车子被困在原地无法动弹。在持续塞车之下，一行人几乎像是匍匐般地缓慢前行，越往前走越难以动弹，搞不好还有可能会连同整辆车，一起冻死在半路上。

前往救援矿坑灾变的车辆以及媒体的车辆，几乎都纷纷折返回札幌方向了；然而，尽管如此，鲇川仍然要求车子继续前进。

等他终于来到了山脚下之后，前方的道路一如预期，也是处于完全无法通行的状态。

"看来真的只能折返了。"

面对一脸为难，同时露出了"你看，我早说过了吧"表情的监督局员，鲇川说道：

"不，还是要去。用走的去吧！大概要花多少时间？"

局员眨了眨眼。

"……依这雪势看来，至少要四小时吧……不，请您三思啊，这真是太乱来，而且太危险了！"

"不行，我一定要去。"

鲇川的眼中，几乎可以望到山头另一边的人间炼狱；矿山方面及救援当局全都处在不知所措的情况下，无法做出正确判断，但在此同时，生命却随着时间一分一秒地流逝而逐渐消失。若是身为最高负责人的自己能够抵达当地，至少能够统整指挥系统，并强化救援行动——

当地的警察及消防队员也都出面劝阻，不过鲇川的决心依然丝毫不见动摇。

他戴上堆放在行李厢里的安全帽，穿上工作服，脚上穿着借来的雪靴。为了避免暴风雪直接吹向脸颊，他用手巾围住脸庞，只露出一双眼睛；接着，他请来一位当地人作向导，一行四人开始在凶猛的暴风雪中，登上深夜的山路。

狂风在上空不断呼啸咆哮，使得他们的步伐摇摇欲坠，身体也感受到阵阵仿佛遭人撕裂般的痛楚。不知有多少次，他们都踩到雪堆跌倒在地；他不断拉起跌倒的部下，有时也换成自己被人拉起。在断崖绝壁耸立的山路上，他们互相握着对方冻僵的手，以沙哑的嗓音大声吆喝、不断前进。

黑暗中不时闪起青白色的闪电光芒，每一次鲇川总觉得，那是纷飞乱舞的暴风雪正在嘲笑他们。

鲇川感到十分疲惫。他蹲在雪堆之中，感觉似乎有道诱惑的声音，正在邀请他一个人坠入梦乡。他的体形虽然庞大，但是以往也曾经得过骨疡，心脏也曾染上疾病，就连他自己也开始不敢确定，只凭意志力是否真的到得了目的地。

（身为木材批发商的大少爷，在木材工厂里土生土长，即使优哉悠意过日子也不足为奇的我，却只为了一棵树（生命）①，要命丧在这大雪中的夕张山岭里吗？）

当他们一行翻越过山头之后，确实整整花了四个小时。

全身已冻成跟雪人没有两样的四人抵达之后，当现场的负责官员发现其中竟然还掺杂着通产省本部矿山保安局长的身影时，全都是一副不敢置信的样子。接着，他们火速捧来了热乎乎的乌冬面，让四人的身体回暖。尔后，鲇川没有稍事歇息，立即开始亲自巡视意外现场。

在寒冷及混乱之中，鲇川持续指挥现场的救灾行动。

矿坑内不仅有落石崩塌，同时又有瓦斯外泄，里头虽然仍有许多遭到掩埋的工人，但救援行动的推进仍然极其

---

① "木"与"生"在日文中发音相同，指一股勇往直前的蛮劲。

困难。一见到悲恸不已的遇难者家属们，鲇川就怎样也无法离开现场；他整天守在现场里，与矿坑代表及工会见面，调动监督官员，直到晚上十点打电话回本部报告情况后，才回到小型的商务旅馆。那间旅馆十分简陋寒酸，冷风甚至会混着飘雪吹进屋里，几乎随时都会把火炉里的火焰给吹熄。

意外发生后的第四天早上，矿坑内充满了瓦斯，随时有再次爆炸的危险。矿坑代表希望能够采取水淹方式这项非常手段，但鲇川则是主张应该要先取得家属代表及工会代表的同意，并同时检讨其他各种可能的手段。最后，直到半夜，代表们才终于点头答应，开始进行灌水作业。

鲇川在当地住了两个星期，负责指挥所有状况。相对于许多只是极度形式性地前来造访的政府高官及代表团，鲇川勇往直前的姿态可说是格外迥异。最后，鲇川一直等到罹难者的共同追悼会结束之后，才离开了夕张。

时间来到了 4 月，这次是长崎发生了矿坑意外；鲇川当天又打算直奔现场，风越对他苦笑着说道：

"你也稍微顾及一下自己的身体吧，你这样可以说是在自杀啊！"

鲇川缓缓摇了摇头说：

"'一旦坐上了某个职位，就必须把那个职位当作是自己的葬身之地，每一个职位都是坟场！'这句话，不是老爹您常说的话吗？"

"不不，这跟那个可不一样，尤其是你啊！"

风越不禁慌了起来。鲇川可是风越人事卡片中的一大王牌，万一失去了这张王牌，他这几年来所构筑出的人事构想，就会从根本彻底瓦解。

正好在这个月，风越打算宣布局长级的人事异动。自从就任次官后已经过了半年，风越一直遵循着前次官玉木的指示进行人事安排。身为"人事风越"，能够忍耐半年，其实也算相当了不起了。

这次人事异动的中心，最主要的就是提拔鲇川为官房长，再由庭野担任官房总务课长，负责辅佐鲇川。若是拔去新谷官房长的头衔，玉木那边或许会出现批评声浪吧；但是他都已经忍了半年，也该够了吧！次官的任期都是一年，最多是一年半；现在都已过了半年，倘若不赶紧实践理想的人事，"人事风越"就会失去发挥本领的机会。另外，继续让企业局长白井留任，也算是给足玉木面子了。尽管惯例都是由企业局长接任下任次官，但是玉木及风越都是从特许厅长官升为次官的特例，而风越在心中也已打算要无视那个惯例。当然，他会跳过十一年这期的官员，让同为十二年入省，且极为受到风越赏识的门田及鹰部担任重工业局长及通商局长这种 A 级局长职，夹击白井，之后从这两人当中选出一人接下次官之位，再交棒给十四年这期的鲇川。这就是他的计划内容。

在风越的人事构想实现的此际，他驱使着从人事卡片中挑选出的人才，呈现出马力全开的积极态势。

不久之后，通产大臣一职由九鬼接任。九鬼是个身材矮小、有着一对丰润耳垂的男人；在他眼镜底下的那对小眼睛闪烁着光芒，让人不禁联想起米老鼠。九鬼属于党人政治家一派，沉静稳重，具有学者风范。他不只是个历任大臣的实力派政治人物，也非常了解如何面对官僚。

就任的同时，九鬼便对风越说道：

"通产省的一切事务就交给你负责，我另外还有党务等工作，尽量别拿事情来烦我。"

九鬼也真的做到了他所说的话，对于琐碎的实际业务毫不插嘴干涉，也不会一一拿选民陈情的问题来为难风越。就这方面看来，此刻的风越可说是上下都得到了贵人的相助，能够尽情指挥通产省的行政业务。对于一个官僚而言，这可说是男人最能够绽放光芒的精华时期，也是人生中最为美好的春天。

以往曾经集结了风越师团所有军力的《指定产业振兴法》，在玉木前次官的领导下也曾再度挺进国会，但依然是未到审议程序就成了废案。既然无法正式立法，那就只能在行政方面实践振兴法的精神了。

当下正逢严重的结构性萧条，单凭迄今为止的景气刺激政策，无法突破如此重大的困境；故此，必须推动各个业界的协调体制，重新编组企业组织，或是进行强制的生产调整。而为了对抗自由化，并强化国际竞争力，这些也都是必要的作业。

为此，通产省暗中进行斡旋；他们首先在汽车业界当中，实现了Ｎ汽车与Ｐ汽车这种大型制造商互相合并的计划。

下一步是钢铁业界，但在这边先别说是合并了，中间还卡着老早以前就存在的生产调整问题。

大型钢铁制造业为了解决市场当中的过剩情形，打算统一减少产量，但是在六家钢铁业者当中，却只有Ｓ金属一社不同意自我约束。这个问题在业界之间怎么样也兜不拢，于是便来请教通产省的意见。

通产省由重工业局出马，制定了调整方案。依照情况看来，这个方案仍然是以尊重业界整体的意向为主。S金属对此相当不满，不愿接受这项调整方案。S金属本来就是关西体系的企业，社长日暮的性格也是如同孤狼一般，独来独往、豪放不羁。

"假使各社依照同样的比率减少产量，那么无论往后过了多少年，市占率都会遭到固定的形式限制，龙头就占着龙头的位子，第六名也只能一直甘愿待在第六名的位子上；这样不只违反了自由经济的原则，也是对竞争的不当限制啊！"

以上便是S金属方的说辞。

日暮社长也对九鬼大臣丢出了同样的话。

"好，我明白了。"

九鬼以政治家的一贯方式回应对方。日暮顿时笑逐颜开，不过当他接着会见风越次官，风越却是毫不留情地开口痛批：

"铁是用同一种原料、又用同一种设备及技术制造出来的东西，仅是扩充产量的话，也不会得到任何竞争上的好处；依现阶段看来，反而只会造成资本资源的浪费，延长不景气的周期而已。所有企业都已经打算自我约束，我可不能答应仅让你们一社如此恣意胡来！要是他社也和你们一样，钢铁业界，不，是日本经济会变成什么局面啊！"

风越大声咆哮，几乎是用像在教训日暮般的方式这样说着。当日暮社长勃然大怒地离开次官室后，他在记者会上表达了自己的怒火：

"九鬼大臣都已经表示他明白了我们这边的说辞，但是风越次官不但不听我说话，反而一直单方面地指责我方。这样一来，到底谁是次官、谁又是大臣啊？我完全搞不懂了！"

这些内容火速地在报纸上以有趣滑稽的标题刊登出来：《九鬼次官，风越大臣？》

九鬼虽然没有表现出任何反应，但是听说九鬼派的议员们，个个都相当激动愤慨。

风越看到之后，甚有自己风格地哼了一声说：

"又不是我自己说出去的话，是他们随便乱说的！"

鲇川官房长的忧心，看来还得无止境地持续下去……

在无法得出结论的情况下，通产省向各钢铁企业公告了依据行政指导所制定的减产基准，然而 S 金属并不打算遵从此一基准。

在钢铁生产方面，各企业皆向通产省提出了接下来三个月份的生产计划申请书，之后通产省再依照申请书进行煤炭原料的进口数量分配；然而，当六大企业中有五家依照减产基准提出了计划书时，却只有 S 金属一社不仅没有减产，反而还提出增产计划。这根本是公然对通产省下战书。

记者们从 S 金属方面得知了这项消息后，心想这回又能写出一篇有趣的文章了，于是又纷纷围住风越。风越抬头挺胸说道：

"放心吧，我一定会让他们遵守减产基准的！"

"可是对方说了他们不愿遵守啊，您要怎么做呢？"

风越沉默了一会儿。虽然不想让对方知道自己的做法，但是风越又不希望对方以为自己的沉默是因为束手无策，于是改变了主意开口说：

"我们将不会配给他们所要求的煤炭原料数量——换言之，就是截断他们煤炭原料的通路。"

"这个方法未免太激烈了吧！"

"先表现出激烈态度的是他们吧！"

"可是这么一来，有可能会断了那间公司的生路呢！"

记者这句话可说颇为跳跃，然而风越却顺着对方的气势，不禁脱口而出：

"嗯，那也没办法吧！我们可不能一直放纵那种蛮横的家伙为所欲为啊！"

各家报纸立即报道了风越次官的发言内容，刊登出醒目耸动的标题：

《斩断蛮横之人的后路！》
《截断煤炭原料的通路！》

见到这则报道后，不仅是相关企业受到了强烈冲击，金融界和经济团体也是一片哗然，纷纷叫嚷着："通产省有那种权限吗？""这是行使强权！""通产暴行！"国会也要求风越出席，说明事情始末。

为了厘清误会，鲇川所统辖的大臣官房又开始四处奔走。其实，真实情况只是基于非常事务性的理由，如下所述："现下外币不足，煤炭原料的进口数量也只能依照生产计划压低至最少的必要限度。在下一期申请中，本就已经打算依照减产基准分配煤炭原料给各公司，但是 S 金属公司擅自增产，对于多出分配基准的部分，我们无法再给予配额。不过，往后一旦认可了他们的增产计划，就会追加给予的额度。"然而，这番言论听在外人耳里，简直就像是为了因应"全部截断配予 S 金属公司的煤炭原料，即使有可能会使 S 金属公司倒闭也在所不惜"这种发言才紧急想出的说辞。

鲇川站在风越面前。

"面对这种问题时，即使您觉得麻烦，也请您务必慎重、正确地发言。"

"我才没办法去注意那种小事！"

"既然如此，那就请您少开尊口吧！"

风越没有回答。鲇川带着疲惫不堪、苍白浮肿的面容，目不转睛地瞪着风越好一阵子。

俗语说："同伴千人、敌人千人"，但是风越自从当上次官后，同伴不仅没有增加，反倒是敌人数量急遽攀升。

S 金属最后终于妥协，答应遵从减产基准，但是另一方面，凭借着媒体的大肆报道，他们也增加了不少盟友。

在贸易方面，风越与须藤首相虽然共同秉持着自由化消极论，但是在日中贸易问题上，却是处于对立的立场——在维尼纶（vinylon）厂房设备及船只输出这方面，通产省主张，应该要认可进出口银行提出的延期付款要求；与之相对的，须藤及外务当局则是以《吉田书简》为例，出面严加反对。

"我们明明认可进出口银行对其他共产主义政权国家的融资，为何面对中国时就不行？"

"无论是在君主专制的时代，抑或是在实行共和制度的时代，我们都一直与中国有贸易上的往来，为什么一旦他们成了共产主义的国家，就非得要断绝来往不可？"

风越的反驳相当堂堂正正，但却又被须藤三言两语带过，这使得风越心中的不信任感变得愈发强烈。

"我们现在是卖东西给对方。须藤似乎认为，卖东西给对方比向对方买东西来得了不起哪！只因为自己是首相就一味摆出首相高架子，不愿多多学习，但是好歹也该有个限度吧！相较之下，池内反而还好得多，那个男人可是相当勤奋在学习呢！"

他毫不在意地在记者们面前大放厥词，不过须藤仍是把它当成耳边风。

这一件事发生的时间，正好与申请预算的时期重叠。

在新年度的预算当中，通产省以"大型工业技术研究推动制度"此一新措施为主轴，相当积极地提出预算申请。此制度的主旨，是将替代能源开发等需要长时间且巨额的研究经费、无法采用民间的盈亏方式来核算成果，甚至连大学等研究机关也没办法一手完成的超大型企划归于通产省旗下，以通产省为中心来进行研究开发。

风越虽然已经与大藏次官进行过交涉，但是关于这项制度的细节，还是要交由事务局负责，而除此之外的预算折冲，也都只能交由下属来处理。因此，官房长鲇川便以总指挥官的身份率领全省，同时连日来每天都勤跑大藏省。

从凌晨到深夜，鲇川一直不断进行交涉与省内调整，晚上也没有回家，直接就住在虎之门附近的简便旅馆里头。最近他常常冒起虚汗，不久终于连颈项和肩膀也开始痛了起来。

新年刚过不久，他的脸色就变得十分苍白，经常没走几步路就气喘吁吁，停在走廊中央一动也不动。

就连风越也察觉到了鲇川的不对劲，于是严厉命令道："你马上搬出那家旅馆，回家充分静养休息，只有在万不得已的时候才来上班就好。"

然而，还不到三天光景，风越碰巧有天一大早就到通产省报到，结果却在官房长室中发现了鲇川的身影，风越不禁大吼：

"怎么搞的，怎么一大早就来了呢！你到底什么时候来的？"

鲇川露出虚弱的微笑说：

"……我才刚到呢。"

风越打了通电话向警卫室询问后，发现鲇川在早上六点就来上班了。

只是，风越还来不及用更加严厉的方式命令鲇川在家静养，没过多久，鲇川的病情就已经恶化到无法起身，被送进了医院。

鲇川的心脏疾病严重恶化，需要大量输血。这件事一在省内传开后，年轻的职员们接二连三地表明自己愿意输血给鲇川。

"这些可是重要的鲜血，我绝对不能接受。"

鲇川躺在病床上摇了摇头，但是这时贴有输血者名字的血袋早就送了过来。

鲇川看着标签上的名字，有时还喃喃低语说道："这家伙是个喜欢钓鱼的老实人。等我痊愈后，搞不好我也会开始钓鱼喔！"

鲇川非常感激众人对自己的好意。他总是在访客离开病房后，朝着门板合掌致意。

当精神好一点的时候，鲇川会躺在床上，看着探病的花束画起素描；事实上，他本来就是个很喜欢画画的男人。

前去探病的一名职员，拿了其中一张素描回来说：

"我顺便请他在上头写了一句话。"

风越探头一看，只见上头写着：

"困难的是别离与遗忘。"

风越喃喃重复念了好几次这个句子。直到这时，他才明白一直侵蚀着鲇川、追赶着鲇川的事物的真面目。

"国家社稷"的负担，对于一个活生生的人来说，未免太过沉重了。自己是不是在鲇川身上，加诸了太过沉重的负荷呢？风越内心一片黯然，无法发出声音。"算我求你了，只要活下来就好！"他感觉，自己的身体仿佛从深处开始灼灼燃烧了起来，整个人什么都不想，只是不断地祈祷。

鲇川入院后不到二十天，便猝然地与世长辞了。那一天，距离他在暴风雪中跨越夕张山岭的日子，恰巧整整过了一年。

风越自愿担任治丧委员会长，决定在筑地本愿寺举行鲇川的通产省省葬。另外，他也已征得了大臣的许可。不过，他其实是在一切已经准备就绪后才询问对方的，因此几乎可算是先斩后奏。

　　风越坚持从头到尾都要依照省葬的规格进行。鲇川的死，就等同于现任官房长的殉职。因此，举行省葬既理所当然，也合乎礼节，而且又能提振省内的士气。

　　然而，也有人批评这是公私不分的作为。

　　就在要为鲇川举行简单葬仪①的那一天，国会突然紧急召开商工委员会，召唤身处火葬场的风越回到国会，集体斥责风越。"一介官僚病死竟然施以省葬，实在太过鲁莽了！这要是在往后成了先例怎么办？这样可算是滥用国费，请你马上取消省葬！"最后，众人甚至不禁破口大骂了起来，不过风越却只是用他那副反射着光芒的粗框眼镜回瞪着议员，并没有答应取消省葬。

　　让风越感到出乎意料的，是省内也有部分人士发起了谴责的声浪。指责的源头，正是来自以往曾经被风越批评

---

① 日本在正式出殡之前，有时会先为往生者举行火葬和简单的仪式，这种情况通常见于有名人士的葬仪。

为"不是人才"而不予重用的那群男人当中。这些男人见到鲇川逝世后，似乎马上就预见到了风越的势力今后将会急遽衰退。紧接着，大众媒体也像呼应似的，出现了谴责省葬的报道。

某一天，官房总务课长庭野在某次的审议会上，遇见了前经企厅长官矢泽。矢泽这个人非常了解鲇川，于是说道：

"众人的反应真让我感到遗憾。"他的语气中充满了感慨。"虽然他们吵吵嚷嚷着，担心这回的省葬会为往后开创先例，但是就我看来，根本不成问题啊！"

"咦？"

"因为，像鲇川这种男人，恐怕要十年才会出现一个吧！因此，根本不必担心有人再度破例……"

庭野回省之后，将这件事转达给风越；风越听了后，第一次放缓了表情说：

"他说得真好，我对矢泽刮目相看了。"

在编纂鲇川的追悼录时，风越也投稿了一份相当长的回忆文，然而，当中的某一小节，又引起了世人的争议。

在先前次官风波之际，鲇川曾经说了一句："我输了"。风越振笔疾书时并没有多想，就草草写下了这一句。原本这句话的意思是指输给了政治介入的影响力，但风越的写法过于含混不清，结果反而引起了争议：

"对于次官位子之争，居然说什么胜负输赢，真是太过不谨慎了！在风越这群人的圈子中，就是凭这种感觉来决定人事的吗？"

一则匿名报道猛烈抨击了这段话。

风越回想起了鲇川再三告诫过自己的话："即使再麻烦，也请您务必慎重、正确地发言。"然后他再次深切感受到失去鲇川，是一项多么重大的打击。身为"粗人"的风越，开始担心起自己无论说什么、无论做什么，都有可能会成为众矢之的。

风越当上次官后，时间也过了将近一年半。或许是因为任期将尽之故，风越感觉到自己的身边，开始微微吹起了萧条的秋风。仿佛是鲇川死后，百花齐放的春天霎时成了冷清的秋天。

官房长之位空出来后，风越提拔了与鲇川同期的矿山局长观音寺。观音寺这个男人有些消瘦，总是笑脸迎人，却也颇有心机城府，看来像是会带着笑脸捅别人一刀，于是大家给他取了个"左膳"①的诨号。尽管风越很早以前

———————————

① 指"丹下左膳"，日本民间故事中著名的独眼剑客。

就注意到了这个人才，但是与个性开朗乐观的鲇川相比之下，观音寺那种带有心机的柔软度，总让风越有些介怀。

观音寺升任之后，空出来的矿山局长之位，风越则是任用了晚观音寺一期入省的牧来担任。尽管风越最近总觉得与牧相当疏远，而且根据报社记者们的说法，牧还会出言批评风越，但是牧身为人才一事是不会改变的。于是，风越还是毫不犹豫地拔擢了他。

鲇川死后两个月，风越决定辞官。虽然他还没有推荐接任自己的人选，不过论及次官候补人选这个问题时，他手中其实握有四张卡片。

一般而言，同期进入通产省的人员大概会有二十人左右，这些人会渐渐经过淘汰，仅留下数人担任局长，最后再从当中只留下一人当作次官候补人选，其他则会各自散落到省的直属机构或省外去。为了安排这些人的出路，次官候补、次官、官房长及秘书课长等人选问题都必须早早决定才行，而风越长久以来，也一直在处理这方面的事情。

尽管如此，到了最后阶段仍是有四张卡片残存了下来。对于"人事风越"而言，这真是一大讽刺，也有些不体面。尽管他早在之前，就将未来的人事配置精简成了"鲇川—庭野"此一主线，但是眼下的卡片配置，却仍然处于分散零乱的状态。

人事之所零乱的一个原因，乃是基于上回次官风波的后遗症。在玉木次官的指示下当上了企业局长的白井，一副就等次官之位轮到自己头上的架势，已经在原位待了两年半之久。为了对抗白井，风越则准备了鹰部通商局长与门田重工业局长这两张王牌。他原本是计划由两人中的一人接下次官之位，再交接给鲇川；不过为了取得平衡，风越又多加进了中小企业厅长官野本这张不属于任何一派的卡片。野本是位规规矩矩的基督教人士，没有什么恶习。

正当风越手握这四张卡片，计划找九鬼大臣进行最后的协商时，又传出了风越打算将次官之位传给自己派内人士的谣言。

振兴法时的情况自不待言，最近则又爆出了 S 金属问题，风越因为坚持己见的缘故，在金融界中树立了远比同伴数量还多的敌人。这回，敌人们一同露出了紧张的神色，纷纷喊道："又是风越的追随者吗——"只要他手中残存的卡片一日未缩减至一张，来自外界的声浪就会愈来愈激烈。

另外，自从出现了"风越大臣，九鬼次官"的说法后，风越与九鬼之间的相处情形就不甚融洽，九鬼派对于风越的反弹也相当大，已经形成了一种超越单纯政治干涉领域的巨大压力；背负着这种压力，九鬼正面迎向风越。在九鬼那副矮小的身躯里，这回毋庸置疑地满溢着实力派大臣应有的重量及气魄。

然而对此，风越却没有涌起丝毫的斗志，就连他自己对此都大感意外。下期次官本应继续传承下去，但是届时却没有鲇川这一类的人才能够接手。一种分不清是乏力还是无常的感觉袭来，使得风越的眼神也黯淡无光了起来。

九鬼剔除了鹰部及门田这两个人选，但是同时也没有推荐白井。

"风越君，我认为现在最重要的，就是'和'这个字。无论从这三人中推派出任何一人，都会掀起滔天骇浪。若是推举野本君的话，我想无论从人品或是从立场，都能够保住省内的和平吧。"

对方都已经说到了这个地步，风越也没有反驳的余地。他有种被挤出了相扑场外的感觉。也许别人又会说自己的想法太过不谨慎，但他心想："至少这样也算是平手，不算是完全惨败吧！"

只要次官老实安分，官房长的力量就会变得强大。既然自己提拔了矿山局长的观音寺担任官房长，那就表示接下来矿山局长牧也有可能当上官房长。从这方面看来，就算往后在省内的权力关系上发生有如山崩般的巨大变化，也不是无法预想的事。

不过，人才无论在什么时代下，都应该受到重视吧！为了维护这种情形，风越打算即使离开了通产省，仍要继续配置人事卡片，甚至不惜大胆出面建言。

第七章 冬天，又是冬天

岁月流转，一眨眼已过了三年。

风越信吾的名片上没有写上任何头衔。卸任后，他既不打算走进民营企业里当个专务董事或是副社长，成天向社长阶级的上司低声下气，也不打算做个四处低头拜托他人的国会议员。他也不愿意违背自己的信念，转进国营企业或是公营团体之类的地方工作；相反地，当个浪迹天涯的大浪人，才是他心所向往的。

他自己创立了一家事务所，随心所欲地读书，偶尔与客人或年轻人讨论国家大事。有时出席参加演讲，有时也写写书，吟诗作对、打高尔夫球与麻将消遣娱乐，每天的生活都多彩多姿。尽管收入称不上富足，但也不至于到山穷水尽的地步。

既不用做些自己讨厌的事情，也不用见到自己不中意的人，这样的生活方式，非常符合风越的性情，每一天就像是艳阳高照的美好晴天。但是，唯有一件事始终悬在风越的心头上，那就是通产省人事的发展趋势。

目前人事的发展，正好往与风越以往精心安排的人事构想反方向前进。鲇川猝死之后，当上官房长的观音寺又历经企业局长之职，一路当上了次官。如果鲇川还活着的话，这原本应该是他理所当然会坐上的位子。至于其他那些风越认定的人才配置，却开始渐渐遭到打乱——最为明显的情况，就是风越以往器重的人才们，一个个逐渐被分配到边缘地带去。

风越不禁发出不平之声，也间接通过记者，表达自己的不满。然后，在第三年冬天到来之际，当他一听到庭野被内定为纤维局长时，积郁的怒火一口气全爆发了出来。

庭野早在两年前就已当上了 B 级的局长职，后来因为肝脏出了毛病而被迫静养一阵子，最近才又开始回到省里上班。若是要为庭野分配新职位的话，顺序上应该是要接下官房长这种 A 级的局长职才对；另外，B 级纤维局长职的适任人选，则是以同期当中尚未当过局长的片山泰介最为适任。片山以往曾经当过纤维杂货局局长秘书，贸易经验也相当资深；况且，现在正逢日美纤维交涉问题的困难时期，由熟知纤维及贸易又身强体健的片山出任是最为恰当的。不仅风越一个人这么想，这也是大部分人的看法。然而，最后竟然是指派片山担任化学工业局长，庭野则担任纤维局长——

编派出这种人事的官房长本人，不是他人，正是牧顺三。在振兴法时代，他曾在风越手下与庭野两人搭档形成两大支柱。风越按捺不住地打了电话给牧。

"你这种人事安排也太乱来了！你想杀了庭野吗？明明还有片山那种精力充沛的人在，为什么偏偏选择庭野？"

牧以冷静沉着，甚至让人觉得冷漠的嗓音回答道：

"正如同以往风越先生十分器重他的原因，庭野这个男人韧性十足，也相当具有说服力。在日美纤维问题上，正需要他这种男人。"

"可是，那家伙才刚刚大病初愈，哪里承受得住这种过度劳动啊！况且，他那个人只要一接下一个职位，就会豁出生命坚持到底啊，这跟叫庭野去死没有两样。一旦扼杀了人才，就再也无法挽回了啊！"

风越眼中掠过了鲇川猝死的身影。牧又冷静地答道：

"自己的身体健康状况，本人应该最清楚才对；既然他已经决定就任上班，那我也只能判断，他可以胜任工作无虞。"

　　牧的这番话堂堂正正，无懈可击。

　　"你是叫他去死吗？"风越咬牙切齿说完后，又充满嘲讽地问道，"那你自己的身体还好吗？"

　　"托您的福。这也许就叫作'一病息灾'^① 吧！我工作时，也会注意身体健康的。"

　　风越真想狠狠臭骂他一顿，但是牧先发制人，用带着些许僵硬的嗓音开口说：

　　"风越先生，能请您别从外部干涉人事吗？"

　　"干涉？这是干涉吗？"

　　正当风越哑口无言时，牧已经挂断了电话。对着话筒的另一头，风越感受到了比以往在巴黎时还要更加遥远的距离。

　　庭野成了纤维局长后，还对妻子洋子说过："搞不好下次我会躺在棺材板上回来呢！"事实上，他也确实抱持着这种觉悟。

---

①　即在生病之后，人变得格外珍惜身体。

在对美纤维的贸易标准上，据说须藤首相以归还冲绳为交换条件，答应了美方的要求，这对通产省来说，是一场打从一开始就没有胜算的战斗。但是，庭野仍然坚持抵抗到底。顺道一提，这时的通产大臣是矢泽。

尽管矢泽也说道："为了日美百年的大计，含着眼泪和血吞吧！"然而，庭野还是不肯放弃。

"美国的纤维业界自身，又有多么努力致力于合理化上？为什么就只能牺牲日本的纤维业？若要眼睁睁看着无力的人民含泪入睡，哪里还需要政治与行政！"

庭野始终秉持着自身的信念，不断与省内的领导人物及外务省起冲突；他无法原谅那种"只要谈拢了就能得到利益"的官僚观点。

春天、夏天，尔后秋天，牧坐进了对准下任次官交椅的企业局长之位。另一方面，庭野仍是孤身一人，继续"无定量、无止境"地奋战，只有医生严令不许再碰的酒精，成了庭野唯一的救赎。

风越在省外焦急不安地看着，想要做点什么帮助庭野；他舍弃了他的浪人气节，向省内询问自己是否能够当个什么通产省顾问或是特使，却没有任何回音。

风越也将自己的感想写在杂志与报纸上，再也顾不得要小心遣词用字，猛烈地批评偏向须藤首相那方的通产省领导人，甚至，写下了诸如"墙头草也懂得攀附须藤吗？"之类的词句。

接着，冬天再度到来。在某个格外寒冷的冬夜里，当风越与报社记者西丸在新桥的一家小料亭里喝酒时，突然接到庭野病倒被紧急送往医院的消息，于是两人便马上叫了辆计程车，直奔医院。

带着醉意的西丸在计程车内说道：

"这样一来，庭野也完啦。结果，就跟你一手摧毁了他没有两样啊！"

"你说什么？"

"庭野原本是个单凭一己之力也能往上爬的男人，都是你，太常把庭野挂在嘴边了！"

"可是，我不过是把人才……"

"他的确是人才，可是，这才是问题所在。鲇川，接着是庭野，你总是一直预想未来的景象，早早就决定往后的人事，所以才会惹来他人的憎恨及反感。而这些反弹，就渐渐地全加诸庭野他们身上了！"

"真是愚蠢！摧毁一个人，能算是什么政策！我就是欣赏像庭野这种铆足全力活下来的人……"

"看，你又在说庭野了。"

风越哼了一声，不再说话。看向风越散发着黯淡光芒的粗框眼镜，西丸吐着带有酒味的气息，斥责地说道：

"这又不是在赛马，并非只要铆足全力冲刺就好了。不，就算是赛马，若是每天每天都让它铆足全力奔跑，它迟早也会跑断腿啊。虽然比喻为赛马不太好听，但结果，你所拥有的马匹全部都死了，要不然就是身受重伤，正是所谓的死尸遍野！当然，搞不好牧也是匹有可能会受伤的马，但是片山那种人应该不会受伤才对。如果将牧比喻为柏户的话，片山就是大鹏①那种身段柔软的男人了。从今而后，就是这种男人们的天下吧。"

"不行，我绝对不允许这种事情发生！"

"你又说这种话了，这根本不是你允不允许的问题。"

"可是……"

"就算受了伤也要往前冲刺的那种时代，也差不多该闭幕了。就算是通产省自身，也开始在摒除这种风气。况且，你又怎么能够断言，片山他们完全不会为国家社稷设想呢？他们也是依他们的方式……"

---

① 柏户是大相扑力士第四十七代横纲；大鹏则是大相扑力士第四十八代横纲。

"够了，连你的脑袋也开始出问题了吗？"

此时，计程车正好要从虎之门转入霞关。

"客人，下雪了呢。"

司机喃喃说道。在车头灯的照射下，无数白亮的事物一一涌现而出；在另一头，可以看见令人怀念的中央政府建筑群。尽管四周的景色已经融入了黑暗当中，今夜，通产省的大楼里，却仍旧亮着点点灯火。

关于那个时代的这些人、这些事

　　《官僚之夏》是一部根据真人真事写成的小说，故事中的人物及事件大多皆有所本。在此，谨列出故事角色所参考的人物及事件，以供诸位读者参考。

风越信吾——佐桥滋

　　人称"异色官僚"，日本著名的通产省官僚代表，以大胆、清廉以及强硬的指导作风闻名于世。辞官之后热心于开发休闲产业。1993 年逝世。

庭野——三宅幸夫

　　风越的得意门生，日美纤维谈判的关键人物。他在

《官僚之夏》故事的结尾因病入院，此后因为坚持国内纤维业者利益，而被迫辞去纤维局长一职。1988年因病逝世。

鲇川——川原英之

风越的得意门生，人称"通产省的殉职者"。

牧顺三——两角良彦

有"西洋剃刀"之称的通产省国际通。就任次官后，在田中角荣的麾下致力于日本的能源开发，但因卷入洛克希德事件而辞职。自从肺病痊愈之后，他的健康就再未出过问题。2017年逝世。

玉木博文——今井善卫

通产省著名的国际通，日本走向自由化的先驱。离开通产省之后，成为日本石油化学（即现在的新日本石油）社长。1996年逝世。

池内信人——池田勇人

主张"无限量、无止境工作"，热爱美酒与阅读的通产省大臣。在担任首相的任内通过了"所得倍增计划"，带领日本迈向高度经济成长期。罹癌后，将首相之位传给须藤惠作（佐藤荣作），次年（1965年）便平静逝世。

片山泰介——山下英明

通产省内部的著名国际派，懂得适度调节人生的才子。《官僚之夏》故事后，他被任命为通商局长；庭野被贬逐后，日美纤维谈判最后终于在他手上完成。牧辞职后，他接任空缺的次官一职，随后又转任三井物产的要职，至今仍然健在。

1955年　日本进入高度经济成长时期。

1957年　东京铁塔开始建设，次年竣工。开启了电视播放的时代。

1961年　工业化的高速发展，使"公害问题"陆续出现。江户川一带爆发了"黑水事件"的冲突。

1962年　《国内产业保护法案》提案，此为日本战后的最大经济立法事件。

1964年　第十八届夏季奥林匹克运动会在东京顺利

举行，日本成为亚洲第一个举办奥运会的
国家。

1965 年   "昭和四十年之大萧条"。高速经济增长引
发的"公害问题""城乡人口差距化"等问
题陆续涌现。

1970 年   世界博览会于大阪举行，亦称"大阪万
博"，主题为"人类的进步与协调"。主题
馆之一的"太阳之塔"为冈本太郎所设计
建造。

图书在版编目(CIP)数据

官僚之夏/(日)城山三郎著;许金玉译. —上海：
上海人民出版社,2021
ISBN 978 - 7 - 208 - 16977 - 7

Ⅰ.①官… Ⅱ.①城… ②许… Ⅲ.①长篇小说-日
本-现代 Ⅳ.①I313.45

中国版本图书馆 CIP 数据核字(2021)第 041683 号

责任编辑　赵　伟
特约编辑　范　晶
封扉设计　胡斌工作室

官僚之夏
［日］城山三郎　著
许金玉　译

出　　　版　上海人民出版社
　　　　　　（200001　上海福建中路 193 号）
发　　　行　上海人民出版社发行中心
印　　　刷　常熟市新骅印刷有限公司
开　　　本　889×1194　1/32
印　　　张　12.25
插　　　页　5
字　　　数　194,000
版　　　次　2021 年 4 月第 1 版
印　　　次　2021 年 4 月第 1 次印刷
ISBN 978 - 7 - 208 - 16977 - 7/K・3055
定　　　价　68.00 元

KANRYO TACHI NO NATSU by Saburô SHIROYAMA

Copyright © Yûichi SUGIURA 1975

All rights reserved.

Original Japanese edition published in 1975 by SHINCHOSHA Publishing Co., Ltd.

Chinese translation rights in simplified characters arranged with SHINCHOSHA Publishing Co., Ltd. through Bardon Chinese Media Agency, Taipei

Chinese translation copyrights © 2021 by Shanghai People's Publishing House

《官僚之夏》（［日］城山三郎著、许金玉译）简体中文版翻译由台湾新雨出版社授权